iLike 苹果 Mac OS X 10.7 Lion 中文版入门

侯廷华　苗玉敏　等编著

電子工業出版社

Publishing House of Electronics Industry

北京 · BEIJING

内 容 简 介

　　Mac OS X 10.7 是 2011 年苹果公司推出的最新版本，该操作系统适用于苹果电脑，是目前与 Windows 和 Linux 齐名的三大主流操作系统之一。它具有非常友好的用户界面，功能强大，内置多种应用程序，包括平面设计、网页设计、音乐和视频播放软件、电影制作软件等。该操作系统稳定性高，具有较好的可操作性。作为一款高端的操作系统，它正在被全球越来越多的用户选用。本书介绍了使用 Mac OS X 10.7 中文版操作系统的各种相关知识，包括该系统的功能、使用以及相关问题的解决。

　　本书结构清晰、内容翔实、图文并茂、实用性强。适合技术支持人员和系统管理员阅读和使用，也可以作为广大苹果电脑爱好者的参考用书。

图书在版编目（CIP）数据

Mac OS X 10.7 Lion 中文版入门 / 侯廷华，苗玉敏等编著. —北京：电子工业出版社，2012.1

（iLike 苹果）

ISBN 978-7-121-15036-4

Ⅰ. ①M… Ⅱ. ①侯… ②苗… Ⅲ. ①操作系统，Mac OS X 10.7 Lion Ⅳ. ①TP316.84

中国版本图书馆 CIP 数据核字(2011)第 230548 号

责任编辑：戴　新
印　　刷：三河市鑫金马印装有限公司
装　　订：
出版发行：电子工业出版社
　　　　　北京市海淀区万寿路 173 信箱　邮编：100036
　　　　　北京市海淀区翠微东里甲 2 号　邮编：100036
开　　本：787×1092　1/16　印张：22.75　字数：580 千字
印　　次：2012 年 1 月第 1 次印刷
定　　价：46.00 元

　　凡所购买电子工业出版社图书有缺损问题，请向购买书店调换。若书店售缺，请与本社发行部联系。联系及邮购电话：(010) 88254888。

　　质量投诉请发邮件至 zlts@phei.com.cn，盗版侵权举报请发邮件至 dbqq@phei.com.cn。

　　服务热线：(010) 88258888。

前　言

Mac OS X 10.7 是全球最著名的操作系统之一，是一款趋于完美的操作系统，它将 UNIX 坚固的可靠性同 Macintosh 的易用性结合在一起。对于那些准备升级的 Mac 用户或者是正在准备改用 Mac 的 Windows 用户而言，Mac OS X 10.7 是一款很理想的操作系统。据相关调查和报道，现在全球有越来越多的用户"甩掉" PC 而改用苹果电脑。

全书分 15 章。首先介绍 Mac OS X 10.7 中文版的基本操作和工具，其次介绍一些基本的应用，最后介绍的是稍微高级一些的内容。在内容介绍上，我们从初级读者的角度出发，概念介绍非常清楚、易懂，这样可以使读者很容易地进行使用和操作，也可以更好地帮助读者掌握所学的知识。

本书在内容介绍上由浅入深，结构清晰，介绍详细，而且重点突出，脉络清楚，适合各级读者阅读和使用。希望本书能够帮助读者学习并掌握 Mac OS X 10.7 中文版，如果达到这样的目的，我们将不胜欣慰。

特别提示

在编写本书时，笔者使用的是 Mac OS X 10.7 中文版，相对于 Mac OS X 10.7 中文版之前的版本而言，大部分功能没有变化，读者可以参阅本书学习和使用，但是旧版本中的一些被摒弃的功能和工具在本书中没有介绍。

特别说明

在编写本书时，由于内容的需要，使用到了一些人名、公司名称和电话号码，这些都是笔者虚构的，没有刻意使用之目的。如有雷同，纯属巧合。

特别感谢

在此，特别感谢电子工业出版社和美迪亚电子信息有限公司的领导和编辑们，有了他们的大力支持与帮助，本书才得以顺利出版。

本书作者

参与本书编写的人员都有着多年的苹果电脑使用经验，对苹果电脑都非常精通。本书由郭圣路统筹，除了封面署名外，参与编写的人员有白慧双、袁海军、王广兴、吴战、张兴贞、张荣圣、宋怀营、仝红新、韩美华、王德柱、韩德成、张秀凤、杨红霞和尚恒勇等。

由于作者水平有限，加之时间仓促，书中难免有不妥之处，还望广大读者朋友批评指正。

最后，预祝各位读者朋友能够在本书的陪伴下，快速地掌握苹果电脑的使用，由此让您的生活变得更加轻松和美好。

目 录

第1章
掀起你的盖头——走进 Mac OS X Lion

Mac OS X Lion 是 2011 年最新发布的，它是为苹果电脑提供的 Mac OS X 操作系统的第 8 个重要版本。相对于 Mac OS X 10.6 而言，新增加了很多的功能，而且对进程和一些界面元素做了一定的改进，使用起来更加方便。

在本章中主要介绍下列内容：

- 完美的 Mac OS X 体系结构
- Mac OS X 10.7 的新增功能
- Mac OS X 10.7 的操作界面
- Mac OS X 10.7 中的文件图标
- Mac OS X 10.7 中的窗口

1.1　苹果电脑概述

Mac OS X 10.7 基于 UNIX 架构，功能强大，稳定性高，并与 Mac 有机结合，是目前最为优秀的操作系统之一。Mac 公司还专门开发了针对于中国用户的 Mac OS X 10.7 中文版，其界面如图 1-1 所示。

图 1-1　Mac OS X 10.7 的界面

苹果公司的 Mac 电脑与我们常见的使用 Windows 操作系统的电脑相比，在功能上是完全相同的，比如办公、娱乐、上网、设计等，甚至某些方面已超过使用 Windows 操作系统的电脑，它一直作为高端机为多数高端人士使用，像好莱坞的电影制作人员基本上都是使用 Mac 电脑。

苹果电脑分为"家用"和"商用"两个系列，而且都有台式机和笔记本式两种型号，下面是台式机和笔记本式的图示，如图 1-2 所示。

台式机

笔记本式

图 1-2　苹果电脑

1.2　完美的 Mac OS X 体系结构

Mac OS X 具有模块化体系结构，主要围绕以下四个部分组成：Darwin 核心操作系统、一套变化多样的应用程序框架、基于标准的图形系统和 Aqua 用户界面。

（1）Aqua：它是 Mac OS X 中使用的用户界面，它使用颜色、透明度和 3D 动画来增强系统和应用程序的可用性和一致性。

（2）框架：Mac OS X 包括多种应用程序框架，以便在不同的环境中为开发者提供支持。Cocoa 是一组面向对象的框架，它能够提供快速的应用程序开发，使得在现有 UNIX 软件中添加丰富的 Aqua GUI 或者从头新建应用程序更加方便。

（3）图形：Mac OS X 图形系统包含三种功能强大、基于标准的技术，这三种技术完全集成到操作系统中，从而提供完美的系统级服务。Quartz 2D 是基于 Adobe 跨平台便携式文稿格式（PDF）标准的高性能图形渲染资源库。它能显示并打印高品质的平滑文本和图形，并提供业内领先的 OpenType、PostScript 和 TrueType 字体的支持。OpenGL 是可视化 3D 图形和纹理的行业标准。Mac OS X 具有紧密集成、高度优化且符合标准的实现特点。QuickTime 数码媒体软件提供了一个基于标准的环境，用于创建、播放和传送视频（MPEG-4）、音频（AAC，也称为高级音频编码）以及图像（JPEG 2000 及其他多种格式）。

（4）Darwin：除了易于使用的界面和丰富的图形之外，Mac OS X 还具有 Darwin，这是一种基于 UNIX 的开放源代码平台，采用经过实践证明的技术构建，如 FreeBSD、Mach、Apache 和 gcc。Darwin 也是一个完整的操作系统，可与 Linux 或 FreeBSD 相媲美，它能够提供 UNIX 用户期望的常用内核、资源库、网络和命令行环境。

对于使用苹果电脑处理过视频文件的用户而言，该系统具有相对比较稳定、不容易死机、进程流畅等特点。使用过 Mac 电脑和 Windows 电脑之后，就会知道 Mac 电脑更加稳定。

1.3　苹果电脑的键盘与鼠标

时至今日，苹果电脑的键盘和鼠标和 Windows 电脑的键盘和鼠标已经基本相同了，实际上，它们的功能完全一样，只是外观上有些区别而已。下面是苹果电脑的一款专用鼠标，如图 1-3 所示。

图 1-3　苹果电脑的一款专用鼠标

虽然外表看起来非常简单，但是，其简单的外表下面隐藏有 4 个按键和一个全方向滚轮，其使用也非常简单，不再赘述。值得一提的是，现在 Windows 电脑上使用的 USB 接口的鼠标也可以安装在苹果电脑上使用，也就是说它们是通用的。另外，现在很多款苹果电脑还支持蓝牙鼠标，也有人称之为无线鼠标，下面是 USB 接口鼠标和蓝牙鼠标的图示，如图 1-4 所示。

 Mac OS X 10.7 中的鼠标指针形状具有多样性，下面列举了一些常见的鼠标指针形状，如图 1-5 所示。

图 1-4　USB 接口的鼠标（左图）和蓝牙鼠标（右图）

图 1-5　鼠标指针形状

在苹果电脑中，还可以对鼠标的使用进行一些简单的设置或者定制。首先通过选择"🍎→系统偏好设置"命令打开"系统偏好设置"窗口，如图 1-6 所示。

图 1-6　打开的"系统偏好设置"窗口

在"系统偏好设置"窗口中找到"鼠标"项，然后点按（也就是单击），打开"鼠标"窗口，如图 1-7 所示。在该窗口中可以设置鼠标的跟踪速度、连接速度（双击速度）、滚动速度和基本鼠标按钮等，通过拖动相关选项的滑块即可进行调整。

如果想使用蓝牙鼠标，可以在"鼠标"窗口中点按"设置蓝牙鼠标"按钮，在打开的窗口中设置蓝牙鼠标的有关选项。

本书是依据苹果笔记本（MacBook）编写的，它里面的一些窗口与苹果台式机可能稍有不同。

对于苹果笔记本电脑而言，它上面还有一个触控板，如图 1-8 所示。它的作用和鼠标类似，也就是说，在没有鼠标的情况下，可以使用触控板来完成鼠标的工作，比如点按、连按、移动鼠标指针、选择和移动文件夹等。

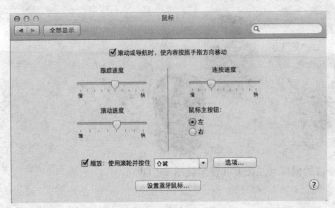

图 1-7　打开的"鼠标"窗口　　　　　　　　　　图 1-8　触控板

　　苹果电脑的键盘和 Windows 电脑上的键盘大体相同，各个字母键、数字键以及修饰键的排列基本相同，功能也相同，只是有些键上的字母标示不同。另外，苹果电脑键盘上有几个特殊的键，比如⌘（command）键和 fn 键。这两个键用于和其他键搭配组成快捷键，比如按⌘（command）+Q 组合键将关闭当前打开的程序，按 fn+◀ 组合键将降低音频的音量，按 fn+◀)) 组合键将增加音频的音量。

　　另外，对键盘也可以进行一些自定义设置，选择"⌘→系统偏好设置"命令，打开"系统偏好设置"窗口，找到"键盘"项，然后点按（也就是单击），打开"键盘"窗口，如图 1-9 所示。在该窗口中可以设置按键重复的速率和重复前延迟的时间等。

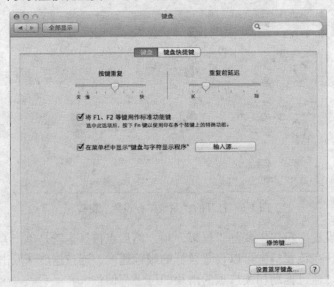

图 1-9　打开的"键盘"窗口

　　如果想使用蓝牙键盘，可以在"键盘"窗口中点按"设置蓝牙键盘"按钮，在打开的窗口中设置蓝牙键盘的有关选项。

1.4　系统的安装

　　通常，在苹果电脑经销商那里购买电脑时，经销商都会帮助我们把该操作系统安装上，或者预装上，回到家后就可以直接使用了。当 Mac OS X 10.7 操作系统出现问题或者崩溃时，自己也可以进行安装，在购买电脑时，一般会带有安装盘，将安装盘放进光驱中，然后按着屏幕提示进行操作即可。如果不会安装，那么可以找朋友帮助，也可以在网上查找一下安装过程的说明。关于具体的安装过程，在本书中不做介绍。

下面简单地介绍一下安装 Mac OS X 10.7 的硬件要求：

● 处理器：建议使用英特尔双核处理器或者 4 核处理器。

● 内存：2GB 及以上内存。

● 硬盘：需要 80GB 及以上可用硬盘空间。

如果使用的是 10.5 或者 10.6 版本，那么可以升级到 10.6.8 版本，然后在 App　Store 上购买升级应用程序来升级到 10.7 版本。关于购买应用程序的问题，可以参阅本书后面有关内容的介绍。

1.5　认识界面

通常，Mac OS X 的界面如图 1-10 所示。在界面的顶部，左侧是菜单栏，用于执行一些操作命令，右侧是辅助工具栏，用于设置输入法、时间和日期等。界面的底部是 Dock 工具栏，主要用于打开一些常见的窗口和应用程序等，比如 iTunes、QQ、金山词霸，还可以通过把不需要的文件拖放到废纸篓中将其删除掉。界面的右上角是一个磁盘的符号，通过连按（双击）可以将其打开来查看电脑中存储的文件或者其他的安装程序等。用户可以在桌面（界面）上新建文件夹来归类自己的文件，具体做法是在桌面的空白处点按鼠标右键，从打开的快捷菜单中选择"新建文件夹"命令即可创建新的文件夹。

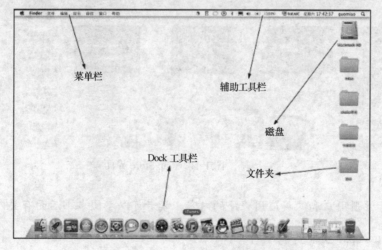

图 1-10　Mac OS X 10.7 的界面

1.6　Mac OS X 10.7 的新增功能

Mac OS X 10.7 是 Mac OS X 10.6 的升级版本，反应更快捷灵敏。除了系统更加坚固之外，还增加了很多的新功能，从而使 Mac OS X 操作系统的功能更加强大。不过，其用户界面和应用程序界面基本没有改变。

在下面的内容中将介绍 Mac OS X 10.7 中的一些新增功能。由于新增功能很多，我们选择了几个比较重要的来介绍一下。

1. 新增 App Store（苹果商店）

用户可以在 App Store 中购买和下载自己需要的应用程序或者软件，而且可以进行评价和分享。它极大地方便了用户，使用户不必为了自己需要的应用程序去应用程序销售商那里购买，只要在 Dock 工具栏中点按 App Store 图标，即可打开 App Store 应用程序，如图 1-11 所示。注册账户并连接到信用卡后，就可以通过点按来购买自己需要的应用程序了，非常方便。购买的应用程序会自动下载安装，安装完成后会自动显示在 Dock 工具栏上。用户可以重复下载已购买的应用程序，不过只需要支付一次的"银子"。

图 1-11　App Store 界面

 提示　关于注册用户和购买应用程序的内容，读者可以参阅本书后面有关内容的介绍。

2. 新增 Launchpad 功能

Launchpad 类似于一个应用程序管理中心，它能够以广受欢迎的 Pad 方式迅速访问应用程序。实际上，它的灵感来自于目前比较流行的 iPad。用户只需点击 Launchpad 图标，即可全屏显示所有的应用程序，支持多触摸点手势操作，可以实现应用程序移动、整理，甚至可以像 iOS 4.X 那样建立自定义应用程序文件夹。在 Dock 工具栏中点按 图标即可打开它，再次点按可以关闭 Launchpad。找到自己需要的应用程序后，直接点按即可打开该应用程序，而不必再去打开 Finder 窗口进行查找了，非常方便。下面是 Launchpad 的界面，如图 1-12 所示。

图 1-12　Launchpad 界面

3. 全屏显示应用程序

如果用户使用过 iOS 操作系统，比如 iPad、iPhone 等，那么对应用程序全屏显示和友好的用户操作体验就会相当熟悉。现在，Mac OS X 10.7 同样支持此功能，用户点按某个应用程序右上角的全屏显示图标即可实现全屏显示，点按还原图标即可恢复原来的显示大小，而且也可以通过按键盘上的 esc 键退出全屏显示。如果支持多点触摸，那么使用手指轻点也可以实现上述功能，如图 1-13 所示。

图 1-13　全屏显示功能

4. 多任务控制功能

Mission Control（多任务控制）整合了 Mac OS X 全部的功能特性操作，用户可以通过 Mission Control 查看苹果电脑上的一切，包括 Exposé、Spaces、Dashboard 和所有全屏显示的应用程序。启动 Mission Control 之后，可以查看正在运行的所有应用程序，之后就可以进行其他线程操作了，如图 1-14 所示。它就像一个多任务管理中心，使用起来还是不错的。

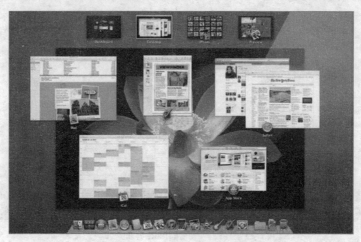

图 1-14　多任务控制界面

5. 新增 FaceTime

使用 FaceTime 可以让我们通过无线局域网进行视频呼叫，然后使用前置相机进行面对面的交谈。但是使用 FaceTime 时，需要 iPad 和接入互联网的无线局域网连接。呼叫的联系人必须也有可以使用 FaceTime 的设备或电脑，比如苹果电脑或者 iPad 等。下面是 FaceTime 的用户界面，如图 1-15 所示。

图 1-15　FaceTime 界面

6. iChat 现在支持雅虎通

现在的 10.7 版本已将雅虎通（Yahoo Messenger）添加到了 Mac OS X 系统独有的 iChat 软件中。iChat 是 Mac 电脑上一个即时通信客户端，用户可将自己的多个聊天工具整合到 iChat

中，它类似于 iOS 的统一邮箱，只需打开 iChat 就能与自己所有聊天工具中的联系人聊天。

　　7. 简便 WiFi 文件传输技术 AirDrop

　　它绝对算得上是让人眼前一亮的新鲜玩意儿，它可以让两台拥有 WiFi 功能的 Mac 无线互传各种资料，操作十分简便。不过前提是有两台拥有 Mac OS X 10.7 系统和 WiFi 支持的电脑，用户可以从 Finder 中找到 AirDrop，界面的下方显示的头像是自己，而 WiFi 环境下另一台 Mac 的图像会出现在界面上方，把想传输的文件拖曳到对方图标上，等待对方接收即可。

　　8. 新增 Font Book 字体管理器

　　这是 Font Book 字体管理器的 3.0 版本，使用它可以更方便地管理系统所安装的字体。打开任意一种字体后，界面右边将会有一个信息栏，可显示该种字体所支持的语言、字体版本、字体描述等信息。当系统重复安装了两种相同的字体时，Font Book 将会出现一个黄色的警告标注，并在警告标注下面提供"自动"和"手动"两种修复方式。同时，10.7 版本中还添加了对 Emoji 表情符号的支持。

　　还有很多新增功能不再赘述，在本书后面，笔者将结合相关内容进行介绍。总之，这一版本的 Mac 操作系统的功能更加强大，使用也更加便捷。

1.7　Mac OS X 10.7 中的窗口

　　"窗口"是 Mac 操作系统中的一个重要组成部分，电脑中的大部分信息都显示在窗口中。当连按文件夹图标、应用程序图标或设备图标时，都会打开相应的窗口。文件/文件夹、对话框、应用程序、警告栏、文档等都是以窗口的形式显示的。用户可以通过下列窗口类型来学习窗口中的一些操作方法。

　　通常，在 Dock 工具栏中点按 Finder 图标可以打开 Finder 窗口，如图 1-16 所示。多数人把该窗口称为苹果电脑的文件管家。在该窗口中按文件类型列出了不同的文件夹，比如音乐、影片、图片、资源库等。

图 1-16　Finder 窗口

提示 这里所说的"连按"就是我们在 Windows 中所说的"双击"鼠标的操作。

1.7.1 文件夹窗口

"文件夹"窗口用于管理一些应用程序。用户可以通过双击图标打开相应的应用程序窗口或者打开应用程序。可以把"文件夹"窗口分为 10 个组成部分，如图 1-17 所示。

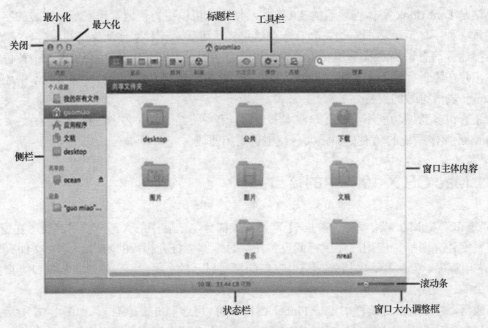

图 1-17　文件夹窗口组成部分

下面介绍一下"文件夹"窗口的各个组成部分。

1. 标题栏

标题栏位于窗口的顶部，用于显示当前运行的应用程序、文件和文件夹的标题。

（1）连按"标题栏"可以最小化当前窗口。

（2）拖动标题栏可以移动当前窗口的位置。

（3）按下键盘的上 ⌘ 键，然后点按工具栏上的标题栏，弹出快捷菜单，可以从中选取包含当前文件或文稿的文件夹，如图 1-18 所示。

2. 关闭按钮

在正常状态下，"关闭"按钮显示为红色小圆球 ●，将鼠标指针移动至其上方时，红色小圆球会显示为 ⊗，点按此按钮将关闭当前的窗口。还可以按 ⌘+W 组合键，快速关闭当前正在显示的窗口。

3. 最小化按钮

在正常状态下，"最小化"按钮显示为橙色小圆球 ●，将鼠标指针移动至其上方时，橙色小圆球会显示为 ⊖，点按此按钮将使窗口以动画的方式最小化至 Dock 工具栏中，或者按键盘上的 ⌘+M组合键最小化当前窗口。若想再次显示最小化至 Dock 工具栏中的窗口，只需点按 Dock 工具栏中对应的缩小图标即可。

图 1-18 打开标题栏菜单

4. 最大化按钮

在正常状态下，"最大化"按钮显示为绿色小圆球⬤，将鼠标指针移至其上方时，绿色小圆球会显示为⬤，点按此按钮，可以使窗口尽可能地以最大化的方式显示更多的内容。再次点按"最大化"按钮，则窗口又可以恢复到原先的大小。

 窗口执行最大化显示以后并没有撑满整个屏幕。

5. 工具栏

工具栏由一些常用的操作按钮组成，以方便用户使用。用户还可以自定义工具栏上的按钮和整理工具栏上的按钮。

工具栏中有一组默认的工具按钮，用户也可以手动将一些快捷按钮放入工具栏中，操作方法如下。

（1）选择"显示→自定工具栏"命令，或者在窗口工具栏上点按鼠标右键，在弹出的快捷菜单中选取"自定工具栏"命令。

（2）打开"自定工具栏"对话框，将我们常用的工具按钮拖入工具栏的空位框中，如图1-19 所示。

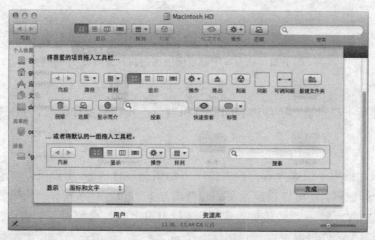

图 1-19 添加工具按钮

6. 窗口主体内容

窗口主体内容部分主要用于显示窗口中的主要内容，是用户浏览窗口信息的主要部分，用户可以排列窗口中的项目、更改窗口的背景等，如图 1-20 所示。

图 1-20　打开的一个窗口

7. 侧栏

所有的 Finder 窗口中都有一个侧栏，侧栏中显示经常使用的项目图标。侧栏分为 4 个部分：设备、共享、位置和搜索。选择不同的项目，则在窗口中显示不同的内容，比如，选择"应用程序"后，窗口中就会显示电脑中可用的所有应用程序，如 iMovie、iPhoto 和 iWeb 等，如图 1-21 所示。

图 1-21　在窗口中显示应用程序的有关内容

8. 状态栏

状态栏主要用于显示窗口主体内容的信息和当前正执行的操作信息，另外还显示可用的磁盘空间。

9. 滚动条

窗口中的滚动条用于快速查看窗口主体框中隐藏的项目内容。用户可以将滚动箭头放置在一起，也可以分开放置，还可以设定当我们点按滚动条时执行什么操作。如果要更改滚动条的工作方式，那么选取" →系统偏好设置"命令，打开"系统偏好设置"窗口，点按"通用"图标，打开"通用"偏好设置窗口，如图 1-22 所示。在"显示滚动条"和"在滚动栏中点按"

后面选择需要的选项，即可更改滚动条的工作方式。

　　10. 窗口大小调整框

　　用户可以通过拖动窗口右下角的大小调整框来更改窗口的大小。有的窗口可以通过点按最大化按钮或者最小化按钮来调整窗口的大小。

1.7.2　对话框

　　对话框用于进行相应选项的选择设置，这类窗口在操作过程中经常会出现，如图 1-23 所示。用户可以在对话框中进行项目设置。

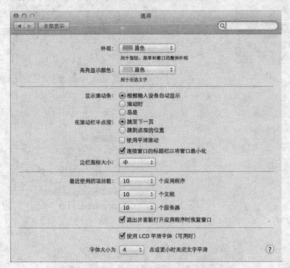

图 1-22　"通用"偏好设置窗口　　　　　　　　　　图 1-23　对话框

1.7.3　应用程序窗口

　　在应用程序窗口中，不同的应用程序显示的窗口内容信息是不一样的。iTunes 应用程序窗口如图 1-24 所示。

1.7.4　警告窗口

　　警告窗口用于提示用户系统操作错误、确认继续执行操作、完成任务等信息内容。下面是清倒废纸篓时，提示用户的信息内容，如图 1-25 所示。这样就可以给用户一次考虑的机会，以免造成错误的操作。

1.7.5　简介窗口

　　简介窗口用于查看和修改有关项目的信息，比如大小、格式、名称与扩展名、共享与权限等信息。选取"文件→显示简介"命令或者按键盘上的 ⌘+I 组合键，即可打开一个简介窗口。下面是打开的硬盘宗卷"'Macintosh HD'简介"窗口，如图 1-26 所示。

1.7.6　文档窗口

　　文档窗口是通过应用程序产生的。一个应用程序中可以包含多个文档窗口，文档窗口的内容可以是文本、图像、影片等，如图 1-27 所示。

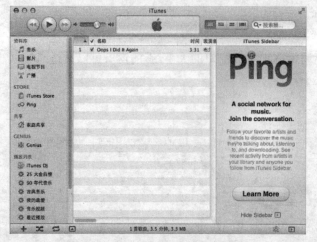

图 1-24　iTunes 应用程序窗口

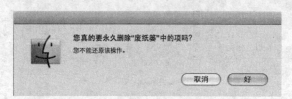

图 1-25　警告窗口

图 1-26　"'Macintosh HD'简介"窗口

图像窗口

文本窗口

影片窗口

图 1-27　不同的文档显示窗口

1.8　Mac OS X 10.7 中的图标

在 Mac OS X 应用程序中可以使用一些图标来表示对象（如文件、文件夹和应用程序等）或者执行一些复制、移动等操作。

1.8.1　图标的种类

根据图标的外观和类型，我们把所有的图标划分为 7 种：文件图标、文件夹图标、替身图标、应用程序图标、存储介质图标、系统内置图标和服务器图标。

1.　文件图标

文件图标包含应用程序所创建的内容。不同类型的文件图标是不一样的，大部分文件可以通过文件图标来辨别应用程序，如图 1-28 所示。

2.　文件夹图标

文件夹图标像一个文件柜一样用于放置不同类型的文件和文件夹，便于用户统筹管理电脑里的内容，不同类型的文件夹中放置了不同的文件内容，如图 1-29 所示。

图 1-28　文件图标

图 1-29　文件夹图标

3.　替身图标

替身图标是一种快捷图标，一般显示"替身"二字。使用它们可以打开电脑中的文件、文件夹或应用程序。替身图标最大的特点是图标左下角有一个倾斜的小箭头，并且替身要比源程序或文件夹占用的磁盘空间小很多，替身图标如图 1-30 所示。

图 1-30　替身图标

4.　应用程序图标

应用程序图标与文件图标相似，也对应着相应的应用程序或者软件程序图标，用于在电脑上执行任务。一般在最后显示有.app，它是 application 的缩写。它与文件图标的不同之处在于文件图标是通过在某些应用程序存储后才产生的，应用程序图标如图 1-31 所示。

图 1-31　应用程序图标

5. 存储介质图标

存储介质用于存储我们在电脑上处理的内容，如 CD、DVD 或磁盘，存储介质图标如图 1-32 所示。

图 1-32　存储介质图标

6. 系统内置图标

系统内置图标是系统内自设的图标，这类图标不能被更改和删除。系统内置图标如图 1-33 所示。

7. 服务器图标

服务器是一个物理存储设备，位于网络或 Internet 上，服务器图标如图 1-34 所示。

图 1-33　系统内置图标　　　　图 1-34　服务器图标

1.8.2　图标的操作

通过上面的学习，我们知道图标表示对象（例如文件、文件夹和应用程序），用户可以对图标执行选择、拖动、重命名、复制、删除、制作图标替身等操作。注意，图标的操作和文件的操作是相同的。

下面介绍一下关于图标的一些操作。

1. 选择图标

（1）选择单个图标

如果要选择单个图标，那么移动鼠标指针至要选择的图标上并点按鼠标左键，此时被选中图标的颜色变深。在空白区域点按鼠标左键，可以取消对图标的选择。

（2）选择多个图标

如果要选择多个图标，可以结合鼠标和键盘完成操作，操作方法如下。

● 如果要选择界面上或窗口中的全部图标，可以按键盘上的 ⌘＋A 组合键选中界面上或窗口中的所有图标。

● 如果要选择界面上或窗口中的任意图标，可以按下键盘上的 shift 键或⌘键，并点按要选择的图标即可。

● 还可以按下鼠标左键并拖动进行框选，鼠标经过的地方变成了灰色，灰色部分包含了所选择的图标项目。如果不想选择灰色区域中的某个图标，可以按下键盘上的 shift 键或⌘键，并点按不想选择的图标即可。

在窗口中选择图标时，可以按下 shift 键，然后分别点按所选范围内的第一个和最后一个图标，此时可以选中这两个图标中间的所有图标。

2．重命名文件夹图标

在操作过程中，为了更好地管理和辩认文件及文件夹，用户可以执行文件及文件夹图标的重命名操作。为图标重命名的步骤如下。

（1）点按需要重命名的图标，使其处于被选中状态（图标变暗）。

（2）按键盘上的 enter 键或者点按图标下的名字，这时图标的名字被选中并且高亮显示。

（3）在名称输入框中重新输入图标的名字。

（4）输入完毕后，再次按键盘上的 enter 键或者在图标以外的区域点按鼠标左键确认。

图标更改名称后，如果要再次恢复以前的图标名称，可以按⌘+Z 组合键来还原图标名称。

3．移动图标

如果要更改图标的位置，可以使用以上介绍的选择图标的方法选择图标，然后按下鼠标左键并拖动，就可以将图标移到目标位置或屏幕上的任意位置。在任意空白的区域点按鼠标左键，取消对图标的选择，这样就确定了图标的位置。

4．复制图标

所谓复制图标就是复制一个与原始图标相同的副本图标，复制后的图标，其名称多了"副本"字样。

复制图标有 3 种操作方法。

（1）选择要复制的图标，此时图标变暗，然后执行"文件→复制"命令，就会看到原文件旁边出现了一个副本文件。

（2）选中要复制的图标，然后按键盘上的⌘+D 组合键，可以快速完成图标的复制操作，如图 1-35 所示。

（3）按下键盘上的 option 键，点按并拖动要复制的图标，当鼠标指针变成🖐时，表明该图标正处于被复制状态。松开鼠标键，然后松开键盘上的 option 键，这时被复制的图标的名称上多了序号，而不是以"副本"的名称显示，如图 1-36 所示。

图 1-35　复制图标 1　　　　　　　　　　图 1-36　复制图标 2

5．替身图标

前面已经介绍了替身图标，替身图标与普通图标最大的区别是替身图标左下角有一个倾斜的小箭头。下面介绍一下制作替身图标的 3 种方法。

（1）选中要制作替身的图标，然后执行"文件→制作替身"命令，就可以看到在原文件的旁边出现了它的替身图标。

（2）选中要制作替身的图标，然后按键盘上的 ⌘+L 组合键，可以实现替身图标的制作。此时，原有图标的右下角出现替身图标，如图 1-37 所示。

（3）选中要制作替身的图标，按住键盘上的 option 和 ⌘键，然后按下鼠标键并拖动选中的图标，此时图标的左下角出现了一个倾斜的小箭头，如图 1-38 所示。

6. 删除图标

有时，在操作过程中需要将界面上或者窗口中的多余图标删除，以保持界面或窗口的简洁。下面将介绍一下删除图标的 3 种方法。

（1）选中要删除的图标，选取"文件→移到废纸篓"命令，删除后的图标将被放入废纸篓中，如图 1-39 所示。

文件夹替身

图片 2.png   图片 2.png替身

图 1-37　制作替身图标 1　　　图 1-38　制作替身图标 2　　　图 1-39　删除图标前后"废纸篓"的变化

（2）选中要删除的图标，然后按键盘上的 ⌘+delete 组合键，删除后的图标自动进入废纸篓中。

（3）选中要删除的图标，并将其拖到 Dock 工具栏的"废纸篓"图标上，然后松开鼠标左键，便可以将选中的图标删除。

1.9　特殊键符号

为了提高工作效率，系统经常会提示一些特殊键符号。例如，Finder 菜单中的"清倒废纸篓"命令中运用的符号（⇧⌘⌫）。下面列出 Mac 中出现的所有特殊键符号的对照表，以帮助用户在以后的学习中能够灵活运用特殊键符号，如表 1-1 所示。

表 1-1　特殊键符号对照表

符号	对应键	符号	对应键
⌘	Command	⤒	Page up
⇧	Shift	⤓	Page down
⌥	Option	↖	Top (Home)
⌤	Enter	⎋	Escape (Esc)
↵	Return	↘	End
⌃	Control	⌫	Delete
↑↓	向上/下箭头键	⌦	向前删除
←→	向左/右箭头键		

特殊键符号出现在菜单中，代表键盘快捷键中使用的特殊键，其中有些符号会显示在帮助中，称为"修饰键"。选取" → 系统偏好设置"命令，打开"系统偏好设置"窗口。然后点按"万能辅助"图标，在打开的"万能辅助"窗口中，点按并打开"键盘"标签，在"键盘"选项卡中选中"粘滞键"右侧的"开"项，如图 1-40 所示。这样当我们按下 command、shift、option 和 control 键时，就可以在屏幕上看到这些键的符号。

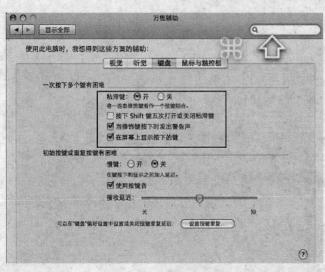

图 1-40　键盘粘滞键

　　"千里之行，始于足下。"在本章中了解了这些基本内容之后，让我们进入下一章，进一步探索奇妙的 Mac 世界。

第 2 章
命令总控室——
菜单命令

千里之行，始于足下。在 Mac OS X 10.7 中，大部分功能的实现和操作都是通过菜单栏中的命令来实现的，因此如果要想熟练地操作苹果电脑，必须要掌握这些菜单命令，而且通过这些菜单命令可以了解更多关于 Mac OS X 10.7 的内容。在这一章的内容中，就介绍菜单命令的作用。

本章主要介绍下列内容：

● 苹果菜单命令

● Finder 菜单命令

● 文件菜单命令

● 编辑菜单命令

● 显示菜单命令

● 前往菜单命令

2.1　菜单栏简介

在 Mac OS X 10.7 中，菜单栏位于界面的顶部左侧，大部分操作和功能的实现都是通过菜单栏中的命令来完成的，界面顶部右侧则是一些常用辅助工具，如图 2-1 所示。

图 2-1　菜单栏和辅助工具栏

应用程序菜单位于菜单栏的左侧，主要由"苹果"（ ）菜单、"Finder"菜单、"文件"菜单、"编辑"菜单、"显示"菜单、"前往"菜单、"窗口"菜单和"帮助"菜单等组成。用户可以通过菜单中的命令实现相应的各项操作。后文中将介绍各个菜单栏中的命令。

如果当前打开的有其他程序，比如 iTunes，那么其名称将以粗体形式显示在苹果（ ）菜单的旁边，同时显示的是与之相关的菜单命令，如图 2-2 所示。

图 2-2　iTunes 的菜单栏

2.2　"苹果（ ）"菜单

在 Mac OS X 10.7 中仍然使用"苹果"菜单，"苹果"菜单中包含了经常使用的各项命令，如软件更新、关机和重新启动等。"苹果"菜单总是显示在屏幕上，它位于屏幕的左上角，是用 Apple 公司的商标表示的。点按 图标打开"苹果"菜单，如图 2-3 所示。

下面介绍"苹果"菜单中的各个命令。

1. 关于本机

"苹果"（）菜单中的"关于本机"命令用于显示关于电脑的信息，包括 Mac OS X 的版本号、处理器类型、内存数量以及苹果公司的版权注册声明等详细信息内容，如图 2-4 所示。

图 2-3　苹果菜单

图 2-4　"关于本机"窗口

2. 软件更新

"苹果"（）菜单中的"软件更新"命令用于及时检查电脑上的 Apple 软件的任何更新。如果找到需要更新的软件，可以点按"软件更新"命令来获取最新软件，这时系统将打开一个窗口自动进行检查是否有新的软件可供下载，如图 2-5 所示。注意，此操作需要用户连接 Internet 才能进行。

在安装自动下载完成的软件时，用户需要键入管理员的用户名称和密码（第一次设置电脑时所使用的用户名和密码），如需要安装则点按"好"按钮，如图 2-6 所示。

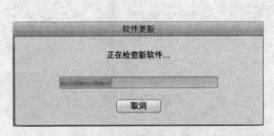

图 2-5　"软件更新"窗口

图 2-6　软件更新对话框

软件安装完成后，系统会打开一个对话框，提示我们需要重新启动电脑以结束安装操作，如图 2-7 所示。

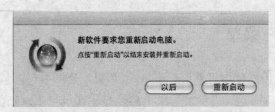

图 2-7　软件更新提示对话框

设置软件的更新

可以通过"软件更新"偏好设置，设置一个时间来定期检查软件更新和自动下载软件更新。下面介绍如何设置自动检查软件更新。

（1）选择"苹果（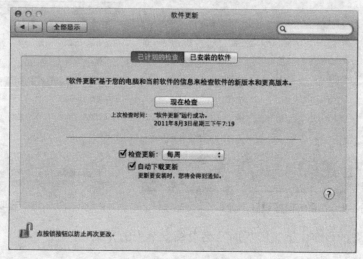）→系统偏好设置"命令，打开"系统偏好设置"窗口。通过点按其中的"软件更新"图标，打开"软件更新"窗口，如图 2-8 所示。

图 2-8　"软件更新"窗口

（2）选中"检查更新"项，然后从打开式菜单中选择要检查更新的时间（每天、每周或每月）。

（3）如果希望电脑直接下载重要更新而不进行询问，选择"自动下载更新"选项。更新下载完成后，系统将通知我们已准备安装。

3. App Store

"苹果"（	）菜单中的"App Store"命令用于打开 App Store（苹果商店）应用程序，在这里用户可以购买和下载自己需要的应用程序，但是需要连接 Internet 打开网页，在打开的网页上可以找到适用的应用程序、免费软件即相关的操作技巧等，也可以进行评价。

4. 系统偏好设置

"苹果"（	）菜单中的"**系统偏好设置**"命令用于打开"系统偏好设置"窗口。用户可以根据自己的喜好和工作需要来设置电脑中的操作，例如个人设置、系统中的硬件、网络共享、系统启动盘的设置。在后面的章节中我们会详细介绍有关系统偏好设置的操作。系统偏好设置窗口如图 2-9 所示。

5. Dock

"苹果"（	）菜单中的 Dock 命令打开式菜单用于设置隐藏 Dock 工具栏、放大 Dock 上的图标、Dock 工具栏的排放位置以及系统预置选项。有关 Dock 的偏好设置内容，请参阅本章后面的介绍。

6. 位置

"苹果"（	）菜单中的"位置"命令用于设置连接各种不同的网络位置。如果电脑中有多个已配置的位置，那么用户就可以从中选取其所在的位置进行网络连接。例如，如果使用笔记本电脑的用户在办公室用专用 ADSL 上网，而在家里用 Modem 上网，那么"苹果"（	）

菜单中的"位置"命令就可以帮助他们很快地选取不同的位置进行网络连接，如图 2-10 所示。

图 2-9 "系统偏好设置"窗口　　　　　　　　　　图 2-10 选取网络位置

有关网络设置的内容，请查阅后面网络设置章节中的介绍。

7. 最近使用的项目

"苹果"（　）菜单中的"最近使用的项目"命令用于快速打开最近使用过的应用程序、文稿或服务器，用户还可以自由设置应用程序、文稿或服务器的显示数量，不过最多可以显示50 个程序或文件，如图 2-11 所示。

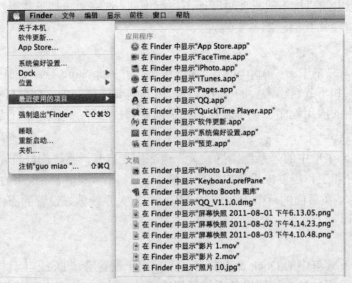

图 2-11 "苹果"菜单中"最近使用的项目"命令

8. 强制退出

"苹果"（　）菜单中的"强制退出"命令用于某应用程序失去控制或停止响应时，选取此命令后系统会提示用户想要选择哪个正在运行的应用程序强行退出。应用"强制退出"命令不会影响其他应用程序的运行，但是被强行退出的应用程序中未被存储的部分内容将会丢失。

另外也可以按⌘+option+esc 组合键，打开"强制退出的应用程序"窗口，选取所需退出的应用程序名称，然后点按"强制退出"按钮，即可强制退出该应用程序，如图 2-12 所示。

如果操作过程中电脑处于死机状态，用户可以按下主机箱上的 Reset 按钮，或者按住主机箱上的电源按钮，等待一会系统将强制关机。

9. 睡眠

"苹果"（）菜单中的"睡眠"命令用于让屏幕变暗，减少能源消耗但不关闭电脑。如果只是短时间内不使用电脑，那么将它置入睡眠状态，但是此时将停止所有应用程序的运行，同时将停止显示器和硬盘的供电。若想让电脑处于正常的运转状态，只需按下键盘上的任意键或者点按鼠标来唤醒计算机。如果要将电脑置入睡眠状态，那么可以选取以下方法。

（1）选取"🍎→睡眠"命令。

（2）如果是笔记本（MacBook）电脑，可以合上电脑显示屏，或者按下键盘上的"电源"按钮⏻，在打开的对话中点按"睡眠"按钮，如图 2-13 所示。点按"取消"按钮则取消睡眠操作，点按"关机"按钮则关闭电脑，点按"重新启动"按钮则重新启动电脑。

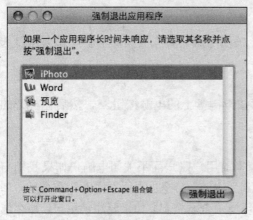

图 2-12 "强制退出应用程序"窗口   图 2-13 将电脑置入睡眠状态

（3）选择"🍎→系统偏好设置"命令，打开"系统偏好设置"窗口，点按"节能器"图标，打开"节能器"窗口，如图 2-14 所示。，然后根据需要设定睡眠时间即可。

下面介绍一下怎样唤醒睡眠状态的电脑。

（1）如果要唤醒睡眠状态的电脑，那么按下键盘上的任意键即可。

（2）唤醒睡眠状态的笔记本（MacBook）电脑

● 如果显示屏是合上的，那么只要打开它就可以唤醒 MacBook 了。

● 如果显示屏已打开，那么按下电源按钮⏻或按键盘上的任意键即可。

将电脑从睡眠状态唤醒之后，应用程序、文稿和电脑设置与睡眠前的状态完全一样。

10. 重新启动

"苹果"（）菜单中的"重新启动"命令用于重新启动电脑，执行该命令时系统将会关闭所有正在运行的应用程序和文件。另外用户也可以按下键盘上的开机键，然后在打开的对话框中点按"重新启动"按钮来重新启动 Mac OS X 系统。

图 2-14　"节能器"窗口

11. 关机

"苹果"（🍎）菜单中的"关机"命令用于完全关闭电脑。如果要关闭电脑，那么可以选取以下方法。

（1）选择"🍎→关机"命令，即可关闭电脑。

（2）如果是笔记本（MacBook）电脑，还可以按下键盘上的电源按钮⏻，然后在打开的对话框中点按"关机"按钮，即可关闭笔记本电脑。

12. 注销

"苹果"（🍎）菜单中的"注销"命令用于注销当前用户账户而不关闭电脑。如果我们与自己账户之外的其他用户共享电脑，那么就可以用到"注销"命令。执行"注销"命令后，如果其他用户没有登录密码，就无法进入我们的电脑环境中查看资料。如果要注销用户，那么选择"🍎→注销用户"命令即可。

设置自动注销电脑

为了保证更加安全地使用电脑，用户可以将电脑设定为在指定的不活跃时间后注销用户，这是保证信息安全的一种很好的方法。如果要设置自动注销电脑，那么执行以下操作。

（1）选择"🍎→系统偏好设置"命令，打开"系统偏好设置"窗口，在"系统偏好设置"窗口中点按"安全"图标，打开"安全"窗口，如图 2-15 所示。在"安全"窗口中点按"通用"标签。如果有些选项变暗，那么点按左下角的锁图标🔒，然后键入管理员名称和密码，即可激活这些选项。

（2）为安全起见，选择"从睡眠或者屏幕保护中唤醒电脑时，要求输入密码"。

（3）选择"通用"标签中的"在…分钟不活跃后注销"，设定系统自动注销前的不活跃时间。

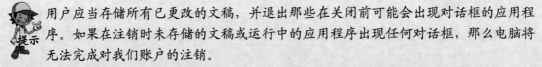

用户应当存储所有已更改的文稿，并退出那些在关闭前可能会出现对话框的应用程序。如果在注销时未存储的文稿或运行中的应用程序出现任何对话框，那么电脑将无法完成对我们账户的注销。

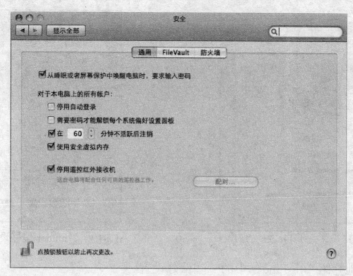

图 2-15　"安全"窗口

2.3　"Finder"菜单

在 Mac OS X 中，使用"Finder"菜单中的命令可以查到我们当前使用的 Finder 版本号、设置桌面上的显示项目、废纸篓的清理和各项常用的快捷服务。注意，Finder 窗口是苹果电脑的文件总管，在该窗口中可以查看和打开电脑中的所有文件，Finder 窗口如图 2-16 所示，Finder 的菜单命令如图 2-17 所示。

图 2-16　Finder 窗口

图 2-17　"Finder"菜单

1．关于 Finder

"Finder"菜单中的"关于 Finder"命令用于显示 Finder 的版本号以及苹果公司的版权注册声名。选择"关于 Finder"命令后，打开"关于 Finder"窗口，如图 2-18 所示。

2．偏好设置

"Finder"菜单中的"偏好设置"命令用于设置桌面上的显示项目、文件及文件夹的标签名、工具条中的显示项目、文件的扩展名、警告对话框等。选择该命令后，打开"Finder 偏好设置"窗口，如图 2-19 所示。注意，它包含 4 个标签，图 2-19 显示的是"通用"标签中的内容。

图 2-18 "关于 Finder"窗口

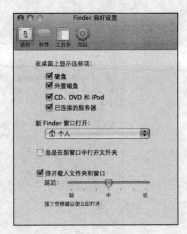

图 2-19 "Finder 偏好设置"窗口

下面，简单地介绍一下 Finder 中的一些偏好设置。

● 通用

"在桌面上显示这些项"用于在桌面上显示"硬盘"、"外置磁盘"、"CD、DVD 和 iPod"、"已连接的服务器"图标。这里用户可以根据情况来决定在桌面上显示的项目。

● 标签

"标签"中的选项用于设置文件及文件夹的颜色标签名称。如果要对某标签名称进行更改，只需在名称框中重新输入名称即可。

用户可以对文件和文件夹使用有颜色的标签，以便更容易地找到我们想要的项目。如果要为文件或文件夹添加颜色标签以及快速查找带颜色的标签，那么执行以下操作。

（1）点按桌面（屏幕的背景区域），选择"Finder→偏好设置"命令或者按⌘+","组合键，打开"Finder 偏好设置"窗口，然后点按"标签"按钮。

（2）为颜色标签键入名称，例如为红色标签键入"重要文件"名称，如图 2-20 所示。

（3）如果要为文件或文件夹设定标签颜色，选定图标后，选择"文件→标签→样本颜色"命令，比如这里选择红色，此时选中后的标签颜色将以红色显示，如图 2-21 所示。

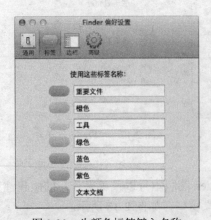

图 2-20 为颜色标签键入名称

图 2-21 设定标签颜色

● 边栏

"边栏"中的选项用于设置窗口工具条中的显示项目。勾选设备、共享的、位置、搜索后的项目，以后打开窗口时便在工具条中显示这些项目，没有勾选的工具在窗口边栏的中则不被显示。"边栏"标签如图 2-22 所示。

● 高级

"高级"中的选项用于设置是否显示文件扩展名、更改扩展名或者清倒废纸篓之前显示警告信息。"高级"标签如图 2-23 所示。

图 2-22　"边栏"标签　　　　　　　　图 2-23　"高级"标签

2. 清倒废纸篓

"Finder"菜单中的"清倒废纸篓"命令，用于删除放入"废纸篓"中的项目，用户也可以按键盘上的 ⌘＋shift+delete 组合键进行清倒废纸篓。操作"安全清倒废纸篓"命令时会给出信息提示，确认后才能进行清倒。

如果要删除电脑中的文件，那么选中文件后，点按鼠标右键，从打开的快捷菜单中
提示　选择移到"废纸篓"命令即可，如图 2-24 所示。

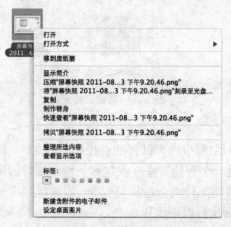

图 2-24　删除文件

2.4　"文件"菜单

　　使用"文件"菜单中的命令可以新建、打开、复制、快速查看文件及文件夹窗口、制作文件替身、添加标签等。文件菜单如图 2-25 所示。

图 2-25　文件菜单

　　下面介绍一下"文件"菜单中的一些命令。

　　1. 新建 Finder 窗口

　　"文件"菜单中的"新建 Finder 窗口"命令用于新建一个 Finder 窗口。选择"新建 Finder 窗口"命令后打开一个新的窗口，窗口会根据 Finder 预置中的选项而显示窗口内容。

　　2. 关于新建文件夹

　　与旧版本相比较，Mac OS X 10.7 中文版的"文件"菜单有了很大的改进，提高了文件的新建及打开速度。

新建文件夹

　　选取"文件"菜单中的"新建文件夹"命令，新建后的文件夹如图 2-26 所示。通过重新键入其名称可以对其进行重命名。

图 2-26　新建文件夹

新建智能文件夹

　　智能文件夹根据类型和主题事件可以自动查找和整理文件。例如，一个智能文件夹可以自动收集所有电子表格，而另一个智能文件夹收集有关特定项目的所有文件。一个文件可以被存放在多个智能文件夹中。智能文件夹会在我们更改、添加或删除电脑上的文件后自动更新。如果要新建智能文件夹，那么执行以下操作。

　　（1）选择"文件→新建智能文件夹"命令，打开"新建智能文件夹"窗口，如图 2-27 所示。

图 2-27　"新建智能文件夹"窗口

（2）选择我们的搜索标准。

● 如果要收集有关特定主题的文件，那么在搜索框中键入主题名称。

● 如果要限制搜索，那么点按"这台 Mac"，将搜索整台电脑；点按"共享的"，则将搜索本地网络中的共享服务器；也可以只搜索个人文件夹，个人文件夹的名称显示在引号内。

● 如果要搜索特定属性，那么点按搜索栏下面的"加号"按钮，这时将会出现搜索属性打开式菜单，此菜单成对配合工作。例如，如果要搜索图像，我们应从左边的打开式菜单中选择"种类"，然后从旁边的打开式菜单中选择所需格式的图像，就可以搜索到所有的图像文件，如图 2-28 所示。

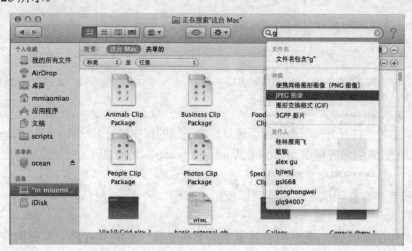

图 2-28　搜索图像文件

● 点按"加号"按钮或"减号"按钮，可以添加或删除属性。

（3）点按"存储"按钮，在打开的对话框中，为智能文件夹指定名称和位置。如果我们不想让智能文件夹保留在侧栏的"工具条"中，那么取消选择"添加到边栏"项，如图 2-29 所示。

图 2-29　指定智能文件夹的名称和位置

压缩

文件菜单中的"压缩"命令用于压缩文件在磁盘中的占用空间，压缩文件后对于创建数据的备份副本和通过 Internet 发送信息是很有用的。

压缩文件时，先选中要进行压缩的文件，然后选择"文件→压缩"命令，此时系统将为文件原名称添加扩展名".zip"。如果我们一次压缩多个项目，则所有压缩文件在一个文件中显示，显示为"归档.zip"，如图 2-30 所示。当我们打开压缩文件时，它会将未压缩的原始项副本解压缩到文件夹中。

新建刻录文件夹

选择"文件"菜单中的"新建刻录文件夹"命令，新建后的刻录文件夹如图 2-31 所示。

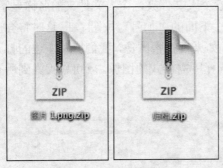

图 2-30　压缩一项和压缩多项

图 2-31　新建刻录文件夹

2. 打开方式

文件菜单中的"打开方式"命令用于通过选择不同的程序来打开文件。例如".doc"格式的文本文档，可以通过选用内置程序 Microsoft Word、Page.app、文本编辑.app 等应用程序打开。

3. 打印

如果电脑连接有打印机，那么就可以使用"打印"命令进行打印了。

4. 复制、制作替身、显示原身

文件菜单中的"复制"命令用于复制桌面上或者窗口中的文件及文件夹图标。选择"文件→复制"命令，复制后的文件名称多了"副本"字样，如图 2-32 所示。

文件菜单中的"制作替身"命令可以为应用程序、磁盘、文件或文件夹创建它们的替身图标，以方便我们快速的访问。比如选中要制作替身的"miao"文件夹，然后选择"文件→制作替身"命令，制作原文件替身图标，如图 2-33 所示。当连按替身图标时，原始项会打开。

文件菜单中的"显示原身"命令用于找到替身文件的原始程序或文件并打开其所在的文件夹。此命令必须在选中替身图标以后才能操作，否则此命令将以灰色显示。

图 2-32　复制后的文件

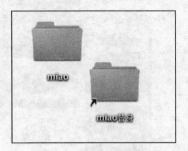
图 2-33　制作文件替身

 提示　　如果该替身的原始文件已经被删除，那么系统会打开一个对话框，提示用户是否删除替身或修复替身文件，如图 2-34 所示。

图 2-34　提示对话框

5. 快速查看

文件菜单中的"快速查看"命令用于查看硬盘及文件夹的名称、大小、修改时间和文件的内容。选中要查看的文件后选择"文件→快速查看"命令或按键盘上的 ⌘＋Y 组合键，还可以选中要查看的文件并按键盘上的空格键来查看文件内容。图 2-35 分别为文件夹和图像文件的查看窗口。

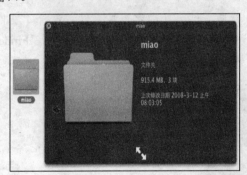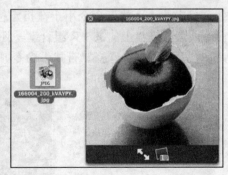
图 2-35　文件夹和图像文件的查看窗口

6. 添加到工具条

文件菜单中的"添加到工具条"命令用于将我们经常用到的文件及文件夹放入窗口的工具条中，以便进行快速访问。

例如，我们要将应用程序"iTunes"添加到工具条中。选中 iTunes，然后选择"文件→添加到工具条"命令，此时 iTunes 应用程序图标将被添加到工具条中，如图 2-36 所示。

 提示　　如果要删除工具条中的内容，选中项目后直接将其拖出工具条即可。

图 2-36　将应用程序图标添加到工具条

7. 移到废纸篓

文件菜单中的"移到废纸篓"命令，用于删除的文件或文件夹。选中要删除的文件图标，然后按键盘上的⌘+delete 组合键或者直接将要删除的文件及文件夹图标拖到 Dock 工具栏中的"废纸篓"图标上即可。

8. 刻录

该命令用于刻录光盘。将空白光盘放进带有刻录功能的光驱中，然后把需要刻录的文件或者文件夹拖曳到 CD-R 或者 CD-RW 光盘图标中进行刻录。刻录完毕后，系统会提示我们光盘刻录完毕。注意，根据当前打开文件的不同，"刻录"命令的显示名称也不同。

9. 查找

文件菜单中的"查找"命令用于在指定位置按文件名和内容查找文件。选择"文件→查找…"命令或者按键盘上的⌘+F 组合键，还可以在 Dock 工具栏中，右键点按"Finder"图标，然后在打开式菜单中选择"查找"命令，如图 2-37 所示。

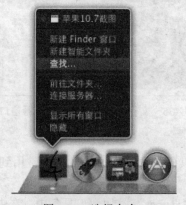

图 2-37　选择命令

10. 标签

文件菜单中的"标签"命令用于更改标签图标的颜色。选中要更改颜色的图标，然后选择"文件→标签"命令，从中选择标签的颜色即可，这样可以起到美化和标识的作用。

2.5　"编辑"菜单

使用"编辑"菜单中的命令可以还原我们误删的文件或文件夹，还可以对文件和文件夹执行剪切、复制和粘贴操作。另外还可以在夹纸板中显示剪切或复制的项目的内容或文件名称。"编辑"菜单如图 2-38 所示。

图 2-38　"编辑"菜单

1．撤销、重做

使用"撤销"命令可以还原用户误删的文件或文件夹，还可以按 ⌘+Z 组合键进行还原操作。还原命令不是随时可以使用的，它只能执行恢复前一步操作。而使用"重做"命令则可以取消"撤销"命令执行的操作。

2．剪切、拷贝、粘贴、全选

"编辑"菜单中的"剪切"命令用于剪切选择的内容，包括文件和文件夹。可以使用"粘贴"命令把选择的内容粘贴到指定的位置。

"拷贝"命令用于复制选择的内容，包括文件和文件夹。可以使用"粘贴"命令把选择的内容粘贴到指定的位置。

"粘贴"命令用于将剪切或拷贝的内容粘贴到指定的位置。

"全选"命令用于选择当前桌面上的所有图标或者是一个窗口中的所有文件及文件夹，以便进行移动、复制等操作。可以按 ⌘+A 组合键或者用框选的方法进行选择。如果是选择其中的几个文件及文件夹，可以按住键盘上的 shift 键并点按要选择的文件及文件夹。

3．显示剪贴板

"剪贴板"类似于我们在Windows PC 中使用的"剪切板"。选择"显示剪贴板"命令后打开"剪贴板"窗口，在该窗口中会显示当前剪切、复制操作后的项目内容或名称。"剪贴板"窗口如图 2-39 所示。注意，在以前的版本中，"剪贴板"称为"夹纸板"

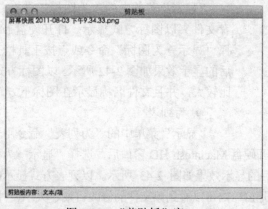

图 2-39　"剪贴板"窗口

在操作过程中，可以直接对文件或文件夹进行复制（⌘+C）或粘贴（⌘+V）操作，**提示** 但是不能使用"剪切"命令（⌘+X）来对文件或文件夹执行剪切的操作。

4．特殊字符

选择"特殊字符"命令后，打开"字符"窗口，如图 2-40 所示。在该窗口中可以设置特殊的字符，也可以进行收藏。

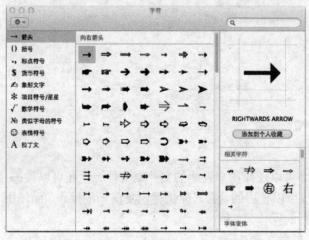

图 2-40　"字符"窗口

2.6　"显示"菜单

在 Mac OS X 10.7 中，为用户提供了更为直观、快捷的窗口显示设置方式，使用户可以根据自己的喜好来设置浏览和查看所需的应用程序或文件夹的显示方式。"显示"菜单如图 2-41 所示。

图 2-41　"显示"菜单

1．以"为图标"、"为列表"、"为分栏"、"为 Cover Flow"的方式显示窗口内容

下面以打开硬盘 Macintosh HD 窗口为例，分别介绍 4 种（为图标、为列表、为分栏、为 Cover Flow）窗口显示方式。

● 为图标

"显示"菜单中的"为图标"命令，用于使窗口中的文件或者文件夹以图标方式显示。打开硬盘 Macintosh HD 窗口后，选择"显示→为图标"命令或点按工具栏上的"为图标"图标后的显示效果如图 2-42 所示。以图标方式显示的特点是图标尺寸比较大，并且文件名称显示在图标下方，这样看起来比较清晰。

● 为列表

"显示"菜单中的"为列表"命令用于使窗口中的文件或者文件夹以列表方式显示。打开硬盘 Macintosh HD 窗口后，选择"显示→为列表"命令或点按工具栏上的"为列表"图标后的显示效果如图 2-43 所示。以列表方式显示的特点是虽然图标比"为图标"显示方式略小，但是窗口内可以看到该文件的修改日期、大小、种类等更多的详细信息。

图 2-42　以图标方式显示的硬盘 Macintosh HD 窗口

图 2-43　以列表方式显示的硬盘 Macintosh HD 窗口

● 为分栏

"显示"菜单中的"为分栏"命令用于使窗口中的文件或者文件夹以分栏方式显示。打开硬盘 Macintosh HD 窗口后，选择"显示→为分栏"命令或点按工具栏上的"为分栏"图标后的显示效果如图 2-44 所示。以分栏方式显示的特点是可以显示出当前文件的层次结构。

● 为 Cover Flow

"显示"菜单中的"为 Cover Flow"命令用于使窗口中的文件或者文件夹以 Cover Flow 方式显示。打开硬盘 Macintosh HD 窗口后，选择"显示→为分栏"命令或点按工具栏上的"为分栏"图标后的显示效果如图 2-45 所示。以 Cover Flow 方式显示的特点是可以以幻灯片方式按顺序播放名称栏的各项目，还可以从中浏览到所选项目的修改日期、大小和种类等详细信息。

2. 整理、排列

"显示"菜单中的"整理"命令用于将窗口中（包括界面）混乱的图标按列对齐排放，但是并没有将窗口中的图标整理的很整齐。

"显示"菜单中的"排列"命令用于将窗口中的图标按照文件或文件夹的名称、修改日期、创建日期、大小或种类的顺序排列图标。应用"排列"命令后，窗口中的图标比使用整理方式排列的图标更整齐、更直观。选择"显示→排列→按名称"命令后，窗口图标的排列效果如图 2-47 所示。

图 2-44　以分栏方式显示的"应用程序"窗口

图 2-45　以 Cover Flow 方式显示的硬盘"Macintosh HD"窗口

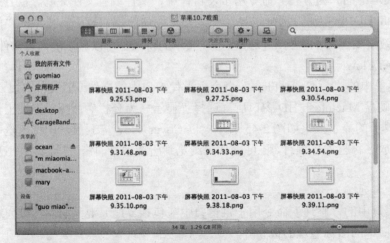

图 2-47　按名称排列的窗口图标

通常情况下，当以"为列表"、"为分栏"、"为 Cover Flow"方式显示窗口中的内容时，"整理"和"排列"命令是不可用的。

3. 显示路径栏、显示状态栏

"显示"菜单中的"显示路径栏"命令用于显示/隐藏窗口中文件或文件夹的路径，"显示状态栏"命令用于显示/隐藏窗口中文件或文件夹的状态。

注意，如果路径栏处于显示状态，那么"显示"菜单中"显示路径栏"命令显示为"隐藏路径栏"。如果状态栏处于显示状态，那么"显示"菜单中"显示状态栏"命令显示为"隐藏状态栏"。

4. 隐藏工具栏、自定工具栏

在 Mac OS X 10.7 中，用户可以根据窗口的大小和操作需要，设置窗口中工具栏的外观显示状态和添加或删除工具栏按钮。

"显示"菜单中的"隐藏工具栏"命令用于隐藏窗口中的工具栏，选择"显示→隐藏工具栏"命令后，窗口中的工具栏将被隐藏起来。这时显示菜单中的"隐藏工具栏"命令变成了"显示工具栏"，点按此命令可以显示隐藏的工具栏。点按显示/隐藏工具栏按钮同样可以对工具栏进行显示/隐藏设置。隐藏工具栏的"应用程序"窗口如图 2-49 所示。

图 2-49　隐藏工具栏的"应用程序"窗口

"显示"菜单中的"自定工具栏"命令用于增加或删除窗口中工具栏上的图标。选择"显示→自定工具栏"命令，窗口中就会显示可以放在工具栏上的项目按钮，包括一组默认工具图标和一些常用快捷图标按钮。用户可以将喜爱的项目图标拖动到工具栏上，如图 2-50 所示。

设置完图标以后点按"完成"按钮，以后每次打开的窗口都将以当前自定的工具栏显示。用户还可以在工具栏上拖动图标来重新排列图标的顺序。

另外还可以设置工具图标的显示方式。在工具栏任意位置点按鼠标右键，从打开式菜单栏中选择"图标与文字"、"仅图标"、"仅文字"、"使用小尺寸"等来对工具图标进行设置。选择"图标与文字"命令后，在工具栏中将同时显示出图标和文字，效果如图 2-51 所示。

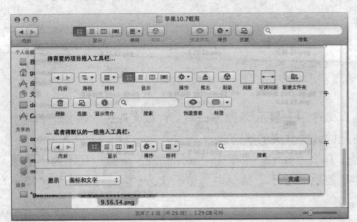

图 2-50　添加工具图标　　　　　　　图 2-51　显示图标与文字的工具栏

 若想删除工具栏上的某项图标，只需将其拖出窗口，或在工具栏任意位置处点按鼠
标右键，从打开式菜单栏中选择"移去项"命令，该图标就在工具栏中消失了。

5. 查看显示选项

"显示"菜单中的"查看显示选项"命令用于查看桌面和窗口中的文件和文件夹图标，以及设置它们的显示选项。不同的窗口显示方式（为图标、为列表、为分栏、为 Cover Flow）的"查看显示选项"设置是不一样的。

下面以"为分栏"为例为介绍一下"查看显示选项"窗口的设置。例如，在"应用程序"窗口中选择"显示→查看显示选项"命令，打开如图 2-52 所示的窗口。

图 2-52　选择"查看显示选项"命令后打开的窗口

● **图标大小**：拖动图标大小滑块可以设置窗口中图标的大小。

● **网格间距**：用于设置窗口中图标之间的距离，拖动滑块可以对网格间距进行调整。

● **文本大小**：用于设置窗口中标签文字的大小，默认为 14 点，也可以在打开式菜单中选择文本的大小。

● **标签位置**：用于设置窗口中图标标签文字的位置，可以是底部或右边。

● **显示项目简介**：用于显示窗口中文件或文件夹中的项目信息，如图 2-53 所示。

图 2-53 显示项目简介

● **显示图标预览**：用于以图标形式显示文件的内容，例如图像文件、文本文档或影片文件等，如图 2-54 所示。

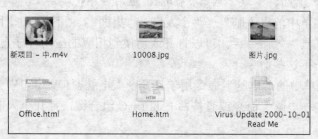

图 2-54 以图标显示的文件

● **排列方式**：用于设置窗口中图标的排列方式，如按名称、大小、修改日期、创建日期、种类、标签等方式排列窗口中的图标。

● **背景**：用于设置窗口中的背景颜色。用户可以将背景设置为白色或其他颜色，还可以选择图片作为窗口的背景。

2.7 "前往"菜单

"前往"菜单中的命令用于快速打开一些常用软件程序、最近使用的文件夹和快速连接网络中的其他计算机。"前往"菜单如图 2-55 所示。

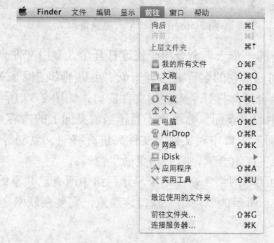

图 2-55 "前往"菜单

下面介绍一下"前往"菜单中的命令。

1. 向后

"前往"菜单中的"向后"命令用于返回上一层文件夹或上一个应用程序,也可以按⌘+[组合键或者点按窗口工具栏上的"向后"按钮。

2. 向前

"前往"菜单中的"向前"命令用于回到点按"向后"命令之前的窗口内容,此命令只有在执行"向后"命令之后才能使用。

3. 上层文件夹

"前往"菜单中的"上层文件夹"命令与"向后"命令的作用一样,也是可以返回上一层文件夹或者上一个应用程序。也可以按⌘+↑组合键快速返回上层文件夹。

4. 电脑、个人、桌面、下载、网络、iDisk、应用程序、实用工具

选择"前往"菜单中的"电脑"、"个人"、"桌面"、"下载"、"网络"、iDisk、"应用程序"、"实用工具"等命令后,可以打开或切换到相应的应用程序窗口。

下面分别介绍一下这些命令。

(1)"前往"菜单中的"电脑"命令用于打开个人电脑窗口,窗口中会列出所有的系统磁盘图标。选择"前往→电脑"命令或者按⌘+shift+C 组合键,打开个人电脑窗口,如图 2-56 所示。

图 2-56　打开的个人电脑窗口

(2)"前往"菜单中的"个人"命令用于快速打开个人专用文件夹(此文件夹为个人专用文件夹,其他用户无权访问,它的名称前面有一个"小房子"图标⌂)。选择"前往→个人"命令或者按⌘+shift+H 组合键,打开个人专用文件窗口,如图 2-57 所示。

(3)"前往"菜单中的"桌面"命令用于显示当前桌面上的内容(如文件或文件夹),以便用户可以直接从"桌面"窗口中对文件及文件夹进行移动、复制等操作。选择"前往→桌面"命令或者按⌘+shift+D 组合键,打开"桌面"窗口。

(4)"前往"菜单中的"网络"命令用于显示网络中所有已共享的电脑。选择"前往→网络"命令,打开如图 2-58 所示的"网络"窗口。注意,需要在联网之后才能看到网络中的其他计算机。

图 2-57　个人专用文件窗口

图 2-58　"网络"窗口

（5）如果用户已注册成为 Mac 会员，就可以使用这个适用的网络硬盘存储文件，Mac 会员可获得 50MB 的存储空间。

iDisk 的用途如下：

● 发布网页来展示我们的图片或影片。

● 与他人共享文件。

● 存储或备份重要的文件。

● 在电脑上创建 iDisk 拷贝，以便随时更改存储在 iDisk 上的内容（没有连接 Internet 时也可以更改）。当下次连接时，上次所做的更改将自动与 Mac 上的 iDisk 同步。

（6）"前往"菜单中的"应用程序"命令用于快速打开"应用程序"窗口，窗口中列出了一些常用应用程序软件，如 iMovie、Safari、 Quick Time player、iChat 以及用户自己安装的程序软件。选择"显示→应用程序"命令或者按 ⌘+shift+A 组合键打开"应用程序"窗口。

（7）"前往"菜单中的"实用工具"命令用于快速打开常用的实用工具。选择"前往→实用工具"命令或者按 ⌘+shift+U 组合键，打开"实用工具"窗口。窗口中列出了一些常用工具软件，如网络实用工具、数码测色计、磁盘工具和抓图工具等，如图 2-59 所示。

图 2-59 "实用工具"窗口

5. 最近使用的文件夹

"前往"菜单中的"最近使用的文件夹"命令用于快速打开最近几次使用的文件夹。选择"前往→最近使用的文件夹"命令，在"最近使用的文件夹"打开式菜单中列出了 10 个最近使用的文件夹，如图 2-60 所示。如果用户不希望其他用户看到最近使用的文件夹，可以点按"最近使用的文件夹"命令下的"清除菜单"命令清除最近使用过的文件夹，该命令变为灰色显示，则表明没有最近使用的文件夹选项。

6. 前往文件夹

"前往"菜单中的"前往文件夹"命令用于帮助用户打开相应的文件夹。选择"前往→前往文件…"命令，打开"前往文件夹"对话框，输入要前往文件夹的路径名称，如图 2-61 所示，然后点按"前往"按钮，即可打开相应的文件夹。

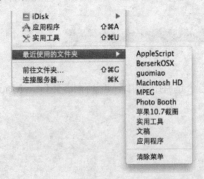

图 2-60 最近使用的文件夹菜单

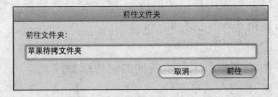

图 2-61 "前往文件夹"对话框

7. 连接服务器

"前往"菜单中的"连接服务器"命令用于连接到相应的服务器地址。选择"前往"菜单中的"连接服务器"命令，打开"连接服务器"对话框。在"服务器地址"文本框中输入电脑或服务器的地址，如图 2-62 所示。然后点按"连接"按钮，即可连接到相应的服务器地址。

 如果要将电脑或服务器添加到个人收藏列表，那么点按"添加"按钮 ⊞ 。如果我们最近连接过该电脑，就可以点按 ⊙ 按钮，在"最近使用的服务器"菜单中选择它。如果我们已将一台电脑添加到个人收藏列表中，就可以在列表中点击连接它。

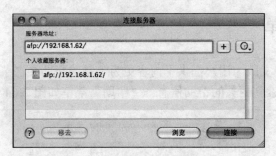

图 2-62　"连接服务器"对话框

2.8　"窗口"菜单

"窗口"菜单中的命令主要是设置窗口的外观显示，用户可以根据需要将当前打开的窗口最小化至 Dock 工具栏、调整窗口的大小和循环显示叠放的窗口。"窗口"菜单如图 2-63 所示。

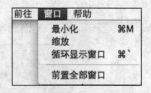

图 2-63　"窗口"菜单

下面简单地介绍一下"窗口"中的命令。

1. 最小化

"窗口"菜单中的"最小化"命令用于将当前正在使用的窗口最小化至 Dock 工具栏。当前正在使用的窗口标题前会有一个"√"标记。最小化后的窗口标题前会有"◆"标记，未激活的窗口无任何标识。

用户可以选择"窗口→最小化"命令或者按⌘＋M组合键最小化当前窗口，还可以在要进行"最小化"命令的窗口工具栏任意位置连按鼠标左键来实现窗口的最小化。若想重新显示此窗口，只需再次点按 Dock 工具栏上对应的窗口缩小图标即可。

如果桌面上打开了多个窗口，那么逐个使用窗口菜单中的"最小化"命令太麻烦了，这时可以按住键盘上的 Option 键不松开，然后点按窗口菜单，此时会发现"最小化"命令变成了"最小化全部"命令。点按"最小化全部"命令后桌面上打开的所有窗口将全部最小化至 Dock 工具栏中。

2. 缩放

"窗口"菜单中的"缩放"命令用于将普通窗口变成最大化显示，以便在窗口中尽可能的显示更多的内容，还可以将最大化的窗口切换成普通窗口。

3. 循环显示窗口

"窗口"菜单中的"循环显示窗口"命令用于循环显示当前桌面上叠放在一起的窗口。

例如，当前桌面上打开了"应用程序"和"iTunes"两个窗口，如果当前正显示的窗口是"应用程序"窗口，那么选择窗口菜单中的"循环显示窗口"命令后，正在显示的窗口将会变成"iTunes"窗口。用户还可以按⌘＋"、"组合键来快速循环显示窗口。

4. 前置全部窗口

"窗口"菜单中的"前置全部窗口"命令用于显示桌面上被其他应用程序遮盖住的窗口。选择"窗口→前置全部窗口"命令后，对应的窗口就显示在其他应用程序的上方。

2.9 "帮助"菜单

Mac OS X 10.7 中文版为用户提供了内容更为丰富的帮助文档菜单。用户可以使用"帮助"菜单随时查看和搜索到相关的帮助信息。"帮助"菜单如图 2-64 所示。

图 2-64 "帮助"菜单

"帮助"菜单中的"搜索"命令用于快速搜索到有关内容的帮助项目。在"搜索"输入框中输入我们要搜索的相关文字信息，例如，在"搜索"输入框中输入"系统"，此时搜索下面便显示了所有有关"系统"两字的帮助主题信息，包括菜单项和帮助主题，如图 2-65 所示。点按一个选项即可打开该选项的帮助文件。

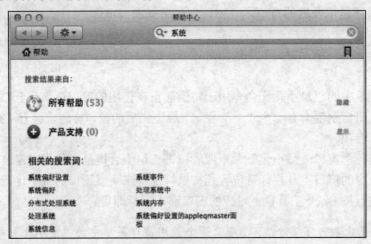

图 2-65 搜索到的所有项目信息

第3章
工具百宝箱——
工具栏

在 Mac 中，很多的操作和设置都是通过工具栏中的工具来实现的。因此，如果想要熟练地操作苹果电脑，必须掌握这些工具的使用，比如设置输入法、调整音量和设置日期等。另外，从某种意义上说，"系统偏好设置"窗口也是一种工具栏（或者说工具箱），使用它也可以执行很多操作。在这一章的内容中，就介绍一些常用工具的使用。

本章主要介绍下列内容：

● 辅助工具栏

● Dock 工具栏

3.1　辅助工具栏

　　菜单栏的右侧是以图标表示的辅助工具栏，也有人将其称为快捷菜单栏或者状态栏。这些工具可以显示和设置当前电脑的状态（如节能器、音量调整、日期与时间等），还可以快速地访问特定的功能。辅助工具栏如图 3-1 所示。

图 3-1　辅助工具栏

　　点按工具图标，即可将其打开，从而进行设置，比如设置输入法或者日期等。某些图标可以添加到工具栏的右侧，某些应用程序可在安装时将其图标添加到工具栏，例如，点按 ◀️ 图标，将会打开一个调节窗口，用于调整音量的大小。

　　下面，简单地介绍一下辅助工具栏中的这些工具的使用。

3.1.1　更改输入法

　　在进行文字输入时，可能需要更改输入法，比如把中文更改为英文。更改输入法的方法非常简单，只要点按辅助工具栏中的"简体拼音"或者"美国英文"图标即可打开一个列表，如图 3-2 所示，从中选择需要的输入法即可。

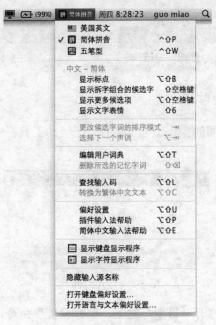

图 3-2　输入法选择列表

　　用户还可以使用键盘快捷键来切换输入法。切换输入法的键盘快捷键是 ⌘＋空格组合键，只要按该组合键即可在两种输入法之间进行快速地切换。注意，由于 Spotlight 也使用这一组快捷键，所以用户最好修改"输入法"切换快捷键或 Spotlight 的快捷键。

如果要更改 Spotlight 快捷键，那么选择"🍎→系统偏好设置"命令，打开"系统偏好设置"窗口，通过点按其中的"键盘"图标，打开"键盘"窗口，点按"键盘快捷键"标签，然后选中"显示 Spotlight 搜索栏"选项，连按该快捷键，然后按下新的键即可，如图 3-3 所示。

下面介绍一下怎样查找输入码。

大多数用户习惯用"五笔型"或"五笔画"输入法来输入文字，有时会遇到一些很难拆分的字型，这时可以在设置输入法菜单中选择"查找输入码"命令，打开"查找输入码"窗口，使用该窗口可以查找汉字的输入码。例如，要查找"藏"字的五笔输入码，只需在汉字输入框中输入"藏"字（借用其他输入法），就可以查到关于"藏"字的五笔型码、五笔画码和拼音码，如图 3-4 所示。

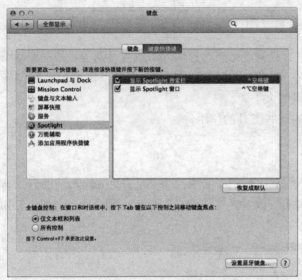
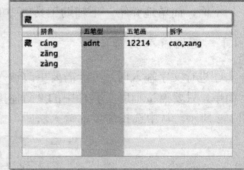

图 3-3　"键盘与鼠标"窗口　　　　　图 3-4　"查找输入码"窗口

3.1.2　更改时间、日期和时区

调整电脑的日期或者时间的操作也非常方便。在辅助工具栏中点按时间图标，将会打开一个列表，如图 3-5 所示。

图 3-5　打开的列表

在打开的列表中选择"打开'日期与时间'偏好设置"命令，即可打开"日期与时间"窗口，如图 3-6 所示。如果要更改日期或者时间，那么在该窗口中选中需要修改的日期或者时间，然后输入新的日期或时间，之后点按"存储"按钮即可。点按"复原"按钮则复原修改前的日期和时间。

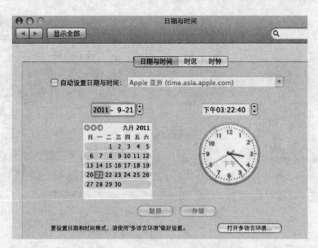

图 3-6　"日期与时间"窗口

　　用户还可以修改时区，点按"时区"标签，进入到"时区"标签中，如图 3-7 所示。一般默认设置下，系统显示的是中国北京的时区，在地图上北京时区的位置有一个浅色的箭头。用户可以通过在"时区"标签中的地图上使用鼠标点按选择来设置不同的时区。选择不同的时区后，时间和日期也将随之改变。设置完成后，关闭"日期与时间"窗口即可。

图 3-7　"时区"标签

3.1.3　调整音量

　　在使用音频播放器播放音乐或者使用视频播放器播放电影时，用户除了使用播放器自带的音量调节器来调整音量之外，还可以利用辅助工具栏调整音量，其操作也非常方便，具体操作是在辅助工具栏中点按小喇叭图标，将会打开一个音量调节器，如图 3-8 所示。然后使用鼠标进行上下拖动即可调整音量。

　　另外还可以打开"系统偏好设置"窗口，然后点按"声音"图标，打开"声音"窗口，如图 3-9 所示。在"输入"标签中调整输入音量滑块，也可以调整声音的大小。

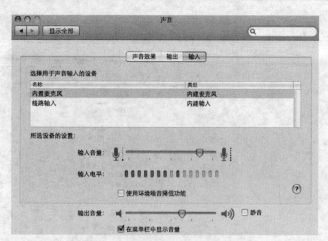

图 3-8　打开的音量调节器　　　　　　　　　图 3-9　"声音"窗口

3.1.4　打开应用程序

对于在复制工具栏中有对应的图标显示的应用程序，点按其图标可以快速地打开相应的应用程序，比如 Norton AntiVirus（诺顿），这是一款杀毒软件，用户可以使用其快捷方式将其打开，如图 3-10 所示。

3.1.5　进行快速查找

如果在电脑中存储的文件多了，比如音乐、图片、电影等，用户可能记不清它们在什么位置了，也可能记不清全名了，此时就可以使用苹果电脑的快速查找功能进行查找。点按辅助工具栏右上角的  图标，就会显示一个输入栏，输入需要查找的文件的名称或者一部分名称后即可显示出相关的内容，并且是分类的，比如输入 music 后的查找结果如图 3-11 所示，根据需要在其中选择即可。

图 3-10　打开诺顿的命令　　　　　　　　　图 3-11　进行快速查找

3.1.6　查看电池电量（针对笔记本电脑）

使用笔记本电脑时，如果没有接入电源，那么用户可以在辅助工具栏中查看电池的电量使用情况，如图 3-12 所示。当电池的电量不足时，系统将会提示用户接入电源。

在此处查看电池电量

图 3-12　查看电池电量

3.2　优秀的应用程序管理员——Dock

Dock 工具栏是 Mac OS X 操作系统中的重要组成部分。默认设置下 Dock 工具栏显示在屏幕底部，用户也可以将 Dock 工具栏移至屏幕的左侧或右侧。Dock 工具栏中包含了经常使用的应用程序图标，用户可以使用它来打开应用程序和切换应用程序。默认设置下屏幕底部的 Dock 工具栏（注意，也有人将其称为任务栏）如图 3-13 所示。

图 3-13　Dock 工具栏

3.2.1　关于在 Dock 工具栏中的图标操作

用户既可以在 Dock 工具中添加图标，也可以删除图标，还可以根据需要调整 Dock 中图标的排列顺序。

1. 在 Dock 工具栏中添加图标

用户可以将任意应用程序图标添加到 Dock 工具栏中的任意位置。其方法是：拖动应用程序图标至 Dock 工具栏中，如图 3-14 所示。同时，系统会快速地打开应用程序。如果应用程序已打开，可以将鼠标指针移到 Dock 工具栏中该应用程序的图标上，点击选中该应用程序图标，然后点按鼠标右键，从打开式菜单中选择"在 Dock 中保留"命令，该程序就被保留在 Dock 工具栏中了。注意，如果要退出正在运行的应用程序，可以选择菜单中的"退出"命令或者按 ⌘＋Q 组合键。

如果放置在 Dock 工具栏中的原文件被删除了，那么它对应的文件夹图标将以问号的形式显示在 Dock 工具栏中，如图 3-15 所示。

Dock 工具栏中的"Finder"图标和"废纸篓"图标是两个比较特殊的图标，它们不能被删除，除此之外其他应用程序的图标可以在 Dock 工具栏中被添加、排列或删除。

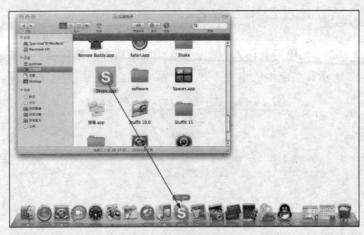

图 3-14　在 Dock 工具栏中添加图标

图 3-15　删除图标后的显示效果

2．删除 Dock 工具栏中的图标

如果要删除 Dock 工具栏中的应用程序图标或文件图标，可以将其拖出 Dock 工具栏，或者选中要删除的应用程序图标，点按鼠标右键，在打开式菜单中选择"从 Dock 中移除"命令即可，如图 3-16 所示。

3．排列 Dock 工具栏中的图标

如果要排列 Dock 工具栏中的图标，可以拖移某个应用程序图标并将其放在 Dock 工具栏中的任意位置，也就是说可以重新排列它们的位置。

3.2.2　设置 Dock 的选项菜单

在 Mac 中，用户可以根据自己的喜好设置 Dock。选择"苹果"（ ）菜单中的 Dock 命令，在 Dock 子菜单中选择某个选项进行设置，如图 3-17 所示。

图 3-16　删除 Dock 工具栏中的图标

图 3-17　Dock 选项菜单

下面是在选择" →Dock→放在左边"命令后，将 Dock 放置在屏幕左侧的效果，如图 3-18 所示。如果要恢复到底部，那么选择" →Dock→放在底部"命令即可。另外，还可以将 Dock 工具栏放置在右侧。

Dock 工具栏位于屏幕左侧

图 3-18　将 Dock 工具栏放置在屏幕左侧的效果

提示　在 Mac 中，可以通过按键盘组合键 shift+option+fn+K，在文档的任意位置输入苹果图标 , 如图 3-19 所示。此状态在"美国英文"或者"简体拼音"输入法状态下才能输入。

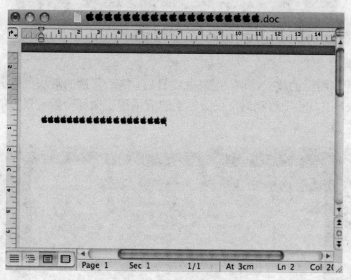

图 3-19　在文档中输入苹果图标

下面以 Dock 偏好设置窗口为例介绍一下有关 Dock 的设置，Dock 的偏好设置窗口如图 3-20 所示。

（1）设置 Dock 的大小

拖动 Dock 偏好设置窗口中"大小"项目后的滑块，可以调整 Dock 工具栏的大小，或者在 Dock 工具栏的空隙处拖动鼠标来调整。但是 Dock 工具栏的长度永远不会超过屏幕。调至最小的 Dock 工具栏如图 3-21 所示。

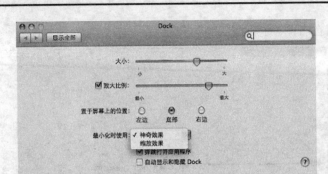

图 3-20　Dock 的偏好设置窗口

图 3-21　调至最小的 Dock 工具栏

（2）放大比例

此项目用于控制图标的放大比例，选择此项目后，拖动其后的滑块可以调整图标的放大比例。当鼠标在 Dock 工具栏上移动时，任务栏上的应用程序图标会随着鼠标的移动而放大，如图 3-22 所示。

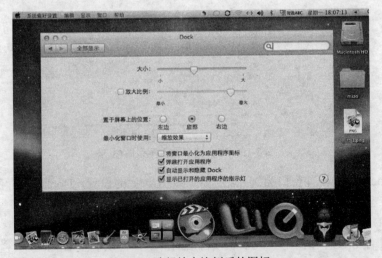

图 3-22　选择放大比例后的图标

（3）置于屏幕上的位置

用户可以根据自己的喜好和操作需要来设置 Dock 工具栏的位置，可以将 Dock 工具栏放在屏幕的左边、右边或者底部。

（4）最小化时使用

"最小化时使用"选项用于设置窗口最小化时的动画效果，即"神奇效果"或者"缩放效果"。

（5）弹跳打开应用程序

选择此项目后，当用户点按相应的程序图标时，该图标会上下弹跳一直到打开应用程序为止。

（6）自动显示和隐藏 Dock

此项目用于自动隐藏 Dock 工具栏，以节省屏幕的占用空间。当鼠标指针移向屏幕的相应位置（屏幕的左边、右边或底部）时，Dock 工具栏会自动显示出来。

3.2.3 Dock 的应用

Dock 工具栏的主要应用就是快速地启动一些应用程序，打开相应的文件窗口等。

1. 启动应用程序

如果要在 Mac 操作系统中打开 Dock 工具栏中的某个应用程序，只需点按 Dock 工具栏中相应的程序图标即可。此时被点按的图标会上下弹跳，然后在屏幕上显示打开的应用程序窗口，我们会发现被打开的应用程序图标的下方出现一个椭圆形的亮点标记，如图 3-23 所示。

2. 退出应用程序

如果要退出正在运行的应用程序，可以按住 control 键，单击该应用程序图标，然后从打开的菜单中选择"退出"命令，如图 3-24 所示。

图 3-23 应用程序启动后的标记　　　　　　图 3-24 退出应用程序

 强制退出

如果应用程序长时间没有响应，可以按下 option 键并在要执行"强制退出"命令的程序图标上点按鼠标右键，从打开的快捷菜单中选择"强制退出"命令，如图 3-25 所示。

图 3-25 打开的菜单

3. 使用应用程序打开相应的文件

在 Dock 中，如果要使用某个应用程序打开文稿、图像、音乐文件等，可以直接将其图标拖到相应的应用程序图标上，此时该文件就会在指定的应用程序中打开。例如我们将桌面上名为"你是我眼中的一滴泪"的 MP3 格式的音乐文件拖到"iTunes"图标上，如图 3-26 所示，iTunes 窗口中就会播放该音乐文件。

图 3-26　在 iTunes 中打开音乐文件

4. 查看 Dock 选项菜单

如果要查看 Dock 选项菜单，那么先将鼠标指针定位到 Dock 中应用程序图标与"废纸篓"之间的空隙处，然后按住 control 键并点按应用程序图标和"废纸篓"图标之间的空隙，或者直接在空隙处点按鼠标右键，打开并查看 Dock 选项的快捷菜单，如图 3-27 所示。

图 3-27　Dock 菜单选项

5. 在运行应用程序之间进行切换

在 Mac 中，如果要切换到相应的运行应用程序中，那么只需点按 Dock 工具栏中对应的应用程序图标即可，或者通过按键盘上的 ⌘＋tab 组合键，从左至右切换屏幕上正在运行的应用程序。还可以按键盘上的 ⌘＋shift＋tab 组合键，从右至左切换正在运行的应用程序，如图 3-28 所示。

6. 堆叠

Dock 中的文件夹称为"堆叠"，一个堆叠可以是一批文稿、一组应用程序或一系列文件夹等，经常使用的项目都可以堆叠。当点按一个堆叠时，它会从 Dock 中弹出并形成一个弧形或网络状显示在屏幕上。用户可以按下列操作步骤来创建堆叠。

（1）选中要创建堆叠的文件，将其拖到 Dock 工具栏中应用程序图标和废纸篓图标之间。

（2）在已创建的堆叠文件夹上点按鼠标右键，从打开的快捷菜单中设置 Dock 堆叠的显示方式，如图 3-29 所示。

图 3-28　切换正在运行的应用程序　　　　　　　图 3-29　设置 Dock 堆叠
的显示方式

下图是以"扇子"和"网络"的方式显示的 Dock 堆叠，如图 3-30 所示。

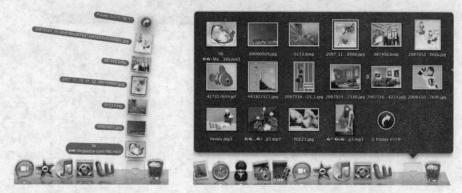

图 3-30　Dock 堆叠

3.2.4　废纸篓

在 Mac 中，"废纸篓"相当于 PC 中的"回收站"，用于存储被删除的文件、文件夹和其他项。不同的是，"废纸篓"还可以退出可移动存储设备（如 MO、活动硬盘、CD-ROM 等）。"废纸篓"图标位于 Dock 工具栏的末端，是一个比较特殊的图标，不能对它进行删除和移动。

1. 删除文件

如果要删除某文件，那么将该文件拖到"废纸篓"图标上，或者按键盘上的 ⌘＋delete 组合键即可，此时就会发现"废纸篓"中有了"废纸垃圾"，这表明"废纸篓"中已存有被删除的项目，如图 3-31 所示。

图 3-31　删除项目前后废纸篓的变化

不能将锁定的项目放入"废纸篓"中，如图 3-32 所示。如果要解锁该项目，那么先选择它，然后选择"文件"菜单中的"显示简介"命令，并在"通用"标签中取消选择"锁定"项，才能将该项移到"废纸篓"中，再在"废纸篓"中删除该项目。

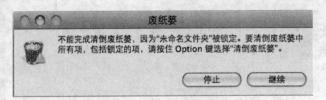

图 3-32　删除废纸篓锁定项目

2. 还原删除文件

如果想还原已被删除的项目，可以点按"废纸篓"图标，打开"废纸篓"窗口，如图 3-33 所示，然后将要还原的文件拖出"废纸篓"窗口即可。

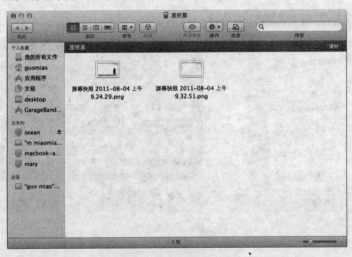

图 3-33　"废纸篓"窗口

3. 推出可移动存储设备

在 Mac 中，不允许用户在系统运行中点按光驱面板上的按钮来打开光盘。这时将"光盘"图标拖至 Dock 工具栏中的"废纸篓"图标上即可推出光盘（在拖移时，"废纸篓"图标会变成"推出"图标），如图 3-34 所示。

还可以通过以下方法推出光盘、可移动磁盘（如 USB、硬盘、MO 等）。

（1）执行"文件"菜单中的"推出"命令或者按键盘上的 ⌘＋E 组合键。

（2）如果键盘上有光盘推出键，可以按下光盘推出键▲，直至"推出"图标出现在屏幕上。

图 3-34 推出光盘

（3）在 Finder 侧栏中，点按某个选项名称右边的"推出"按钮，推出可移动存储设备，如图 3-35 所示。

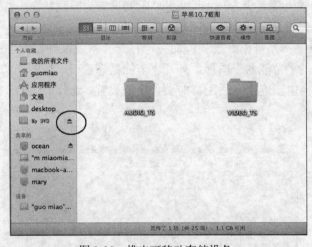

图 3-35 推出可移动存储设备

4. 清倒废纸篓

当"废纸篓"中存储的项目过多时会占用硬盘的空间。如果确定废纸中的项目内容不再使用，可以清倒废纸篓，以保正硬盘有足够的空间。用户可以使用以下方法清倒废纸篓中的项目。

（1）选择"Finder"菜单中的"清倒废纸篓"命令。

（2）按键盘上的 ⌘＋shift＋delete 组合键来安全清倒废纸篓中的项目。

（3）点按 Dock 工具栏中的"废纸篓"图标不放，等待片刻，此时会打开"清倒废纸篓"菜单，再从中选择"清倒废纸篓"命令即可。

按住键盘上的 option 键，选取"清倒废纸篓"命令，这样可以跳过警告信息。可以通过选择"Finder→偏好设置"命令打开 "Finder 偏好设置"窗口，点按"高级"按钮，然后取消选择"清倒废纸篓之前显示警告"选项，如图 3-36 所示。

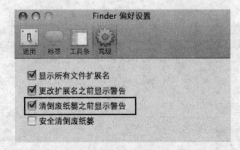

图 3-36 "Finder 偏好设置"窗口

3.3　使用"系统偏好设置"窗口工具进行设置

虽然使用工具栏中的工具能完成一定的工作，但是有些工作还需要在"系统偏好设置"窗口中完成。实际上，"系统偏好设置"窗口也是一个工具箱，在它里面也"藏"有很多的工具。

1.　使用节能器设置电脑的耗电量

为了使电脑节省耗电量，可以设置"系统偏好设置"窗口中的节能器来降低电脑的耗电量。这一点对笔记本电脑尤为重要。在一定时间内不使用电脑时，可以让电脑自动进入睡眠状态，既可以将整台电脑设置为睡眠状态，也可以将显示器设置为睡眠状态。如果电脑正在执行要完成的一项任务，应该仅将显示器设置为睡眠状态。

选择"苹果（🍎）→系统偏好设置"命令，打开"系统偏好设置"窗口。通过点按"系统偏好设置"窗口中的"节能器"图标，打开"节能器"窗口，如图 3-37 所示。点按 "电源适配器"标签以指定当电脑连接到适配器时要使用的设置。选择"电池"标签以指定当电脑使用电池时要使用的设置。

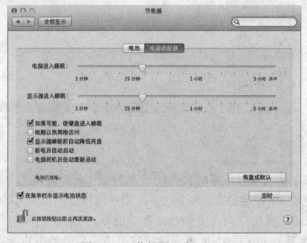

图 3-37　"节能器"窗口

（1）如果正使用桌面 Mac 或为便携式 Mac 指定自定设置睡眠时间，那么拖移控制电脑和显示器睡眠的滑块来调整时间。

（2）不管电脑何时不活跃，如果仅使硬盘进入睡眠状态，那么选中"如果可能，使硬盘进入睡眠"选项。

（3）点按"定时"按钮，可以设置时间，使电脑定时打开、关闭或进入睡眠，如图 3-38 所示。

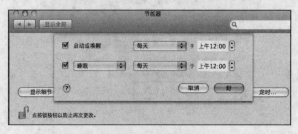

图 3-38　定时设置

　　如果要为电脑设置启动或唤醒时间，那么选择"启动或唤醒"选项，从打开式菜单中选择一天或多天，然后指定一个时间点。

　　如果要为电脑设置关闭或睡眠时间，那么选择底部的选项，然后从打开式菜单中选择"关机"或"睡眠"，再从打开式菜单中选择一天或多天，然后指定一个时间点。

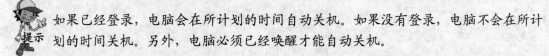 如果已经登录，电脑会在所计划的时间自动关机。如果没有登录，电脑不会在所计划的时间关机。另外，电脑必须已经唤醒才能自动关机。

　　（4）如果要在菜单栏中显示电池使用状态，那么选择"在菜单栏中显示电池状态"选项，在菜单栏中可以直接对电脑进行节能器设置和电池状态显示设置（仅图标、时间、百分比），如图 3-39 所示。

图 3-39　电池使用状态

2. 设置系统的语言环境

　　在 Mac 中内置有各国的输入法，比如英文、中文（包括简体中文和繁体中文）、法文、日文，以及一些其他国家的语言。实际上，很多的应用程序也包含了多种语言的界面，比如英文、法文和日文等，经常使用 iTunes 界面就可以把它设置为其他的语言的界面，这对精通多国语言的人士来说是一大福音。

　　在更改语言种类时，需要先把操作系统的语言改成需要的语言种类，然后打开"系统偏好设置"窗口，点按"语言与文本"图标，打开"语言与文本"窗口，其中有 4 个选项卡，如图 3-40 所示。

图 3-40　"语言与文本"窗口

在"语言与文本"窗口的"语言"标签中，找到需要的语言种类，然后按住鼠标键将其拖动到语言栏的顶部即可，如图 3-41 所示。这样，当第一行的语言种类改变了之后，再打开某一程序时，其界面就会改变成这一设置的语言种类了。

图 3-41　调整语言种类的顺序

　　在"语言与文本"窗口的"输入源"标签中，也可以设置或者改变输入法，通过取消或者勾选不同的选项即可，如图 3-42 所示。

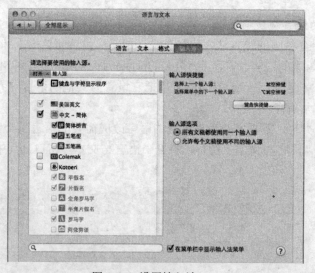

图 3-42　设置输入法

　　当然，也可以设置文本，比如是否自动纠正错误。也可以设置格式，比如使用哪个国家的格式等。读者根据自己的需要进行设置即可，这里不再赘述。

第4章
我的地盘我做主
——自定义工作环境

在苹果电脑中可以根据个人爱好来自定义工作环境，例如桌面背景图片、屏幕保护、显示器的分辨率、窗口的外观设置、锁定电脑屏幕等，这些都需要借助"系统偏好设置"窗口来完成的。在这一章中就介绍这方面的内容。

在本章中主要介绍下列内容：

● 桌面与屏幕保护

● Dock

● 显示器

● 窗口外观设置

● 锁定电脑屏幕

● 其他偏好设置简介

4.1 系统偏好设置简介

Mac 中的"系统偏好设置"在功能比以前的版本上有了很大的提高，并且增加了一些新功能。在本章中主要讲解如何设置电脑系统中的一些默认设置选项，以满足不同用户的操作需求。系统偏好设置主要由个人、硬件、Internet 与网络、系统 4 个部分组成。打开系统偏好设置的方法是：执行"⚫→系统偏好设置"命令，或者在 Dock 工具栏中点按"系统偏好设置"图标⚙，打开"系统偏好设置"窗口，如图 4-1 所示。

图 4-1 "系统偏好设置"窗口

当我们点按"系统偏好设置"窗口中的任意一个图标时，就可以在"系统偏好设置"窗口中看到相应的选项窗口。选择某一预置选项后，点按左上方的"显示全部"按钮或者按键盘上的⌘+L 组合键，就可以返回到"系统偏好设置"窗口。

还可以排列"系统偏好设置"窗口中的图标。方法是选择"显示"菜单下的"按类别显示"、"按字母顺序显示"等命令来排列"系统偏好设置"窗口中的图标。使用"按类别显示"命令可以按类别排列。使用"按字母顺序显示"命令可以按字母顺序排列图标。下面是执行"按字母顺序显示"命令排列"系统偏好设置"窗口中的图标效果，如图 4-2 所示。

Mac 是一个真正的多用户操作系统，这意味着能够由一个以上的用户使用同一台计算机，所以每个用户都可以通过"系统偏好设置"（如个性化桌面、语言环境、登录项目、Dock 工具栏、窗口等）来设置一个适合自己习惯和工作的操作系统。但是，网络、共享、QuickTime、.Mac、启动硬盘、日期与时间、软件更新、万能辅助、账户会影响到所有用户的"系统偏好设置"项目的内容。

下面我们介绍一下"系统偏好设置"窗口中的各个系统预置的操作。

图 4-2　按字母顺序排列"系统偏好设置"窗口中的图标效果

4.2　个人偏好设置

个人偏好设置包括电脑桌面、屏幕保护、万能辅助、Spotlight、Mission Control、通用、Dock、语言与文本、安全性与隐私等。

4.2.1　自定义桌面与屏幕保护

在 Mac 操作系统中，可以使用随机附带的精美图片或者 iPhoto 图库中的自定义图片来设置我们的界面和屏幕保护程序，还可以使用我们自己拍摄的照片或者在网上搜索的图片作为桌面背景。

4.2.1.1　自定义屏幕背景

使用"桌面与屏幕保护程序"可以更改桌面的背景、颜色或样式，还可以将我们喜爱的照片或图片作为桌面背景。

下面介绍一下自定义屏幕背景的操作过程。

（1）选择" → 系统偏好设置"命令，打开"系统偏好设置"窗口。通过点按"桌面与屏幕保护"图标，打开"桌面与屏幕保护程序"窗口，如图 4-3 所示。

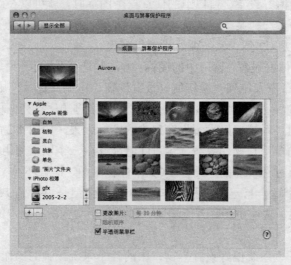

图 4-3　"桌面与屏幕保护程序"窗口

（2）点按左侧列表中的图像文件夹便可以将选中的图像设置为桌面背景图片，下面是选取七星瓢虫后的桌面背景效果，如图 4-4 所示。

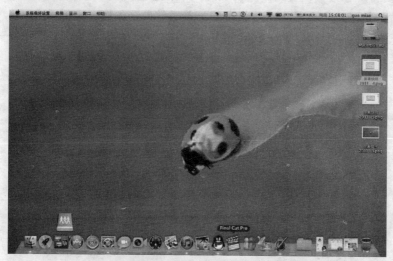

图 4-4　设置桌面背景图片

"桌面与屏幕保护程序"窗口的左侧列表中包括系统预置的一些图像（如苹果图像、自然、植物、黑白、抽象、单色）、iPhoto 图库中的图像和文件夹中的图像等。

也可以选取电脑中的图像文件作为桌面背景图片。点按"桌面与屏幕保护"窗口左侧列表下方的添加按钮，然后在打开的窗口中，选取系统中的图像来作为桌面的背景图片，比如我们自己拍摄的家庭幸福照片或者风景照等，如图 4-5 所示。

图 4-5　选择系统中的图像文件

如果要删除已添加的系统图片文件，那么先将其选中，然后点按"桌面与屏幕保护"窗口左侧列表下方的删除按钮。

（3）如果要设置更改图片背景的时间，也就是让桌面以幻灯片的形式显示，那么选择"更改图片"选项，并设置更改图片的时间。如果要随机顺序更改桌面图片，那么选择"随机顺序"

选项。

（4）如果要将屏幕菜单设置为半透明状态，那么勾选"桌面与屏幕保护程序"窗口底部的"半透明菜单栏"选项。下面是半透明状态的菜单栏效果，如图 4-6 所示。

图 4-6　半透明状态的菜单栏效果

（5）还可以设置幻灯片式背景，也就是让背景图片每隔几秒钟更换一次。在"桌面与屏幕保护程序"窗口中，选择一个图片文件夹后，在底部勾选"更改图片"选项，并设置需要的时间就可以了，如图 4-6 所示。如果想随机播放，那么勾选"随机顺序"选项即可。

图 4-6　设置幻灯片的选项

4.2.1.2　屏幕保护程序设置

在不对电脑进行任何操作时，可以将显示器设置为屏幕保护状态。和桌面图片设置一样，屏幕保护程序标签中同样列出了随机附带的精美图片和 iPhoto 图库中的图片以及自己搜集或者拍摄的文件夹中的图片。

如果要设置屏幕保护程序，那么执行以下操作。

（1）选择" → 系统偏好设置"命令打开"系统偏好设置"窗口。通过点按"系统偏好设置"窗口中的"桌面与屏幕保护程序"图标，打开"桌面与屏幕保护程序"窗口，然后点按"屏幕保护程序"标签，如图 4-7 所示。

（2）可以设置屏幕保护程序图片的"显示类型"（只有"图片"选项下的图像文件才可以设置），使屏幕保护程序图片以不同的效果显示，例如幻灯片、拼图、马赛克等效果显示。拼图效果如图 4-8 所示。

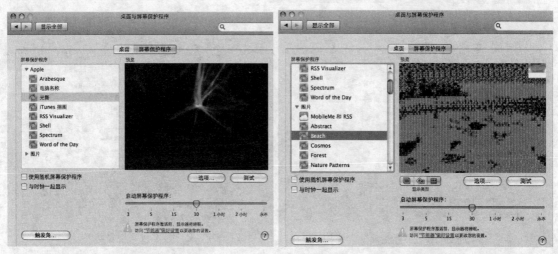

图 4-7　屏幕保护程序标签　　　　　　　　　图 4-8　拼图效果

（3）如果要设置屏幕保护程序选项，那么点按"选项"按钮进行设置。不同类型的屏幕保护程序选项设置是不一样的。例如，将屏幕保护的显示类型设置为"幻灯片"，点按选项按钮，弹出如图 4-9 所示的幻灯片播放设置对话框。

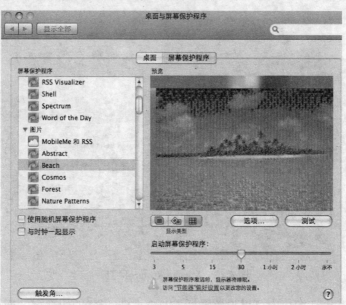

图 4-9　幻灯片的播放设置选项

4.2.2　万能辅助偏好设置

万能辅助的功能主要用于帮助那些视觉、听觉或控制电脑有困难的用户，使他们可以通过视觉、听觉、键盘、鼠标与触控板来操作电脑。"万能辅助"偏好设置窗口如图 4-10 所示。

比如在"视觉"标签中打开 VoiceOver 选项后，就可以听到对电脑屏幕上每个项的说明，并可以通过键盘控制电脑。"视觉"标签如图 4-11 所示。

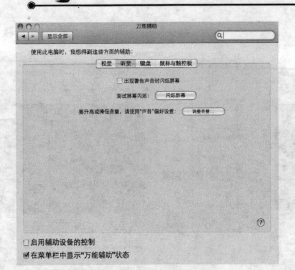

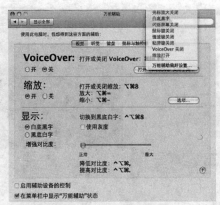

图 4-10 "万能辅助"窗口   图 4-11 视觉标签

4.2.3 Mission Control（任务控制）偏好设置

对于新增功能 Mission Control，用户也可以根据自己的喜好进行设置。在"系统偏好设置"窗口中通过点按 Mission Control 图标，打开 Mission Control 窗口如图 4-12 所示。

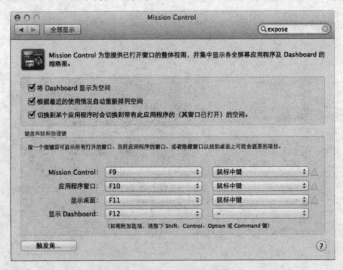

图 4-12 Mission Control 窗口

在 Mission Control 窗口中可以设置激活 Mission Control 的快捷键、应用程序窗口的快捷键、显示桌面的快捷键和显示 Dashboard 的快捷键等，在对应的下拉列表中选择需要使用的快捷键即可。

4.2.4 Spotlight 偏好设置

Spotlight 是一个快速搜索工具，它位于屏幕的右上角。Spotlight 偏好设置用于设置 Spotlight 的搜索结果如何显示，还可以设置从搜索中排除文件夹以及为 Spotlight 定义键盘快捷键。

设置"搜索结果"项

主要用来设置使用 Spotlight 进行搜索的项目范围。如果允许 Spotlight 进行搜索,那么在 Spotlight 窗口中勾选该选项即可。Spotlight 窗口中的"搜索结果"选项,如图 4-13 所示。

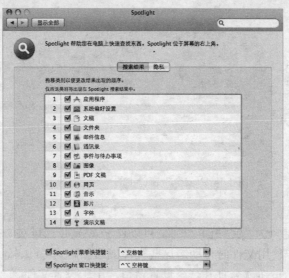

图 4-13 搜索结果

如果要从搜索结果中省略一个类别,那么取消勾选该项,比如取消勾选"网页"项。通过拖移类别则可以更改它们在结果列表中出现的顺序。

如果要使用键盘快捷显示 Spotlight 菜单和 Spotlight 窗口,那么选择 Spotlight 菜单快捷键和 Spotlight 窗口快捷键项目。

 关于 Spotlight 的具体使用,读者可以参阅本书后面内容的介绍。

选择"隐私"项

隐私标签主要用于设置 Spotlight 禁止搜索的位置,以保护我们个人的隐私权。如果要将文件夹或磁盘添加到隐私列表中,那么点按"(+)"按钮,并查找文件夹的位置,也可以将文件夹或磁盘从桌面或 Finder 拖移到列表中。如果要从隐私列表中删除文件夹或磁盘,那么点按"(-)"按钮。

4.2.5 安全性与隐私偏好设置

在 Mac 中,为了保证用户电脑的安全,不能共享管理员的名称和密码。当我们离开电脑时一定要注销,这时需要设定"安全"偏好设置选项,这样可以防止别人登录电脑。否则,其他人可能会在我们离开时使用电脑。"安全"窗口如图 4-14 所示。注意,它包含 3 个标签,这里显示的是"通用"标签中的内容。

1. 通用设置

"安全"窗口中"通用"标签中的第一个选项是"从睡眠或者开始屏幕保护程序后唤醒电脑时,要求输入密码",如果选中该项,那么此时唤醒计算机必须输入密码才能进入界面。也可以点按"锁"按钮,以对所有的账户进行设置。"通用"标签如图 4-14 所示。

<76>

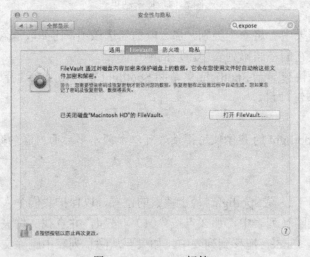

图 4-14　"安全"窗口中的"通用"标签

2. FileVault 设置

"FileVault"可以翻译为"文件保险柜"。可以让 FileVault 通过对磁盘内容加密来保护磁盘上的数据，它会在用户使用文件时自动给这些文件加密和解密。FileVault 窗口如图 4-15 所示。点按"打开 FileVault"按钮就会打开一个设置窗口，用于设置文件。

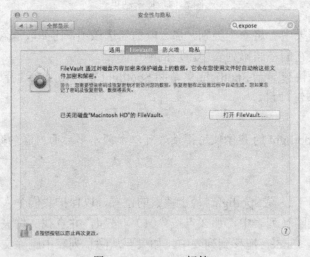

图 4-15　FileVault 标签

 通常需要登录密码或者恢复密匙才能访问数据，恢复密匙在设置过程中自动生成，因此，如果忘记了密码或者恢复密匙，那么数据就会丢失，因此千万要记住密码和恢复密匙！

3. 防火墙设置

这其中的选项用于防止其它人发现电脑，用户可以使用 Mac OS X 防火墙的秘密行动模式，以防止系统被攻击者发现。当秘密行动模式启用时，电脑将不会对未被邀请的通信提供任何响应，如图 4-16 所示。

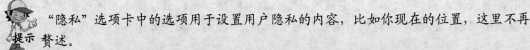 "隐私"选项卡中的选项用于设置用户隐私的内容，比如你现在的位置，这里不再赘述。

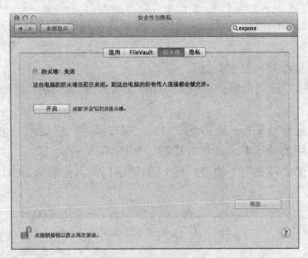

图 4-16　防火墙标签

4.3　硬件偏好设置

硬件偏好设置包括：显示器、节能器、键盘、鼠标、CD 与 DVD、触控板、打印与扫描、声音等选项。

4.3.1　自定义显示器

在这一小节中除了介绍显示器的偏好设置之外，还将介绍一下在使用过程中显示器的一些常见问题的解决方案。

用户还可以根据自己的爱好和工作需要对显示器的屏幕分辩率、颜色、亮度等进行设置，也可以点按菜单栏中的显示器图标■，对显示器进行设置。

（1）选择"●→系统偏好设置"命令，打开"系统偏好设置"窗口。通过点按"系统偏好设置"窗口中的"显示器"图标，打开"彩色 LCD"窗口，点按"显示器"标签，如图 4-17 所示。

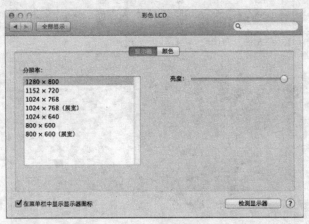

图 4-17　"显示器"标签

下面介绍一下有关显示器标签的几个选项：

分辨率：显示器显示的像素数量。较高的分辨率会在较小区域内显示更多像素。较低的分辨率会在较大区域内显示更少像素。用户可以从分辨率列表中选择一个合适的分辨率。

亮度：用于调整显示器的显示亮度。

检测显示器：扫描连接到电脑的所有显示器。如果电脑未识别出刚刚连接的显示器，那么点按此按钮。

在菜单栏中显示显示器图标：选择此项目后，将在菜单栏中显示一个显示器图标，点按显示器图标可以在最常用的分辨率之间进行切换，如图 4-18 所示。

（2）打开"系统偏好设置"下的"彩色 LCD"窗口，点按彩色 LCD 窗口中的"颜色"标签，如图 4-19 所示。

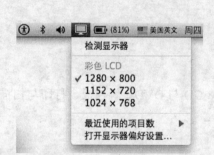

图 4-18　菜单栏中的显示器图标

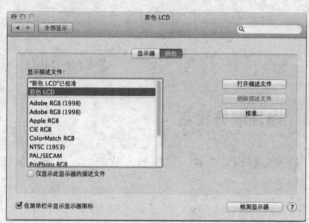

图 4-19　颜色标签

下面介绍一下关于颜色标签中的选项。

打开描述文件：在我们打开"显示器校准程序助理"校准显示器时，系统将会创建一个 ColorSync 描述文件，点按"打开描述文件"按钮，打开如图 4-20 所示窗口。也可以为显示器切换不同的颜色描述文件。

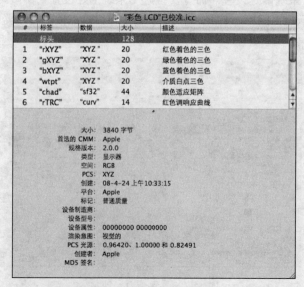

图 4-20　打开描述文件

校准：可以使用"显示器校准程序助理"来定期校准显示器，以便显示器显示正确的颜色。点按"校准"按钮，然后根据屏幕提示进行操作即可，如图 4-21 所示。

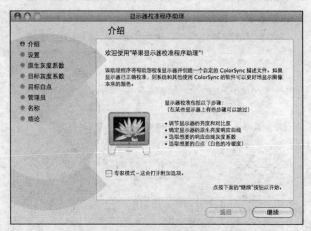

图 4-21　"显示器校准程序助理"窗口

有时候，我们设置或者选择的图像在显示器上的显示效果不正常，不过不要担心，我们还是有办法来解决的。下面是当显示器上的图像看起来不正常时的一些处理方法。

（1）确定电脑不处于睡眠状态。按下空格键或任意其他按键以查看电脑是否能够唤醒。

（2）确定电缆已正确接入电脑和显示器。

（3）如果显示器失真，确定电脑已检测到该显示器。在"显示器"偏好设置中，点按"显示器"标签，然后点按"检测显示器"按钮。

（4）如果显示器不亮或暗淡，尝试调整显示器的亮度。下面是调整显示器高度的方法。

● 选择" →系统偏好设置"命令，打开"系统偏好设置"窗口，通过点按其中的"显示器"图标，打开"彩色 LCD"窗口。在"彩色 LCD"窗口中拖动"亮度"滑块来调整显示器的亮度，如图 4-22 所示。

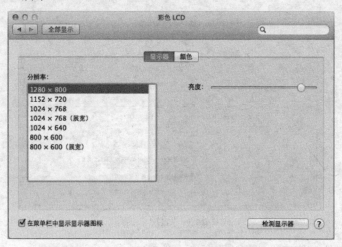

图 4-22　显示器标签

● 使用键盘上的控制键进行调整亮度和对比度。

（5）如果显示器屏幕来回闪动，则可能是受到附近的电源线、荧光灯、收音机、微波炉、其他电脑或其他电气设备的干扰。那么重新安置附近的电气设备或搬移电脑和显示器。

（6）如果屏幕画面放大了或者是处于"灰度"显示模式，那么尝试以下操作。

选择"苹果→系统偏好设置"命令，打开"系统偏好设置"窗口。通过点按其中的"万能辅助"图标，打开"万能辅助"窗口。在"显示"栏下设置屏幕显示模式，如图 4-23 所示。

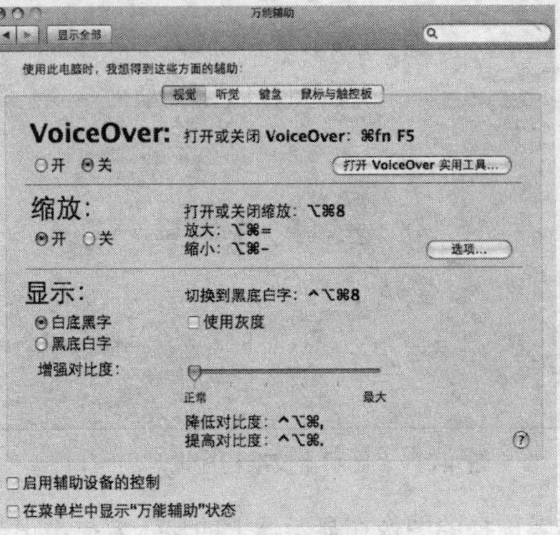

图 4-23 "万能辅助"窗口

用户还可以通过"外观"偏好设置设定滚动条的工作方式、最近使用的项目数量，更改按钮外观的颜色、字体大小等。

选择"→系统偏好设置"命令，打开"系统偏好设置"窗口。点按其中的"通用"图标，打开"通用"窗口，如图 4-24 所示。

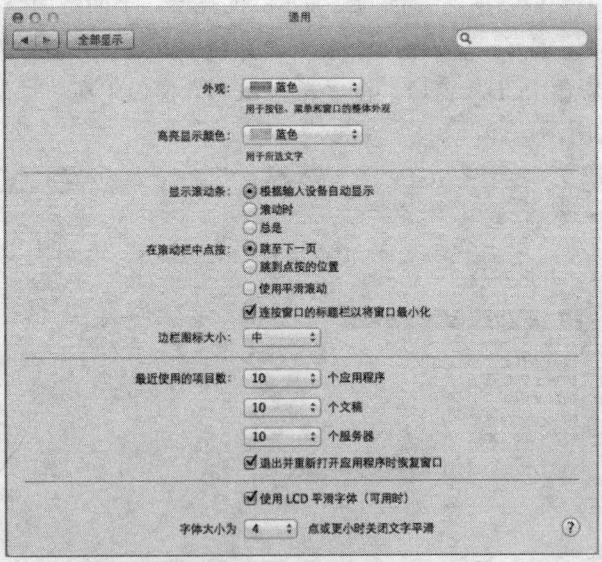

图 4-24 "通用"窗口

下面介绍一下外观偏好设置窗口中的几个选项。

更改外观和高亮显示颜色：在"外观"和"高亮显示颜色"打开的菜单中选取颜色即可。

更改滚动条的工作方式：在"显示滚动条"和"在滚动栏中点按"项目下，可以设置滚动条放在一起还是放在两端以及在滚动栏中点按时的操作方式。下图分别是将滚动条放在一起和放在两端的效果，如图 4-25 所示。注意，使用"边栏图标大小"选项可以设置边栏图标的大小。

图 4-25　分别为滚动条放在一起和放在两端的效果

最近使用的项目数：在"最近使用的项目数"项目下可以设置最近使用的应用程序、文稿和服务器的显示数量。

字体样式和大小设置：在"字体平滑式样"和"字体大小为"项目下，可以设置字体样式和字体显示的大小。

4.3.2　锁定与解锁电脑屏幕

可以使用"钥匙串访问"实用工具来锁定电脑屏幕，此时要唤醒屏幕则需要输入密码。这样可以确保在我们离开时电脑的使用安全。下面介绍如何锁定电脑屏幕。

（1）在 Finder 窗口中打开"应用程序"窗口，再打开"实用工具"窗口，如图 4-26 所示。

图 4-26　"实用工具"窗口

（2）在"实用工具"窗口中，找到并双击"钥匙串访问"应用程序的图标，打开"钥匙串访问"应用程序窗口，如图 4-27 所示。

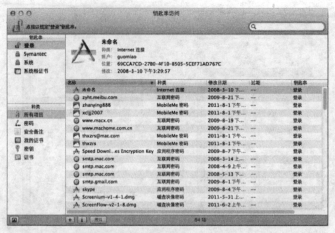

图 4-27　"钥匙串访问"应用程序

（3）选择菜单栏中的"钥匙串访问→偏好设置"，打开"偏好设置"窗口，然后点按"通用"标签，如图 4-28 所示。

（4）在"通用"标签中，选中"在菜单栏中显示钥匙串状态"选项。

（5）点按菜单栏中的锁图标，然后在弹出菜单中选择"锁定屏幕"命令即可。弹出的菜单命令如图 4-29 所示。

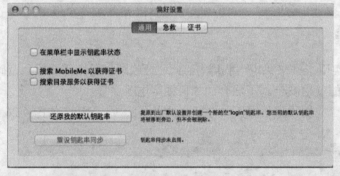

图 4-28　"通用"标签　　　　　　　　　　图 4-29　锁定屏幕菜单

（6）锁定屏幕后，需要输入用户密码后才能进入到屏幕中，这也就是"解锁屏幕"。

4.3.3　CD 与 DVD 偏好设置

CD 与 DVD 偏好设置选项用于设置某些类型的 CD 和 DVD 在插入到光驱时电脑所执行的操作，例如，插入音乐 CD 时就打开 iTunes，插入图片 CD 时就打开 iPhoto，插入视频 DVD 时就打开"DVD 播放程序"等。可以根据需要从下拉菜单中选择不同的运行程序，如图 4-30 所示。

4.3.4　打印与传真偏好设置

在 Mac 中，使用"打印与传真"偏好设置选项可以让我们管理和使用打印机和传真机。注意，以后只要偏好设置窗口中出现变暗不能进行的操作时，都需要点按打开"锁"按钮，并输入用户名称和密码,使锁处于打开状态后再执行操作。"打印与传真"偏好设置窗口如图4-31所示。

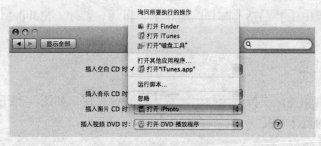

图 4-30 CD 与 DVD 设置

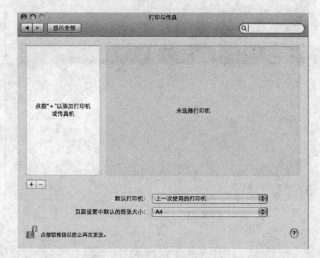

图 4-31 "打印与传真"窗口

如果要使用一台打印机,那么将打印机连接到电脑的 USB 或 FireWire 端口后,打印机会自动添加到列表中,并显示出打印机图标,如图 4-32 所示。如果打印机以其他方式连接到电脑,还可以通过点按"(+)"按钮,添加打印机。如果要删除打印机,那么选中它并点按"(-)"按钮即可。

图 4-32 "打印与传真"窗口

4.4　网络偏好设置

在网络偏好设置中主要包括：邮件、通讯录、日历、蓝牙、MobileMe、网络和共享等偏好设置。

4.4.1　蓝牙偏好设置

Mac 中文版非常完美地支持蓝牙技术，蓝牙偏好设置窗口如图 4-33 所示。在该窗口中可以搜索和连接发现的蓝牙设备。

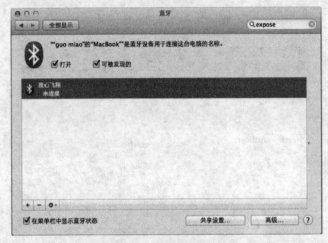

图 4-33　"蓝牙"窗口

点按"设置新设备"按钮 + 打开"蓝牙设置助理"窗口。选择与便携式电脑、个人数码助理、移动电话、照相手机、打印机、数码相机、键盘及电脑鼠标之间以无线方式连接（距离长达 10 米）。在"蓝牙设置助理"窗口自动搜索附近的蓝也设备，如图 4-34 所示。

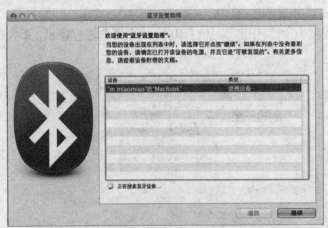

图 4-34　搜索蓝牙设备

搜索到其他蓝牙设备后，会发出与对方配对的请求，并显示一组密匙数字，如图 4-35 所示。准备就绪后，输入密匙，并按 return 键即可。

配对成功后，就可以使用"用所选设备执行任务"中的命令来执行用户需求的任务了，比如发送文件，如图 4-36 所示。

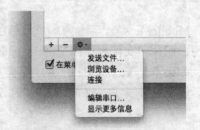

图 4-35　显示的密匙　　　　　　　　图 4-36　用于执行任务的命令

如果电脑没有原装的蓝牙模块，那么可将 USB 蓝牙模块连接到电脑上以使用 蓝牙。

下面介绍一下设置蓝牙网络服务的步骤。

（1）选择 "  →系统偏好设置" 命令，打开 "系统偏好设置" 窗口，在其中点按 "网络" 图标，打开 "网络" 窗口。从网络连接服务列表中选择 "蓝牙" 服务。如果蓝牙不可用，而且想确定是否在电脑上已安装了蓝牙（或使用外置蓝牙）模块，那么点按服务列表底部的 "（+）" 按钮，然后从 "接口" 弹出式菜单中选择 "蓝牙" 服务。为 "蓝牙" 服务指定名称。输入从无线服务提供商收到的信息，该信息通常包括接入电话号码、账户和密码，如图 4-37 所示。

图 4-37　设置蓝牙网络服务

（2）点按 "高级" 按钮，然后从打开的窗口中点按 "调制解调器" 按钮。从 "厂商" 弹出式菜单中选择电话制造商，然后从 "型号" 弹出式菜单中选择电话型号。输入在 "高级" 设置的 "DNS"、"WINS"、"代理" 或 "PPP" 窗口中提供的任何其他信息。完成后点按 "好" 按钮。

（3）最后点按"好"按钮即可。

在使用移动电话与我们的服务提供商连接时，我们需要将电脑与移动电话配对。选择菜单栏的"蓝牙状态"菜单中的"设置蓝牙设备"选项，然后按照"蓝牙设置助理"中的屏幕指示与电话进行配对。

4.4.2 MobileMe 偏好设置

MobileMe 是一套专为用户设计的 Internet 必备工具。使用它可以将电子邮件、通讯录、日历、照片和文件等存储在网上，同时，还可以更新 Mac、PC、iPhone、iPad 和 iPod 中的内容。如果不是 MobileMe 会员，那么需要进行注册，如果是会员，需要输入会员名称和密码，然后就可以登录了。MobileMe 偏好设置选项如图 4-38 所示。

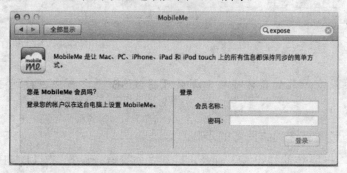

图 4-38 MobileMe 窗口

4.4.3 共享偏好设置

可以设置与网络上其他人共享电脑。可以设置此电脑与网络中的其它用户共享文件、文件夹，也可以共享电脑。"共享"窗口如图 4-39 所示。

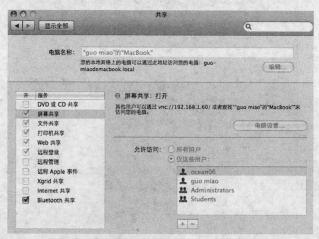

图 4-39 "共享"窗口

如果要在网络上共享文件，那么选择"文件共享"项目，然后在"账户"偏好设置中设置的用户有权通过网络连接至电脑，从而访问电脑。

如果用户要进一步限制其他用户对我们电脑的访问权，并设置要共享的特定文件夹或卷宗，那么点按"文件夹"列表底部的"（+）"按钮，并选择要共享的文件夹。

如果要进一步减少用户的访问权，那么点按"用户"列表底部的"（+）"按钮，并从"用户与组别"（在"账户"偏好设置中设置的账户）、"网络用户"或"地址簿"中选择一个用户。或点按"新用户"按钮，并输入一个名称和密码以创建共享用户。从列表中选择用户，并点按"选择"按钮。

4.4.4　网络偏好设置

可以通过"网络"偏好设置检查网络的连接状态，例如内置以太网或 Wi-Fi。每个网络连接服务的状态指示灯都是以颜色来编码的，绿色表示服务器是活跃的（已打开）并且已连接网络，黄色表示该服务已打开但没有连接到网络，红色表示未连接网络或该服务已关闭。"网络"窗口如图 4-40 所示。

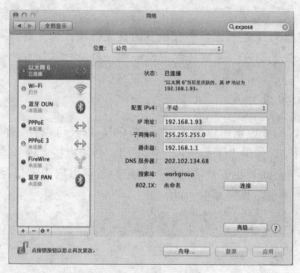

图 4-40　"网络"窗口

4.5　系统偏好设置

在系统偏好设置中主要包括：Time Machine 偏好设置、家长控制偏好设置、时间和日期偏好设置、启动磁盘偏好设置、软件更新偏好设置、用户与群组偏好设置等。下面简单地介绍一下。

4.5.1　Time Machine 偏好设置

Time Machine（时间机器）是 Mac OS X 中的一个应用程序，可以帮助用户备份和保留在电脑上的任何内容，包括照片、文稿、音乐、影片等。Time Machine 设定好以后，它会定期备份电脑，而不用我们再进行任何操作。Time Machine 窗口如图 4-41 所示。不过，一般需要一块外置的大容量移动硬盘。

通过拖动"开"和"关"的滑块可以设置 Time Machine 备份文件的时间。如果要停止自动备份，那么将滑块移到"关"。当我们下次重新打开 Time Machine 窗口时，自动备份将继续。点按"选择磁盘"按钮，可以选择/删除 Time Machine 用来保存备份的磁盘或分区。另外，通过点按"选项"按钮，可以设置更多的选项。

图 4-41　Time Machine 窗口

虽然在"系统偏好设置"窗口中有很多的设置选项，但是建议一般用户不要轻易设置，使用默认设置即可。否则可能出现一些一般用户不能自己解决的问题。

4.5.2　家长控制偏好设置

"家长控制"窗口，用于设定可以使用电脑的时间，以及可以打开的应用程序，以及一些不想让其他人访问的网站。如果"家长控制"不可用，必须点按"锁"按钮，然后输入用户名称和密码来启用家长控制。此时我们只需选择一个账户就可以启用家长控制或从另一台电脑上管理家长控制。家长控制窗口如图 4-42 所示。

图 4-42　"家长控制"窗口

如果选中"系统"标签中的"使用简单 Finder"选项，那么可以通过使用简易 Finder 来简化桌面和 Finder 菜单，简易的 Finder 只带有很少的菜单并对硬盘的访问进行了限制。如果选中"限制应用程序"选项，那么将限制其他人只能打开指定的应用程序，如果要打开受限制的应用程序，则需要管理员密码。而勾选"允许用户修改 Dock"选项框后，则可以允许其他人修改 Dock。

"家长控制"窗口中的其他选项不再一一介绍，读者可以根据显示的中文释义进行设置。

4.5.3 启动磁盘偏好设置

如果电脑在启动时停止或者延迟，这时可以在"启动磁盘"偏好设置窗口中选择一个启动磁盘或修理硬盘。"启动磁盘"窗口设置如图 4-43 所示。选择一个磁盘或者驱动器后，点按"重新启动"按钮或者"目标磁盘模式"按钮即可。也可以使用 FireWire 电缆将它连接到另一台电脑并将它用作硬盘。

图 4-43 "启动磁盘"窗口

4.5.4 软件更新偏好设置

通过使用"软件更新"偏好设置，可以手动核查更新，或者设置一个时间让电脑定期核查更新。苹果公司会定期发布电脑软件的更新。这些更新包括一些能保护电脑安全的重要安全更新，但是必须配备 Internet 连接才能接收软件的更新。如果在受管理的网络上工作，软件更新可以由网络服务器提供。"软件更新"窗口如图 4-44 所示。

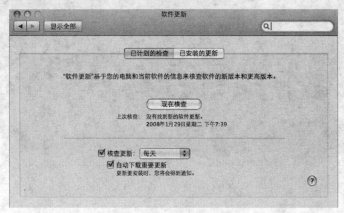

图 4-44 "软件更新"窗口

还有一些偏好设置都非常简单，读者可以自己进行尝试，在本章中不再赘述。另外，安装在电脑上的很多应用程序都有自己的偏好设置，使用这些偏好设置选项，可以把电脑设置为自己习惯或者喜欢的模式，从而提高工作效率。

第 5 章
数码照片的浏览与编辑

Mac 中内置有一款非常棒的照片预览应用程序。iPhoto 则是 Mac 中内置的一款非常有用的照片或者图片编辑工具，使用它可以对我们搜集的图片或者拍摄的照片进行一些处理或者编辑，从而使图片或者照片达到我们需要的效果，还可以制作成电子像册。另外，还可以使用 Photo Booth 拍摄照片和视频。

在本章中主要介绍下列内容：
- 预览应用程序的使用
- 使用 iPhoto 编辑照片
- 使用 Photo Booth 进行拍摄

5.1　优雅的照片预览程序

"预览程序"是 Mac 中内置的照片预览程序。使用"预览程序",可以查看、旋转、调整、裁剪和转换多种格式的图像文件,也可以打印和预览文稿。下面是预览照片的效果,如图 5-1 所示。

图 5-1　使用预览应用程序浏览图像文件

5.1.1　预览工具栏

用户可以自设工具栏上的功能按钮,操作方法参阅前面章节中的内容介绍。预览窗口上的默认工具栏按钮如图 5-2 所示。

图 5-2　工具栏预置按钮

下面简单地介绍一下工具栏上的预置工具按钮的作用。

● 缩小 ：点按此按钮缩小显示整个图像。

● 放大 ：点按此按钮放大显示整个图像或者局部放大显示图像。

● 移动 ：此按钮用于执行"放大"图像操作时,点按抓手按钮可以查看放大图像后看不到的区域。

● 文本 ：点按该按钮可以添加文本。

● 选择 ：点按此按钮旁边的三角箭头,打开选择方式列表,包括矩形选择、椭圆选择、套索选择、使用形状提取、使用颜色提取选择图像。

● 显示注解工具栏 ：点按该按钮将显示注解工具栏,使用该工具栏中的工具可以绘制形状、输入文本等,如图 5-3 所示。

● 仅内容 ：点按此按钮,将只显示图片或者照片。

● 缩略图 ：点按此按钮,将同时显示图片及其缩略图。

- **目录**：点按此按钮，将同时显示图片及其图片目录。
- **名片纸**：点按此按钮，将以名片纸模式显示图片。

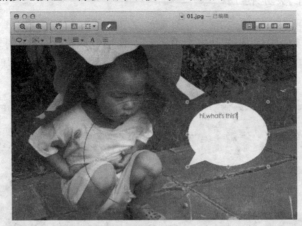

图 5-3　绘制的形状和输入的文本

5.1.2　预览图像文件

　　用户可以使用图像预览应用程序，查看各种类型的文件（如 JPEG、GIF、TIFF、HDR、PSD、PICT、PNG、SGI、TGA、BMP），并且可以对图像进行调整大小、格式转换、旋转等操作。通常情况下，图像文件图标与应用程序图标相似，如图 5-4 所示。

图 5-4　图像文件图标

　　如果要使用"预览"应用程序同时预览多个图像文件，那么选中所有要预览的图像文件，然后将其拖至"预览"应用程序图标上，打开"预览"窗口。点按工具栏上的"缩略图"按钮，在"预览"窗口的左侧将显示出图像的缩略图，拖动底部滑块可以调整缩略图的大小，如图 5-5 所示。

图 5-5　调整缩略图的大小

5.1.3　编辑图像文件

用户可以使用"预览"应用程序，像其他图像处理软件一样对图像文件进行旋转、裁剪、格式转换、调整图像大小以及颜色的设置。

1. 旋转图像

如果图像的方向不是我们想要的，这时可以旋转或者翻转图像以达到最终的效果。下面介绍一下旋转图像文件的方法。

（1）在"预览"窗口中打开一个图像文件，如果要将所选图像向左或向右旋转，那么选择"工具"菜单中的"向左旋转"或者"向右旋转"命令。

（2）如果要横向或纵向翻转图像，那么在菜单栏中选择"工具→水平翻转"或"工具→垂直翻转"命令，垂直翻转后的图像效果如图 5-6 所示。

图 5-6　垂直翻转图像后的效果

（3）此时，如果想要恢复执行"旋转"命令之前的图像文件，那么选择"文件→复原到已存储文件"命令，打开如图 5-7 所示对话框，点按"上次存储的版本"按钮，即可恢复原来的文稿图像。

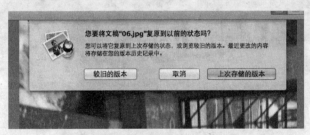

图 5-7　复原文稿

2. 裁剪图像

如果要删除图像中不需要的部分，可以使用"裁剪"命令对图像进行编辑，以达到最终效果。

（1）在"预览"窗口中打开一个文件，然后点按工具栏中的"选择"按钮，选取要裁剪的图像内容，如图 5-8 所示。

（2）选择"工具→裁剪"命令，或者按 ⌘+ K 组合键对图像进行裁剪，也可以点按"裁剪"按钮。裁剪后的图像效果如图 5-9 所示。

此时如果要更改"预览"窗口中的背景颜色，那么选择"预览→偏好设置"命令，打开"预览偏好设置"窗口。点按"预览偏好设置"窗口中的"通用"标签，然后点按"窗口背景"后面的颜色块，从打开的"颜色"窗口中选取窗口的背景颜色，如图 5-10 所示。

图 5-8　选取要裁剪的图像内容

图 5-9　裁剪后的图像效果

图 5-10　更改预览窗口中的背景颜色

3. 导出图形（格式转换）

　　使用"预览"应用程序还可以将一种格式的图像文件转换成其它格式的图象文件，以便可以在不同的应用程序中打开文件。通过将文件转换成其它类型的文件可以缩小文件的大小，从而更容易地通过电子邮件发送图像或者将图像发送到 Web 上。下面介绍转换文件格式的方法。

在"预览"窗口中打开要进行格式转换的文件，然后选择"文件→导出"命令，打开导出设置对话框。输入要存储的文件名称和选择要存储的位置，并从"格式"项后面的弹出式菜单中选取要存储的文件格式，如图 5-11 所示。最后点按"存储"按钮即可。

4. 调整图像的大小

在"预览"窗口中打开图像文件，然后选择"工具→调整大小"命令，打开如图 5-12 所示对话框。然后输入宽度和高度的参数。

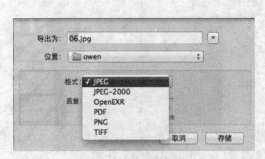

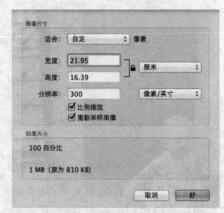

图 5-11　调整图像格式　　　　　　　　图 5-12　调整图像大小

若要确保图像保持原始比例，选中"图像尺寸"栏中的"比例缩放"选项。此时要更改"宽度"或"高度"中的一个值时，另一个值也随着改变，以确保原始比例不变。

若要使图像尺寸变小，但又不丢任何细节，那么在更改宽度和高度时取消选择"重新采样图像"选项。设置完成后点按"好"按钮。

5. 调整图像颜色

如果要对图像的亮度、对比度、曝光等进行调整，那么选择"工具→调整颜色"命令，打开如图 5-13 所示面板，拖动调整选项后的滑块进行颜色调整即可。

图 5-13　调整图像颜色

5.1.4　选择不同的图像预览方式

用户可以在一个窗口中查看所有的图像文件，当窗口中含有多个图像文件时，在"预览"窗口的左侧栏中将显示所有图像文件的缩略图，选择相应的缩略图文件，便可以在窗口中显示其图像。操作步骤如下。

（1）选择"预览→偏好设置"命令，打开"预览偏好设置"窗口，然后点按"通用"标签，如图 5-14 所示。

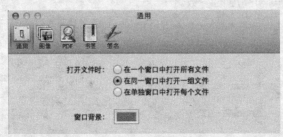

图 5-14　图像标签

（2）根据自己的需要设置下列选项：

在一个窗口中打开所有文件：用于在预览窗口中使用一个窗口打开所有的图像文件。

在同一窗口中打开一组文件：用于使用单独的窗口打开每组图像文件。

在单独窗口中打开每个文件：用于每个图像文件都使用一个窗口打开。

 还可以使用"预览"应用程序制作 PDF 文件，有兴趣的读者可以参阅本书相关章节提示 的介绍。

5.2　数码照片处理利器 iPhoto

iPhoto 是 Mac 中内置的一款非常有用的照片或者图片编辑工具，可与 Adobe 公司的 Photoshop 相媲美。另外，使用它可以创建幻灯片显示、相册、日历或卡片等。使用 iPhoto 可以完成以下操作。

● 欣赏收集的照片

iPhoto 自动从我们的 Photo Booth 中捕捉照片，并将这些照片归类成事件。用户可以浏览缩略图、全屏查看图像或并排比较照片。

● 编辑照片

可以轻松地消除红眼或裁剪照片；调整对比度或增强颜色；尝试诸如棕褐色色调的特殊效果。

● 订购照片打印或自制

使用打印机打印最喜爱的照片或使用 Apple 上的专业订购冲印照片。

● 创建艺术品

将我们的特殊照片发布为精美的咖啡桌读物或可以全年欣赏的挂历。将独特的图像制成贺卡或选择我们最喜爱的照片和音乐作为幻灯片显示来一起放映。

● 发布相簿

通过将相簿发布到我们的.Mac 网络画廊或网页上，通过电子邮件发送照片，个性化屏幕保护程序，或将照片刻录到 CD 或 DVD 上，可以让所有的人访问到我们的相簿。

下面是打开的 iPhoto 窗口，如图 5-15 所示。

图 5-15　iPhoto 界面

iPhoto 界面的左侧栏是来源列表，用于访问我们的图库，从中将显示所有已导入的照片、视频剪辑以及我们创建的文件夹、相簿、幻灯片显示、相册、日历和卡片等。

中间是显示区域，用于浏览图库、相簿、幻灯片显示等。

界面的底部是工具栏，使用工具栏按钮可以控制、整理、检查及共享照片，还可以进行打印和发送电子邮件等。

5.2.1　导入照片

如果已经使用数码相机拍摄了许多照片，现在可以将它们导入 iPhoto 中进行整理和编辑。将照片传输至电脑，此过程称为"导入"，也就是将照片文件从原始来源处拷贝到 iPhoto 中，然后在 iPhoto 中对照片进行处理。

1. 连接相机和电脑

（1）打开 iPhoto，它位于电脑上的"应用程序"文件夹中，或者点按 Dock 工具栏上的 iPhoto 图标。

（2）关闭数码相机。

（3）使用 USB 电缆连接相机和电脑的 USB 端口。

（4）打开相机。

此时相机将出现在 iPhoto 来源列表中"设备"的下方，位于"iPhoto"窗口的左侧。相机里面的照片将显示在显示区域。如果连接相机无任何动静，那么确定相机已开启，并且已被设定为用于导入照片的正确模式。

也可以设定"偏好设置",以便连接相机时自动打开 iPhoto。如果要实现此功能,那么选择"iPhoto→偏好设置"命令,然后点按窗口顶部的"通用"按钮,从"连接相机时打开"的弹出式菜单中选择"iPhoto"选项,如图 5-16 所示。

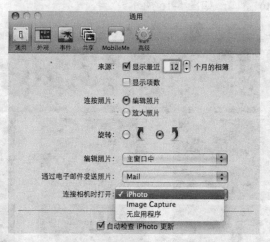

图 5-16　"通用"窗口

2. 从数码相机中导入照片

(1)只要相机连接至电脑,iPhoto 就会切换到导入视图,相机图标则显示在"来源"列表中,如图 5-17 所示。

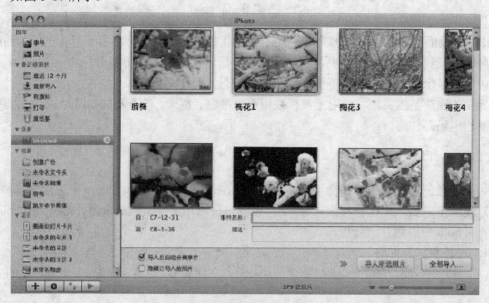

图 5-17　从数码相机导入照片

(2)在"事件名称"框中输入要导入的该组照片名称。照片将被导入至以该名称命名的"事件"组中。照片将被整理到 iPhoto 图库的"事件",便于进行查找和显示。在"描述"框中可以输入对该组照片的一段描述文字,以便进行快速查找。

(3)在导入不同日期的照片时,可以选择"导入后自动分离"选项, iPhoto 会自动将照片分离成若干个不同"事件"存放在 iPhoto 图库中。

（4）如果已导入了相机中的部分照片，则可以选择"隐藏已导入的照片"选项。此时导入窗口中只显示新照片。

（5）如果要导入所有的照片，点按"全部导入"按钮。如果已经选择了要导入的特定照片，点按"导入所选照片"。

等到所有照片均已导入 iPhoto 中（点按"停止导入"按钮），再断开相机。如果此时要查看已导入的照片，点按"最新导入"按钮（在来源列表中），查看最新导入的照片，如图 5-18 所示。

图 5-18　查看已导入的照片

 如果还没有数码相机，也可以将 Photo Booth 拍摄的照片通过 iPhoto 来制作相册、卡片等。可以选择"文件→导入至图库"命令，打开"导入照片"窗口，如图 5-19 所示。选中要导入的照片，点按"导入"按钮即可导入照片。

图 5-19　"导入照片"窗口

3. 将相机从电脑上断开

（1）导入照片完成后，点按推出按钮▲或将相机的图标从来源列表中拖到 iPhoto 废纸篓中。

（2）关闭相机开关。

（3）切断相机与电脑的连接即可。

5.2.2 管理照片

在把照片导入 iPhoto 之后，就可以查看并对它们进行排序、添加关键词以及按关键词来查看照片，还可以通过创建相簿、智能相簿、网络画廊、幻灯片显示、相册、卡片、日历来管理照片。导入的照片位于来源列表上，如图 5-20 所示。

图 5-20　来源列表

1. 创建相簿

用户可以创建相簿来更好地整理照片图库、收集要刻录到 CD 或 DVD 的照片或者为网页选取图片。可以通过以下方法来创建相簿。

（1）点按 iPhoto 窗口左下角的"创建"按钮┿，然后点按窗口顶部的"相簿"按钮。键入相簿的名称和选择是否"在新相簿中使用选定项"，然后点按"创建"按钮，如图 5-21 所示。

图 5-21　创建相簿

（2）选择想要归类的照片（按住 ⌘ 键，点按选择想要添加到相簿中的所有照片），然后选择"文件→用所选内容新建相簿"命令，为照片创建一个相簿，如图 5-22 所示。

 创建相簿后，也可以将其删除掉，在创建的相簿上点按鼠标右键，从打开的快捷菜单中选择"删除相簿"命令即可将其删除掉，如图 5-23 所示。

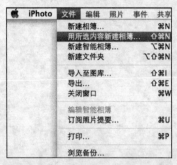
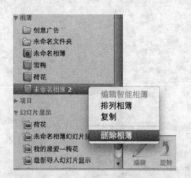

图 5-22　用所选内容创建相簿　　　　　　图 5-23　用于删除像簿的命令

（3）也可以将包含照片的文件夹从 Finder 中拖到 iPhoto 来源列表的空白部分来创建相簿。此时 iPhoto 将创建一个以文件夹名称命名的相簿，并导入文件夹中包含的所有照片。

创建智能相簿、网络画廊、幻灯片显示、相册、卡片、日历的操作方法和创建相簿的方法一样。即点按 iPhoto 窗口左下角的"创建"按钮 ，然后点按窗口中相应的图标按钮即可，如图 5-24 所示。

图 5-24　创建来源列表中的各项目

2．删除照片

执行下列操作就可以去掉相簿中的照片。

（1）如果要删除某相簿 中的照片，选中要删除的照片然后按下 delete 键即可。这样只会从该相簿中去掉照片，而不会去掉其他相簿或图库中的照片。

（2）如果要将照片从相簿或智能相簿中 移到废纸篓，同时按下 command 键、option 键和 delete 键（这样也会从图库以及显示有该照片的所有相簿、幻灯片显示和相册中去掉该照片）。

（3）也可以通过将照片拖到来源列表中的"废纸篓"中，从标准相簿中去掉照片。

（4）如果不想将照片从相簿中去掉，选择"编辑"菜单中的"还原"命令以恢复该照片。

5.2.3　自定整理工具栏

工具栏显示在 iPhoto 窗口的底部。可以通过添加或去掉相关按钮来自定整理视图中的工

<102>

具栏，这样可以方便我们执行最常见的照片分享任务。下面介绍一下操作方法。

（1）选择"显示→在工具栏中显示"命令，从子菜单中选择要在工具栏中显示的按钮。选定项旁边有一个勾号，再次选择该项可以取消它，如图 5-25 所示。

（2）由于电脑屏幕宽度有限，可能无法在工具栏中看到所有按钮。点按窗口右下角附近的括号，以查看缺少的工具，或拖移窗口右下角的调整大小控制按钮，以增加窗口的宽度，如图 5-26 所示。

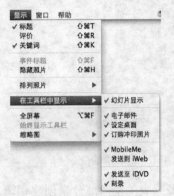

图 5-25 设置工具栏中显示的按钮   图 5-26 调整工具栏

5.2.4 制作幻灯片

用户可以通过创建幻灯片来显示照片或者其他图片，同时还可以为幻灯片添加动作和音乐来增加浏览的趣味性。

下面介绍一下创建幻灯片的操作过程。

（1）准备并选择要用于幻灯片显示的相簿或一组照片。

（2）点按 iPhoto 窗口左下角的"创建"按钮，在弹出的对话框中点按"幻灯片显示"按钮，为幻灯片显示键入名称，点按"创建"按钮，如图 5-27 所示。

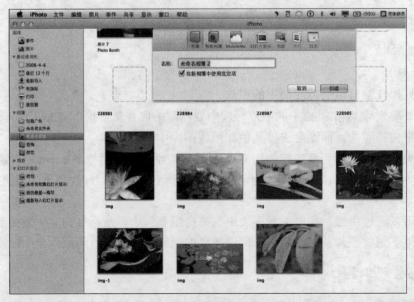

图 5-27 打开的对话框

（3）在"照片浏览器"的 iPhoto 显示区域顶部拖移照片，使其按想要的顺序进行排列，如图 5-28 所示。

图 5-28　幻灯片显示窗口

（4）创建幻灯片显示后，还可以将照片添加到其中，方法是直接从一个事件、另一个相簿、CD 或 DVD，或从硬盘上的另一个位置拖移照片。当我们将照片从其他位置添加到幻灯片显示时，iPhoto 会自动将其导入到照片图库中。

1. 播放和停止播放幻灯片

创建幻灯片显示后，就可以在电脑屏幕上播放它了。如果要播放幻灯片显示，那么在来源列表中选择要播放的幻灯片显示，然后点按"播放"按钮即可进行播放，如图 5-29 所示。

图 5-29　幻灯片显示工具栏按钮

在播放幻灯片显示时，可以执行下列操作。

（1）随时点按鼠标按键或者按下 esc 键，可以停止播放幻灯片显示。按空格键可以暂停或者恢复幻灯片显示的播放。

（2）移动鼠标，以显示屏幕上的控制按钮。

（3）使用左、右箭头键 ◀ ▶ 可以手动播放幻灯片显示。

（4）按 delete 键以便从幻灯片显示中去掉当前显示的照片。

（5）按 ⌘＋R 组合键可以旋转当前显示的照片。

（6）点按播放幻片显示按钮 ▶ ，可以以播放音乐的方式全屏幕播放幻灯片，如图 5-30 所示。

2. 设置幻灯片的播放方式和为幻灯片添加音乐

用户还可以为幻灯片显示添加音乐、指定每张幻灯片的显示时间长度、选择过渡效果、显示幻灯片显示控制并设置其他选项。点按窗口底部工具栏中的"调整"按钮，打开一个黑色的面板，如图 5-31 所示。使用该面板可以对幻灯片的时间、过渡效果和速度等进行设置。

图 5-30　全屏幕播放幻灯片

图 5-31　打开的面板

另外，还可以点按设置按钮 ，从打开的菜单中选择"设置"，此时将打开一个窗口，使用该窗口可以在播放幻灯片之前检查和更改幻灯片显示的设置，如图 5-32 所示。

如果要为幻灯片添加音乐，点按工具栏中的音乐按钮 （注意，工具栏全部显示之后才能看到该按钮），然后从列表中选择要为幻灯片创建的音乐，点按"好"按钮，如图 5-33 所示。

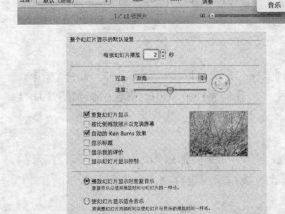

图 5-32　幻灯片显示设置

图 5-33　添加幻灯片音乐

5.2.5　将照片设置为桌面图片

用户也可以使用 iPhoto 将图库中的任意照片设置为桌面图片。下面介绍一下设置为桌面图片操作过程。

（1）在 iPhoto 图库或相簿中选中要设置成桌面图片的照片。

（2）选择"共享→设定桌面"命令，或者点按 iPhoto 底部工具栏中的"设定桌面"按钮即可。

（3）如果要更改照片，那么再次选择一张新的照片，然后选择"共享"菜单中的"设定桌面"选项，如图 5-34 所示。

图 5-34　"设定桌面"选项

（4）如果要返回前一个桌面图片，那么选择"苹果(🍎)→系统偏好设置"命令，打开"系统偏好设置"窗口，然后点按"桌面与屏幕保护程序"图标，在"桌面与屏幕保护程序"窗口中选择前一个桌面的图片即可。"桌面与屏幕保护程序"窗口如图 5-35 所示。

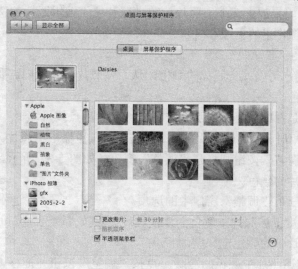

图 5-35　"桌面与屏幕保护程序"窗口

5.2.6　编辑照片

用户可以使用 iPhoto 中编辑照片的工具按钮对照片进行旋转、裁剪、校正、改善、消除红眼、调整曝光和颜色、添加特殊效果等设置。具体操作是选中要进行编辑的照片，点按工具栏中的"编辑"按钮，此时将在 iPhoto 窗口的底部显示所有照片编辑工具按钮，如图 5-36 所示。

- **旋转**：将照片旋转 90 度。
- **裁剪**：可用来将照片裁剪或裁截到想要的尺寸。
- **校正**：使可以将照片朝任一方向旋转最多 10 度。
- **改善**：立即根据默认的标准提高照片的亮度或调整其对比度。
- **消除红眼**：（当某人的眼睛在照片中呈红色时）修复红眼。
- **润饰**：通过将斑点混入背景来消除斑点。

图 5-36　编辑照片的工具

● **效果**：可用来选择各种效果，包括将彩色照片转为黑白效果或将其指定为棕褐色调。

● **调整**：提供进行高级编辑的工具，例如曝光和对比度、高光和阴影、颜色饱和度、色温或色调、锐度、噪声消除以及颜色平衡。

● **完成**：存储更改；退出编辑视图并返回到上一个视图。

● **箭头**：存储编辑；移动到上一张或下一张照片。

● **大小滑块**：可用来放大或缩小照片。放大照片便于编辑照片的特定区域，缩小照片便于查看我们对整个图像作出的更改。

调整照片的颜色

在 iPhoto 中，用户可以改变照片的颜色，从而使照片达到我们需要的效果。下面介绍一下怎样改变照片的颜色。

如果我们使用的是图库或相簿，那么选择照片，然后点按"编辑"按钮；如果我们使用的是幻灯片显示、相册、日历或卡片，那么双击照片浏览器中的照片。此时将会在编辑视图中打开照片。点按"调整"按钮则打开"调整"窗口，如图 5-37 所示。使用"调整"面板中的选项则可以调整照片的颜色。

下面简单地介绍一下"调整"窗口中的选项。

● **饱和度**：饱和度描述照片中颜色的浓淡程度。点按"调整"按钮，然后拖移"饱和度"滑块以增加或减小照片中的颜色饱和度。

● **色温**：色温描述照片中颜色的冷暖。点按"调整"按钮并拖移"色温"滑块以使得照片的色调冷些或暖些。

● **色彩**：色彩描述照片中的整体色彩。点按"调整"按钮并拖移"色彩"滑块以更改色彩。

为照片添加特殊效果

还可以为照片添加一些特殊的效果。如晕影、遮片、边缘柔化、复古、黑白色等。选中要添加效果的照片，点按工具栏中的"效果"按钮，打开效果面板如图 5-38 所示。

关于"效果"窗口中的选项：

● **黑白色**：用于将照片更改为黑白效果。

● **棕褐色**：用于将照片更改为棕褐色。

● **复古**：用于使照片变成旧照片。

● **颜色淡入淡出**：用于降低照片中的颜色强度。

● **最初状态**：用于恢复到原始照片颜色和效果（在存储更改之前）。

● **增强色彩**：用于增强照片中的颜色。

图 5-37　"调整".窗口

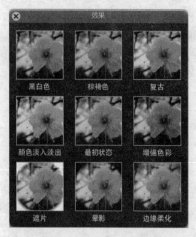

图 5-38　"效果"窗口

● **遮片**：用于使边缘和边框呈椭圆形。
● **晕影**：用于使照片具有暗角。
● **边缘柔化**：用于柔化照片的边框。

更改照片的效果后，可以按下 Shift 键，快速比较编辑后的照片与原始照片的效果。如果不喜欢对照片所作的更改，可以选择"编辑→还原"命令，来还原最近的一次更改设置。

编辑照片的颜色将会更改其在照片图库以及所在的所有相簿、幻灯片显示、相册、日历或卡片中的外观。如果要编辑某张照片，而不更改其在任何位置出现的外观，那么选择该照片并点按"照片"菜单中的"复制"命令，来复制要编辑的照片，然后再进行颜色效果的处理。

5.2.7　将照片发布到 iWeb 上

可以使用 iPhoto 通过以下几种方式将照片或图片发布到 iWeb 上。关于 iWeb 的使用，可参阅本书后面的内容。

（1）将相簿发布到网络画郎

可以将相簿直接发布到一个公共的或具有密码保护的网站，在此网站上可以查看照片、下载照片，甚至上传照片。

（2）自己动手

可以将照片导出到网页中，并可以将该网页上传到自己的服务器。也可以从模板中选取照片并包含照片的标题和注释。

（3）通过 iWeb

可以使用 iWeb 来设计和发布自己的网站，将 iPhoto 中的事件、相簿或所选的照片或影片直接导出到 iWeb 中的网页。iWeb（Apple 网站发布的应用程序）可以在几分钟内设计出一个照片网站。选取各种大型模板来建立自己的照片网站或使用照片来为个人博客配图。还可以让访问者对我们的照片添加和编辑注释。

下面介绍一下怎样使用 iWeb 发布照片。

（1）选择想要导出的事件、相簿或一组照片。

（2）要将照片导出到显示图像设计的页面，那么选择"共享→发送到 iWeb→照片页面"选项，要将照片导出到博客页面，那么选择"Blog"选项，如图 5-39 所示。

（3）系统将打开一个模板窗口，用于选择模板的类型，如图 5-40 所示。

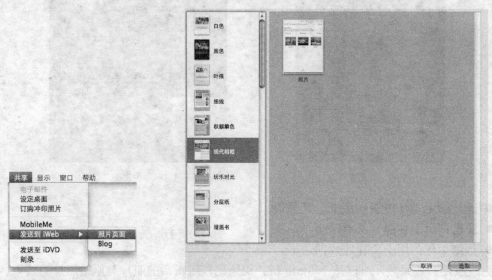

图 5-39　打开的命令栏　　　　　　　　　　图 5-40　打开的模板窗口

（4）选择模板后，点按"选取"按钮即可发布，要发布的照片将在 iWeb 窗口中出现，如图 5-41 所示。

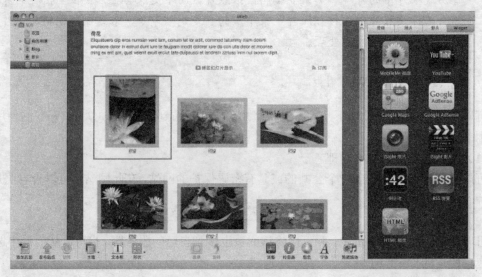

图 5-41　将照片发布到 iWeb

 提示 关于 iWeb 的使用将在本书后面的章节中进行介绍。

5.2.8　打印照片

用户也可以使用 iPhoto 把照片打印成带有边框效果或者其他效果的模式。下面简单地介绍一下关于打印照片的操作过程。

　　（1）选择要打印的照片，然后选择"文件→打印"命令，或者点按工具栏中的"打印"按钮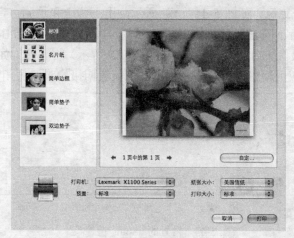，打开如图 5-42 所示对话框。

图 5-42　打印的照片

　　（2）点按"自定"按钮，可以对照片设置更多的打印效果。此时要打印的照片将显示在打印设置窗口中，如图 5-43 所示。

图 5-43　打印设置窗口

　　（3）点按工具栏中的"打印设置"按钮，从弹出式菜单中选择打印机、纸型、纸张大小等。（还可以设置照片的主题、背景、边框、布局等效果。）

　　（4）设置完毕后，点按"打印"按钮进行打印照片。

5.3　使用 Photo Booth 进行拍摄

　　Photo Booth 类似于现在的数码相机，既可以拍摄静止照片，也可以拍摄电影片段或者视频片段，它是在 Mac OS X 10.5 版本中新增的一个工具。另外，也可以作为 Windows PC 中的摄像头使用。如果电脑配有内建的 iSight 摄像头（通常，最近几年购买的笔记本式苹果电脑都内建有 iSight 摄像头），则可以使用 Photo Booth 应用程序拍照，还可以使用 iMovie 创建影片或使用 iChat 在 Internet 上与朋友和家人进行视频聊天。

某些 Mac 上有麦克风，如图 5-44（A）所示，用于传送和录制声音。麦克风的位置根据电脑机型的不同而有所不同。摄像头（如下图 B 所示）可用于在 Photo Booth 中拍照，在 iChat 或 iMovie 中摄像。摄像头启动时指示灯（如下图 C 所示）将亮起。如果要关闭 iSight 摄像头，那么关闭活跃的应用程序窗口。绿色指示灯熄灭表明摄像头已关闭并且视频已停止。

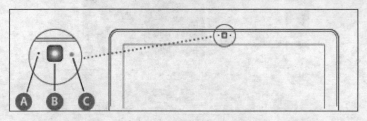

A.麦克风　　B.摄像头　C.指示灯

图 5-44　内置的 iSight 摄像头

5.3.1　拍摄静止照片

使用 Photo Booth 拍摄照片（或者静止图片）的操作非常简单，就像使用数码相机拍照一样。

（1）启动电脑后，打开"应用程序"窗口，并在"应用程序"窗口中找到"Photo Booth.app"应用程序，如图 5-45 所示。

图 5-45　"应用程序"窗口

 也可以通过在 Dock 工具栏中点按 Photo Booth 的图标把它打开，前提是它位于 Dock 工具栏中。

（2）通过在 Photo Booth 应用程序图标上连按（双击），就可以把它打开，同时就可以看到自己的照片或者影像了，效果如图 5-46 所示。

（3）启动拍照模式（拍照），点按窗口中间的红色"拍摄"按钮就可以把自己的照片拍摄下来，注意此时拍摄下来的照片是静止图片。另外，还会打开一个红色的进度显示条，效果如图 5-47 所示。

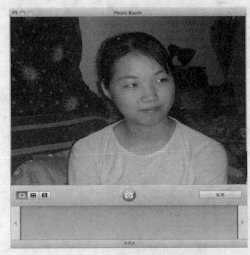

图 5-46 显示的自己的影象   图 5-47 拍摄照片时的红色显示条

Photo Booth 还可以连续拍摄四张快照照片，点按"拍四张快照"按钮 ⊞，然后点按窗口中间的红色"拍摄"按钮 ◉ 就可以连续拍摄四张照片。

（4）在显示的红色显示条中数字改变的同时，用户会听到电脑发出的声音，3 声之后即可把照片拍摄下来。拍摄的照片显示在 Photo Booth 窗口的底部，如图 5-48 所示。

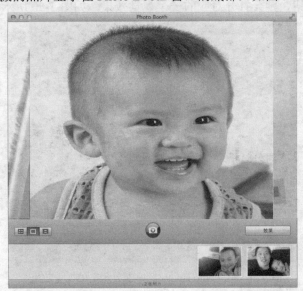

图 5-48 在 Photo Booth 窗口底部显示出拍摄的照片

（5）拍摄时如果想为自己的照片添加特效，点按位于 Photo Booth 窗口底部的"效果"按钮，则会打开对应的一个视觉效果，选择一种特殊的效果，它就会以最大化显示。然后再次按 Photo Booth 窗口底部的红色"拍摄"按钮 ◉ 即可把带有特殊效果的照片拍摄下来，如图 5-49 所示。

图 5-49　在 Photo Booth 窗口中显示出的视觉效果

（6）选中已拍摄的照片，此时照片将以最大化的方式显示在窗口中（窗口中的"拍摄"按钮将以灰色显示，点按此按钮返回拍摄模式）。

（7）如果想为自己已拍摄的照片添加特效，那么执行下列操作。点按位于 Photo Booth 窗口底部的"效果"按钮，则会打开对应的一个视觉效果，如图 5-50 所示。

图 5-50　在 Photo Booth 窗口中显示出的视觉效果

（8）选择一种特殊的效果，它就会以最大化显示，然后再次按 Photo Booth 窗口底部的红色"拍摄"按钮　即可把带有特殊效果的照片拍摄下来。下面是使用"镜像"视觉效果拍摄的照片，如图 5-51 所示。

另外，还能够进行更多的设置和应用，下面简单地介绍一下。首先点按一幅自己已拍摄的照片，系统将会显示更多的图表按钮，如图 5-52 所示。

图 5-51　在 Photo Booth 中拍摄的带有镜像效果的图片　　图 5-52　在 Photo Booth 中选择一幅拍摄的图片

1．点按 Photo Booth 窗口底部的"电子邮件"按钮，则可以将照片通过电子邮件的形式发送给好友。

2．点按 Photo Booth 窗口底部的"iPhoto"按钮，则可以打开 iPhoto 对照片进行各种编辑和处理。

3．点按 Photo Booth 窗口底部的"账户图片"按钮，则可以将拍摄的照片用作用户账户的图片，如图 5-53 所示。

图 5-53　设置用户账户图片

4．点按 Photo Booth 窗口底部的"好友图片"按钮，则可以将拍摄后的照片用作 iChat 好友图片。关于 iChat，将在本书后面的内容进行介绍。

5.3.2　拍摄影片剪辑

影片剪辑也就是视频文件。下面介绍一下拍摄影片剪辑的操作步骤。拍摄影片剪辑的操作步骤和拍摄静止照片的操作步骤基本相同。

（1）打开 Photo Booth 应用程序。点按"拍摄影片剪辑"按钮，此时就可以在拍摄窗口中看到自己的照片，并且 Photo Booth 中间的"拍摄"按钮变成了摄像机形状的按钮，如图 5-54 所示。

图 5-54　显示出的自己的影象

（3）点按窗口中间的红色"拍摄"按钮就可以把自己的影像拍摄下来，注意在拍摄时会显示出一个时间指示器显示拍摄的时间，点按中间的"停止"按钮可以停止拍摄过程，如图 5-55 所示。

图 5-55　拍摄影片剪辑时的红色显示条

5.3.3　删除照片和影片

如果想把自己拍摄的照片或影片剪辑删除，那么操作非常简单。首先在 Photo Booth 中选中需要删除的照片或影片，然后在菜单栏中选择"编辑→删除"命令或者按 delete 键删除，如图 5-56 所示。

图 5-56　编辑菜单命令

如果要删除所有的照片，那么选择"编辑→删除所有照片"命令可以把先前拍摄的所有照片全部删除掉。

5.3.4　使用幻灯片播放拍摄的照片

如果已经使用 Photo Booth 拍摄了很多的照片，那么可以以幻灯片方式在电脑屏幕上播放这些照片。下面简单地介绍一下操作步骤。

（1）打开 Photo Booth 应用程序，在菜单栏中选择"显示→开始播放幻灯片显示"命令，如图 5-57 所示。

（2）选择"开始播放幻灯片显示"命令后，在电脑屏幕上将以幻灯片形式播放拍摄的照片，效果如图 5-58 所示。

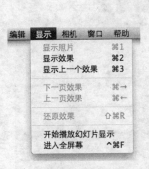

图 5-57　显示菜单　　　　　　　　图 5-58　播放幻灯片

（3）如果要停止播放幻灯片，点按屏幕工具栏中的"关闭"按钮，可退出幻灯片播放。

5.3.5　导出影片

用户也可以导出拍摄的影片剪辑，比如可以将其作为 GIF 图像。然后，可以将图像以 GIF 格式进行输出，还可以用于网站使用或作为 iChat 好友的图标。

下面简单地介绍一下导出影片剪辑的操作过程。

（1）打开 Photo Booth，选中要导出的影片剪辑。此时会发现影片剪辑和照片图片最大的区别是影片剪辑上有一个视频图标，如图 5-59 所示。

（2）选择"文件→导出"命令，打开"存储"窗口。点按"存储"窗口中的向下的展开按钮⊡，可以显示更多的存储设置，选择一个存储位置，点按"存储"按钮，如图 5-60 所示。

（3）打开 Finder 窗口，找到前面设置的存储照片的位置，就可以看到那些保存的图片了，如图 5-61 所示。

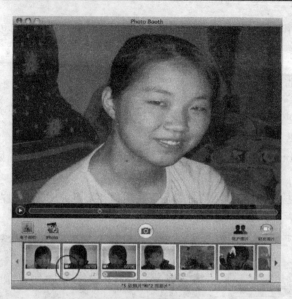

图 5-59　影片剪辑窗口

图 5-60　"存储"影片窗口

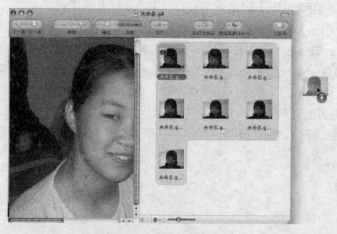

图 5-61　影片剪辑中的图像文件

第6章
媒体总动员

在 Mac 中内置了很多的媒体播放器，比如 iTunes，使用它不仅可以播放 MP3 音乐，把它看作是 Windows PC 中的 MP3 播放器，还可以播放视频影片。另外，还内置了 DVD 播放器、QuickTime Pro 播放器和 iMovie 电影制作器等，使用它们不仅可以播放视频或者电影，还可以进行一定的编辑来制作属于自己的电影。在这一章中就介绍这些播放器的使用。

在本章中主要介绍下列内容：
- 使用 iTunes 播放音乐
- 使用 DVD 播放电影
- 使用 QuickTime Pro 播放电影

6.1　音乐播放器——iTunes

iTunes 是一款非常优秀的音乐应用程序，使用它不仅可以播放音乐，还可以把制作或者搜集的音乐刻录成光盘。使用它可以播放目前比较流行的 CD 格式和 MP3 格式的音乐，如果连接到 Internet 的话还能收听网络广播。

6.1.1　iTunes 界面简介

可以通过点按 Dock 工具栏中的 iTunes 图标，或者连按"应用程序"窗口中的 iTunes 图标来启动 iTunes 应用程序。iTunes 界面如图 6-1 所示。一般，通过在一首 MP3 歌曲上连按（双击）即可在 iTunes 中进行播放了。

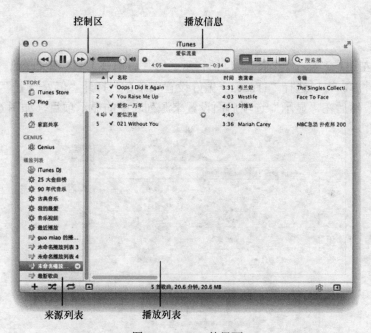

图 6-1　iTunes 的界面

可以把 iTunes 界面分为 4 个组成部分，分别是（播放）控制区、播放信息、来源列表和播放列表。下面分别介绍这 4 个组成部分。

1．控制区

顶部的播放控制区是由播放控制按钮、快进按钮和倒退按钮组成的。可以通过顶部的"播放"控制按钮来控制播放的音乐文件，还能够调整音量，如图 6-2 所示。

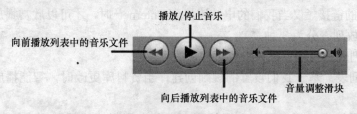

图 6-2　播放控制区按钮

2. 播放信息

可以通过"信息"窗口随时查看正在播放的音乐文件信息，比如歌曲名称和播放进度等，您还可以点按"信息"窗口中的按钮来更改信息窗口的外观，如图 6-3 所示。

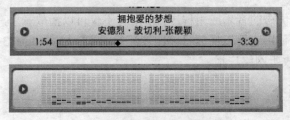

图 6-3　信息窗口

如果音乐文件过多，那么可以在右上角的"搜索"框中输入我们要查找的音乐文件。

3. 来源列表

iTunes 窗口左边是音乐来源列表，包括音乐、影片、电视节目、Podcast、广播和自定的一些播放列表文件库。可以选择"iTunes→偏好设置"命令，打开"偏好设置"窗口，然后点按"通用"按钮，然后在"显示"选项后面设置来源列表中的显示项目，如图 6-4 所示。

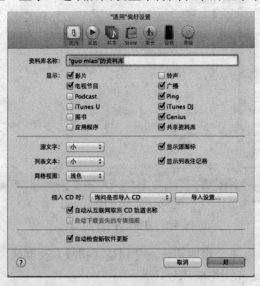

图 6-4　设置来源列表中的显示项

4. 播放列表

播放列表是歌曲和视频的选集。播放列表可以包含歌曲、Podcast、有声读物、视频以及 Internet 广播电台的链接（仅当我们的电脑连接到 Internet 时，才可以欣赏播放列表中的广播电台）。可以将播放列表分为 3 种。

● **标准播放列表**　也就是默认设置下的播放列表。

● **智能播放列表**　基于我们设置的规则创建，当资料库更改时，智能播放列表会自动更新。

● **派对随机播放或"现场混音"播放列表**　从在资料库或播放列表中随机选择歌曲来

创建。

可以通过选择"文件"菜单中的"新建播放列表"、"新建智能播放列表"等命令来创建不同类型的列表文件。文件菜单如图 6-5 所示。

图 6-5　文件菜单

6.1.2　创建智能播放列表

可以创建某些类型的音乐、带特定评价的歌曲或符合其他规则的歌曲的播放列表，iTunes 可以自动更新这些播放列表。创建智能播放列表的具体操作如下。

（1）选择"文件→新建智能播放列表"命令，打开"智能播放列表"对话框，点按添加按钮可以为播放列表创建更多的规则。如果要删除规则，点按删除按钮。如果要复制规则，按住 Option 键然后点按添加按钮，如图 6-6 所示。

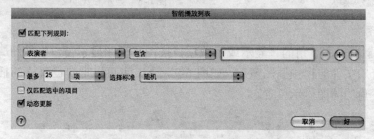

图 6-6　智能播放列表对话框

（2）如果要添加符合特定规则的歌曲，确定"匹配下列规则"已被选定，然后从弹出式菜单中选择合适的选项

（3）如果要使播放列表具有特定的持续时间或大小，那么选择"最多"并设定选项。

（4）如果要只包含资料库中旁边有勾号的歌曲以及那些符合我们的条件的歌曲，那么选择"仅匹配选中的项目"选项。

（5）在将歌曲添加到资料库或移出资料库时，如果要让 iTunes 继续修改我们的智能播放列表，那么一定要选定"动态更新"选项。

（6）设置完成后，点按"好"按钮，然后给该播放列表命名。

此时资料库中符合规则的所有歌曲都会添加到该播放列表中。智能播放列表上有个"齿轮"图标。如果要更改智能播放列表，选择该图标，然后选择"文件"菜单中的"编辑智能播放列表"命令，在打开的窗口中更改设置即可。

6.1.3 设置播放列表

播放列表将根据来源列表中的文件信息，列出不同的音乐歌曲文件或电台广播列表。可以通过"显示"菜单中的几个命令项来更改主窗口的显示状态。显示菜单如图 6-7 所示。

1. 栏浏览器

选择"显示→栏浏览器→显示栏浏览器"命令，即可在 iTunes 窗口中打开栏浏览器，如图 6-8 所示。

图 6-7 显示菜单

图 6-8 显示栏浏览器

2. 显示插图

点按 iTunes 窗口左下角的"显示或隐藏项目插图和视频显示窗口"按钮 ，此时来源列表中将显示音乐文件的视频插图窗口，如图 6-9 所示。也可以把自己喜欢的插图从其他文件夹中拖放到左下角的插图显示位置。

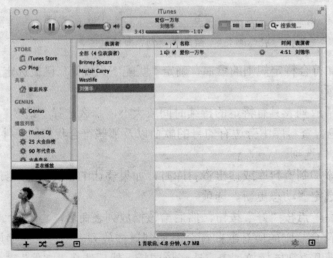

图 6-9 以列表方式显示插图

（2）以 Cover Flow 视图方式显示插图，可以以幻灯片的方式浏览所有音乐文件的插图，如图 6-10 所示。

图 6-10 以 Cover Flow 视图方式显示插图

3. 可视化效果

选择"显示→显示可视化效果"命令，即可使 iTunes 窗口显示出魔幻的可视化效果，此时可以通过选择"可视化效果"弹出式菜单后的自带效果设置不同的可视化效果，如图 6-11 所示。

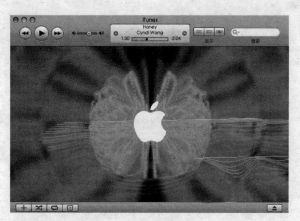

图 6-11 可视化模式窗口

下面介绍一下可视化模式窗口底部的几个按钮的功能。

点按此按钮可以创建新的音乐播放列表。如果要删除播放列表，那么选择"编辑"菜单中的"删除"命令或按键盘上的 delete 键。

点按此按钮可以打开/关闭随机播放功能。当图标显示为淡蓝色时，表示正在随机播放音乐文件；当图标显示为正常色时，表示按顺序播放音乐文件。

点按此按钮有三种变化。当图标显示为黑色时，表示不重复播放列表中的歌曲；图标显示为淡蓝色时，表示反复播放列表中的所有歌曲；图标显示为淡蓝色并且在按钮左下角有一个数字时，表示只重复播放当前选中歌曲。

　　　　点按此按钮可以显示/隐藏视频插图和视频显示窗口。当显示视频插图时，此按钮变成了向下的箭头按钮。

　　　　点按此按钮，将推出光盘。

　　另外，在 iTunes 窗口的右侧还有 3 个按钮，是新增加的，它们的作用分别是：

　　　　刻录光盘　点按该按钮可以把该播放列表刻录成 CD。注意只有在光驱中插入空白光盘时才显示该按钮。

　　　　　　点按该按钮可以启用 Genius。

　　　　　　点按该按钮可以打开或者隐藏 Genius 边栏。

6.1.4　播放音乐

　　iTunes 的主要功能就是播放音乐，在播放音乐之前需要把音乐文件先导入 iTunes 中，然后才能进行播放。首先让我们来了解一下导入的设置选项。

　　1．导入设置

　　可以选择编码格式和 iTunes 用来导入歌曲的其他设置。我们的选择会影响音频质量和歌曲文件的大小（质量越高，文件也就越大）。AAC 编码（高级音频编码）仅在安装了 QuickTime 6 或更高版本的电脑上可用（iTunes 支持 MPEG-4 AAC 文件，但不支持较早版本的 AAC 文件）。下面简单地介绍一些导入设置。

　　（1）选择"iTunes→偏好设置"命令，在打开的"通用"标签窗口中点按"导入设置"按钮，然后在打开的窗口中点按"导入时使用"的下列按钮，在弹出式菜单中选择一个编码器，如图 6-12 所示。

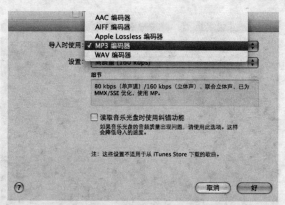

图 6-12　导入编码器设置

　　下面是选择编码器的 3 条基本原则。

　　● 可以在 iTunes 中和带有 Dock 接头的 iPod 机型上欣赏以 AAC 或 Apple Lossless 格式编码的歌曲。如果打算使用不同的程序或 MP3 播放器来欣赏音乐，那么选择"MP3 编码器"选项。

　　● 如果要将正在导入的歌曲刻录成高质量的音乐光盘而不损音质，那么选择"Apple Lossless 编码器"或"AIFF 编码器"（记住，使用这种格式导入的歌曲会占用更多的磁盘空间）。

　　● 如果我们要在没有安装 MP3 软件的电脑上播放歌曲，那么选择"WAV 编码器"选项。

　　（2）从"设置"弹出式菜单中选择一种位速率（对"Apple Lossless 编码器"不可用）。在大多数情况下，选择默认设置就可以很好地听音乐了，如图 6-13 所示。

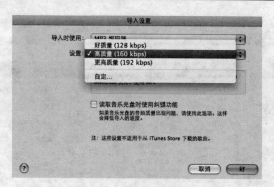

图 6-13　导入质量设置

下面介绍一下该菜单栏中的几个选项。

高质量：如果我们是在一个嘈杂的环境中播放音乐，选择此选项。

更高质量：如果我们选择"MP3 编码器"，并打算创建我们自己的音乐光盘或使用高质量的立体声扬声器来欣赏音乐，那么选择此选项。

好质量：用于在存储容量有限的便携式 MP3 播放机上容纳更多歌曲。

自定：选择此选项以更好地控制文件大小和音质。

> **提示**　读者也可以下载和安装其他的音乐播放器来播放自己喜欢的音乐，比如 Mac 版的千千静听。

2. 从电脑磁盘中导入歌曲

这是最常使用的导入方式，因为我们会把自己喜爱的歌曲都收藏在电脑磁盘中。从磁盘中把歌曲导入到 iTunes 中的操作非常简单。在打开 iTunes 后，找到自己在磁盘中收集的歌曲，然后直接拖曳到 iTunes 中，也可以在一个文件夹中通过连按一首歌曲的名称进行播放。

将歌曲导入到播放列表中以后，就可以播放歌曲了。方法是：连按要播放的歌曲名称或者选中要播放的歌曲，然后点按 iTunes 窗口顶端的"播放"按钮。正在播放的歌曲名称旁边会有一个喇叭状图标，如图 6-14 所示。

图 6-14　播放歌曲

也可以把导入的歌曲曲目删除掉，在需要删除的曲目上点按鼠标右键，从打开的快捷菜单中选择"删除"命令即可。打开的菜单如图 6-15 所示。

> **提示**　也可以把导入的音乐从 iTunes 中对音乐进行编辑，比如复制、删除和设置播放次数等。

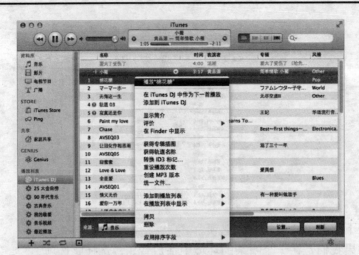

图 6-15　打开的菜单

3. 从 CD 导入歌曲

可以将歌曲从 CD 导入我们的 iTunes 资料库，然后将导入的歌曲存储在硬盘上，这样我们无需在光盘驱动器中插入原始 CD 就可以欣赏这些歌曲了。下面介绍一下怎样将 CD 上的歌曲导入到 iTunes 资料库中。

（1）将音乐光盘插入电脑的内置 CD 或 DVD 驱动器中。音乐被列出，同时系统将自动打开一个询问对话框，询问是否把音乐导入到 iTunes 资料库中，如图 6-16 所示。点击"是"按钮。

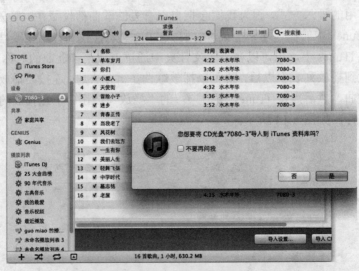

图 6-16　打开的询问对话框

（2）CD 光盘中的曲目将以轨道和数字的形式显示在 iTunes 窗口中，如图 6-17 所示。如果要取消导入某个歌曲，则可以取消勾选该歌曲旁边的复选框。

（3）要将选定的歌曲添加到的资料库中，则可以点按"导入 CD"按钮（在 iTunes 窗口的右下方）。此时在 iTunes 的"信息"窗口中将会看到歌曲的导入情况。导入成功后的歌曲名称旁边会有绿色的 ✅ 标记，如图 6-18 所示。

如果要取消导入，则可以点按 iTunes "信息"窗口中的 ❌ 按钮。

图 6-17 CD 光盘中的歌曲

图 6-18 导入 CD 中的歌曲

（4）导入歌曲结束后，点按 CD 右侧的推出符号即可推出光盘。

（5）还可以根据自己的需要设置导入的选项，点按 iTunes 窗口右下角的"导入设置"按钮，打开如图 6-19 所示的对话框。可以设置导入时实用的编码器和质量等。

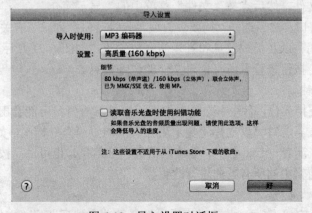

图 6-19 导入设置对话框

4. 连续播放专辑

如果使 CD（如现场演唱会专辑以及古典音乐专辑）连续播放，则其歌曲（或轨道）之间没有渐入渐出效果。如果打开了交叉渐入渐出回放（以在播放歌曲时使用渐入渐出效果），那么可以在播放这些专辑时让 iTunes 将其关闭要覆盖某些特定歌曲的交叉渐入渐出回放。

可以在 iTunes 中，选择一首歌曲并选择"文件→显示信息"命令，打开该歌曲的信息对话框。然后点按"选项"标签，打开设置选项，再选择"加入无缝播放专辑"选项，如图 6-20 所示。

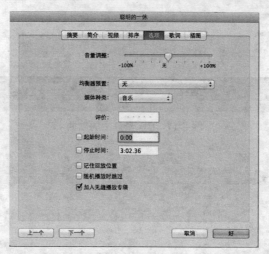

图 6-20 选项标签

可以把 iPod（这是一种非常流行的随身听）或者 MP3 播放器连接到电脑上，把在 iTunes 中创建的播放列表或者选择的歌曲曲目输入到 iPod 中进行播放。

6.1.5 显示简介窗口设置

如果电脑硬盘中有多个 MP3 文件，可以创建一个播放列表，将所有的 MP3 播放文件拖放到列表中进行播放，并对音乐文件进行管理设置，如歌曲的详细简介信息、播放选项设置、歌词以及歌曲的视频插图等。

1. 摘要选项

可以选择音乐文件，然后点按"文件"菜单中的"显示简介"命令，或者按 ⌘+I 组合键，打开"显示简介"窗口，然后选择"摘要"选项。此时窗口中列出了有关音乐文件的大小、格式、速率、修改日期、以及播放信息和音乐储存位置等，如图 6-21 所示。还可以点按"上一个"或者"下一个"按钮来查看所有音乐文件的详细信息。

2. 修改歌曲名称

iTunes 对中文支持欠佳，有些中文歌曲的表演者信息等资料可能会出现乱码，不过不会影响到音乐的播放效果。这时可以选择"显示简介"下的"简介"标签，如图 6-22 所示。重新输入歌曲的名称、表演者、专辑名字、歌曲风格等详细信息。也可以点按"上一个"或"下一个"按钮，对列表剪辑中的所有歌曲进行改正。

3. 输入和显示歌词

可以在 iTunes 中输入歌词，并随时查看。选择歌曲，然后选择"文件"菜单中的"显示

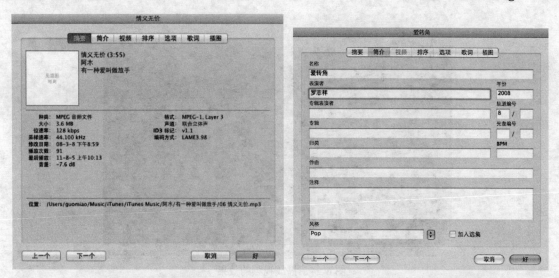

图 6-21　摘要标签　　　　　　　　　　　　图 6-22　简介信息面板

简介"命令,打开"显示简介"窗口,然后点按"歌词"标签,在窗口中输入歌曲的歌词,如图 6-23 所示。在下面框中输入歌词后,在使用某些 iPod 机型欣赏这些歌曲时,可以查看其歌词。

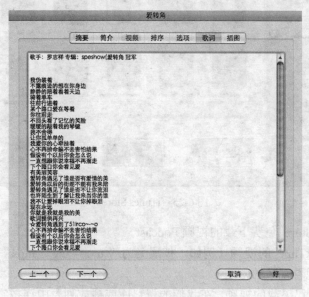

图 6-23　插入歌词

6.1.6　观看视频

使用 iTunes 除了能够播放 MP3 文件之外,还可以播放和收看视频文件或者电影文件。下面是使用 iTunes 播放视频文件的效果,如图 6-24 所示。

它支持几种视频文件格式,用户可以在 iTunes 中观看以下类型的视频。

(1)从 iTunes Store 购买的视频(也可以在 QuickTime Player 中观看它们),如图 6-25 所示。

<130>

图 6-24　播放视频的效果

图 6-25　iTunes Store

（2）从 iTunes Store 免费下载的视频 Podcast。

（3）兼容 QuickTime 的视频（例如，扩展名为 ".mov" 或 ".mp4" 的文件）。

下面介绍以下观看视频的方法。

（1）如果要观看已下载的视频，在我们的资料库或播放列表中连按它。默认设置下，影片在 iTunes 窗口内播放。可以使用 iTunes 窗口左上角的按钮（播放、音量和倒回等）来控制视频回放，如图 6-26 所示。

图 6-26　播放控制按钮

（2）如果要更改显示窗口的大小，从 "显示" 菜单中选择一个自己的需要选项。

（3）如果要观看兼容 QuickTime 的视频，将文件拖入 iTunes 窗口，就像拖动歌曲文件一样。

6.1.7　收听 Internet 广播

可以使用 iTunes 实时收听 Internet 上的广播。在 iTuens 播放窗口中，点按来源列表中的"广播"（在"资料库"下面），打开所有已连接的电台。要查看现有电台，那么点按想要欣赏的音乐类型旁边的三角形，再连按需要的频率或者选项即可，如图 6-27 所示。

图 6-27　收听 Internet 广播

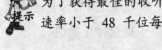 为了获得最佳的收听效果，建议使用拨号调制解调器连接到 Internet，通常选取位速率小于 48 千位每秒 (Kbps) 的电台。

6.2　电影播放器——DVD

DVD 播放器是 Mac 中内置的一款非常有用的 DVD 或者视频播放应用程序，使用它可以播放我们搜集的视频或者电影。使用它不仅可以播放商业 DVD、自制 DVD 或 VIDEO_TS 文件夹中的影片项目文件，还可以将电脑连接到电视或立体声音响，并使用"DVD 播放程序"来观看和收听个人娱乐系统上的 DVD。

有了"DVD 播放程序"，就可以像使用普通的 DVD 播放器一样，而且可以使用光盘上的特殊功能，选择音频选项以及控制视频的回放。Apple 的"DVD 播放程序"为我们提供了更多功能。用户可以在做其他工作时以小窗口观看影片，或在整个屏幕观看影片。我们甚至可以微调隐藏式字幕和字幕在屏幕上显示的方式。当我们以全屏模式观看影片时，可以使用控制器栏来播放、停止、扫描章节、快进或倒回影片，也可以用它来更改某些设置。

6.2.1　播放 DVD 光盘中的影片文件

使用 DVD 播放程序不仅可以播放 DVD 光盘中的影片，还可以播放其他媒介中的 DVD 格式的影片，比如硬盘或者网络上的 DVD 影片。下面就介绍一下如何播放这些影片。

可以将 DVD 电影光盘放入苹果电脑的 DVD 光驱中，DVD 应用程序会自动打开光驱中的影片文件画面和一个控制影片播放的控制面板，如图 6-28 所示。

使用影片控制面板上的播放按钮、停止按钮、快进按钮可以对影片进行播放控制，播放控制面板如图 6-29 所示。

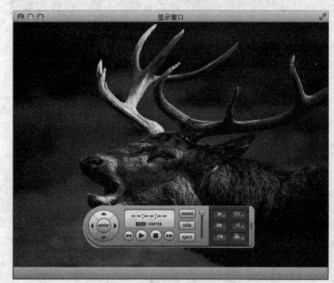

图 6-28　DVD 播放画面　　　　　　　　　　图 6-29　DVD 影片控制面板

下面介绍一下播放控制面板中各控制按钮的功能。

点按此按钮开始播放我们的影片文件。当影片开始播放时此按钮将变成"暂停"按钮，点按此按钮将暂停播放影片。还可以用键盘上的空格键完成影片的播放和暂停操作。

点按此按钮停止播放影片或者按下 command+句号（。）快捷键停止播放。

点按此按钮跳到前一段播放，按住此按钮不放，可以向后快退。

点按此按钮跳到下一段播放，按住此按钮不放，可以向前快进。

> 按下键盘上的 command+右箭头快捷键，可以向前扫描影片（重复以循环选择速度）。按下键盘上的 command+左箭头快捷键，可以向后扫描影片（重复以循环选择速度）。如果要前进一帧，那么首先暂停影片，然后按下键盘上的右箭头。

拖动其滑块来调整 DVD 影片播放的音量。

在影片播放过程中，可以随时点击控制器上的"menu"按钮，回到影片菜单。此菜单可以让我们选择影片的章节或者观看光盘上的附加内容，如影片预告内容和拍摄花絮等。

点按此按钮前往节目菜单。

点按此按钮弹出 DVD 影片光盘，或者点按键盘上的"推出"键。

点按向上、向下、向左、向右的按钮用来切换 DVD 菜单导航。点按中间的"enter"按钮开始播放选中的项目，或者直接用鼠标点按要播放的项目即可。

一般情况下控制器上的有些按钮是隐藏起来的，如果要查看和使用隐藏的按钮，那么点按此按钮，将显示隐藏的控制按钮，如图 6-30 所示。

图 6-30　影片控制器面板

慢动作播放 DVD 播放。如果我们需要观看影片的某些细节，这时可以点按此按钮使影片以慢动作播放。即，第一次点按此按钮，以影片正常速度的 1/2 播放；下一次点击此按钮将以影片正常的 1/4 播放；如果再次点按此按钮，这时影片将以正常速度的 1/8 播放。可以根据我们的需要来设置影片的播放速度。如果要回到正常的影片播放速度，那么点按播放按钮。

步进帧按钮。点按此按钮将逐帧观看影片内容。如果要回到正常的播放状态，请点按播放按钮。

点按此按钮返回到 DVD 影片的前一页。

字幕/隐藏式字幕。点按此按钮可以更换选择放在影片菜单中的字幕语言或者关闭字幕模式。

音频调整按钮。如果点按此按钮音频模式没有改变，说明我们的 DVD 影片中只有一个配音。有些影片包含两个或多个配音，此时可以点按此按钮选取一个音频模式。

影片角度切换按钮。点按此按钮可以切换不同角度的场景模式。

如果我们的苹果电脑支持 Apple Remote 遥控器，则可以使用该遥控器来控制"DVD 播放程序"。

6.2.2　关于控制器的隐藏与显示

在使用 DVD 观看影片时，可以根据需要对控制器进行设置，如，可以更改控制器的形态或显示/或隐藏控制器。

（1）更改控制器的形态，选择"控制"菜单中的"关闭控制抽屉"命令，此时控制器将不显示慢动作、音频调整等按钮。

（2）显示/隐藏控制器，如果我们不想看到控制器，可以使用"窗口"菜单中的"显示/隐藏控制器"命令或者按键盘组合键 command+option+C 键显示/隐藏控制器。

6.2.3　关于光盘信息面板

如果在 DVD 识别光盘后，选择"文件"菜单中的"获得光盘信息"命令，将会打开如图 6-31 所示的"家长控制"对话框，包括光盘简介、封套图片、区域、家长控制等选项控制。

1. 光盘简介

当启动 DVD 时可以通过信息面板中的"简介"标签来获取光盘信息。如光盘的大小、模式、格式、媒体类型等详细信息，如图 6-32 所示。

2. 封套图片

所谓封套图片就是当媒体停止播放时 DVD 播放窗口所显示的画面。点按"封套图片"标签，打开如图 6-33 所示面板，可以将电脑中的任何图像直接拖到下面的空白区域，或点按"选取"按钮选取硬盘中的图像文件。如果要清除封套图片，点按"清除"按钮。

图 6-31 "家长控制"窗口

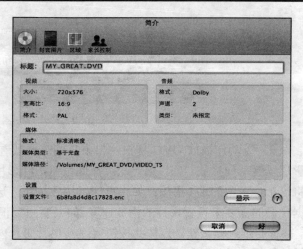

图 6-32 光盘简介标签

图 6-33 添加光盘封套图片

3. 区域码

区域码是美国 8 大公司（华纳、哥伦比亚、20 世纪福克斯、华德迪斯尼、派立蒙、UA、MGM、环球）为了保护各地电影放映时的权益共同制定的，人们将全世界分成了 6 个区域，并且对每个区域设置了区域代码。DVD 区域码限制了 DVD 光盘可使用的国家，DVD 上的区域码和"DVD 播放程序"上的区域码必须相同。在第一次播放带编码的 DVD 时，我们的 DVD 驱动器会自动设置一个区域码。如果 DVD 的区域码与"DVD 播放程序"当前的区域码不匹配，则会出现一个对话框，允许我们更改"DVD 播放程序"的区域码。

"DVD 播放程序"的区域码只能设置五次（包括原始设置），第五次更改的区域码将成为永久设置。

如图 6-34 所示的地图是不同地区的区域码。某些 DVD 光盘可以在任何地区播放，我们将这些光盘的区域码视作"0"（它们可以在设置为任何区域码的"DVD 播放程序"中播放）。

①加拿大、美国以及美属地区。

②欧洲、西亚、北非、南非和日本。

③东南亚。包括柬埔寨、印度尼西亚、老挝、马来西亚、缅甸、菲律宾、韩国、泰国、越南以及中国香港特别行政区和中国台湾地区。

④墨西哥、中美洲、南美洲和南太平洋。

⑤北亚、南亚地区和非洲。

⑥中国（除港台地区）。

4. 家长控制

可以在光盘信息面板中使用"家长控制"对当前正在播放的 DVD 影片进行播放限制，"家长控制"对话框如图 6-35 所示。

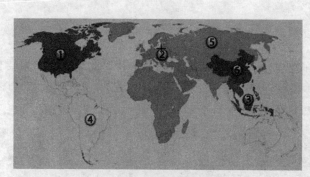

图 6-34　不同国家的区域代码

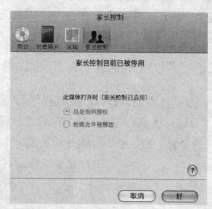

图 6-35　家长控制面板

下面是其中两个选项的简单介绍。

● **总是询问授权**：指定每次播放 DVD 前都要求输入管理员的用户名和密码。

● **始终允许被播放**：指定播放 DVD 时从来不要求输入管理员的用户名和密码。

6.2.4　视频剪辑

为影片创建视频剪辑后，可以随时对其进行显示或编辑。还可以把我们最喜爱的影片场景存储为视频剪辑，只要将该 DVD 插入电脑就可以随时观看这些剪辑片段。

1. 创建视频剪辑的方法

下面我们介绍创建视频剪辑的方法。

（1）当影片正在播放或暂停时，按 command+破折号(-)组合键或选择"控制"菜单中的"新建视频剪辑"来打开"新建视频剪辑"窗口。还可以选择"窗口"菜单中的"视频剪辑"，然后点按+号按钮。

（2）选择要设为视频剪辑的起始点的位置后，点按"开始"框旁边的"设定"来设置开始时间。

（3）如果要定位起始点，那么使用按钮进行快进、倒回、前进或后退一秒。还可以使用时间滑块。

（4）定位在想停止视频剪辑的地方，然后点按"结束"框旁边的"设定"来设定结束时间。

（5）为剪辑输入一个名称，然后点按"存储"按钮即可。

　该视频剪辑将在图像窗口或图像栏中出现，视频剪辑不会存储在电脑上，但"DVD 播放程序"可以记住每个剪辑的起始点和结束点。

2. 播放视频剪辑

在为影片创建了一个或多个视频剪辑之后，就可以很方便地播放或重放它们。注意，只有当 DVD 在电脑中时，才可以播放影片的剪辑。

（1）选择"前往"菜单中的"视频剪辑"命令，然后选取要播放的剪辑。如果在全屏幕模式下，那么在图像栏显示视频剪辑并双击视频剪辑以播放它。

（2）如果要再次播放剪辑，那么选择"前往"菜单中的"视频剪辑"后的"重复剪辑"命令，或在显示窗口中按住 control 键点按并选择"视频剪辑"下的"重复剪辑" 命令。

（3）如果要停止播放剪辑并从该点继续播放影片，那么选择"前往"菜单中的"视频剪辑"后的"退出剪辑模式"命令，或按住 control 键并点按显示窗口，然后选择"视频剪辑"下的"退出剪辑模式"命令。

6.2.5 "DVD 播放程序"的偏好设置

可以自定制"DVD 播放程序"，从而控制在插入 DVD 或播放影片时的动作。如果要自定"DVD 播放程序"，那么选取"DVD 播放程序"菜单中的"偏好设置"，打开"播放程序"窗口，然后点按一个面板并设置选项即可，如图 6-36 所示。

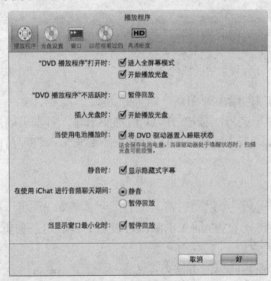

图 6-36 "播放程序"窗口

在"播放程序"窗口的上端有几个选项卡，下面介绍一下各选项的作用。

● **播放程序**：用于选择影片回放的设置。

● **光盘设置**：用于自定语言设置、Web 链接访问和音频输出。

● **窗口**：用于自定隐藏式字幕和各"DVD 播放程序"窗口的选项。

● **以前观看过的**：用于设置我们最近播放的 DVD 回放选项。

● **高清晰度**：用于设置标准和高清晰度显示的视频大小。

1. 设置 DVD 开始播放的位置

当插入 DVD 后，可以设置偏好设置来决定"DVD 播放程序"开始播放 DVD 的位置。下面介绍一下设置开始播放 DVD 位置的操作步骤。

（1）选择"DVD 播放程序"菜单中的"偏好设置"命令，点按"播放程序"标签并选择

"插入光盘时：开始播放光盘"选项，这样自动开始播放光盘，如图 6-37 所示。

（2）如果点按"以前观看过的节目"标签，并选择我们希望光盘开始播放的位置，可以选择想要 DVD 总是从起始处、上一次播放的位置或从默认书签开始播放，还是想要"DVD 播放程序"每次都向我们询问。

2. 选择音频输出（光盘设置）

播放 DVD 影片时，可以根据所使用的设备选择不同类型的音频输出。下面简单地介绍一下操作步骤。

（1）将音频设备连接在电脑上。选择"DVD 播放程序"菜单中的"偏好设置"，然后点按"光盘设置"标签，如图 6-38 所示。

图 6-37　播放程序标签　　　　　　　图 6-38　光盘设置标签

（2）从"音频输出"弹出式菜单中选取音频输出选项即可。

下面介绍一下其中的几个菜单选项。

● **系统声音输出：**使用在"声音"偏好设置中选定的音频输出设备，可以在电脑的内建扬声器、立体声耳机或其他音频设备上播放模拟音频，该选项是默认格式。

● **数码输出：**无论"声音"偏好设置中的设置如何，用户都可以在选取的数码输出设备（如家庭影院）上播放数码音频。只有在我们的音频设置支持 S/PDIF 格式时该选项才可用。我们可能需要安装音频设备所需的驱动程序，用户可以与制造商联系以获取更多信息。

3. 改变影片播放的音量

在播放 DVD 时，如果我们使用电脑上的内建数码音频输出，我们将只听到影片的声音，不会听到电脑的警告或其他电脑声音。用户可以调整播放影片的音量，以下是调整影片音量的操作。

（1）拖移控制器音量滑块或控制栏上的音量滑块。

（2）选择"控制"菜单中的"调高音量"或是"调低音量"命令，如图 6-39 所示。

（3）如果要将 DVD 播放程序的音量设置为静音，那么选择"控制"菜单中的"静音"命令。

4. 重复使用视频或音频设置

如果在播放 DVD 时使用已存储的视频或音频设置，那么选择"DVD 播放程序"菜单中的"偏好设置"，并点按"以前观看过的"标签和选择"总是将光盘设置用于"下的选项，包括"音频均衡器"、"视频颜色"和"视频缩放"，如图 6-40 所示。

图 6-39 控制菜单

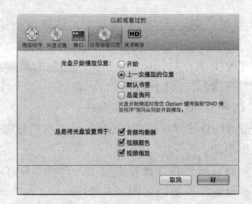

图 6-40 "以前观看过的"标签

要在以全屏幕模式观看 DVD 的同时更改 DVD 的设置，那么把指针移到屏幕的底部以显示控制器栏。点按"播放程序设置"图标，然后调整视频缩放、视频颜色和音频均衡器的设置。如果我们不是在全屏幕的模式下播放 DVD，请从"窗口"菜单中选取设置。

6.2.6 观看影片时的同时使用电脑

如果有其他工作要做，可以很方便地在一个小显示窗口中播放影片，如果该窗口挡住我们的视线，可以最小化显示窗口并继续在 Dock 中播放影片。我们以全屏幕模式观看影片时，也可以将其他应用程序窗口调到前面。这使在播放影片时可以处理其他文稿、检查电子邮件、聊天或执行其他任务。

可以通过以下几种方式在观看影片时同时工作。

（1）如果要调整显示窗口的大小，那么拖移右下角，或从"显示"菜单中选择一种大小。如果要在其他窗口打开时将显示窗口保持在顶部，则选择"在其他应用程序上显示"。我们没有使用全屏幕模式时该设置最有用。

（2）在以全屏幕模式观看影片的同时要访问其他应用程序，那么选择"DVD 播放程序"菜单中的"偏好设置"，然后点按"全屏幕"标签，并选择"DVD 播放程序不活跃时保持全屏幕模式"项。

（3）在播放影片之前，打开我们要使用的任何应用程序。观看影片时，将指针移到屏幕的顶部，然后选择"苹果（ ）"菜单中的"最近使用的项"命令，选择要激活的应用程序，也可以按下 command+tab 组合键在打开的应用程序之间进行切换。

（4）如果要在全屏幕播放影片时打开 Finder，请选择"前往"菜单中的"切换到 Finder"。

（5）如果要将显示窗口移到 Dock 中，那么选择"窗口"菜单中的"最小化"，或者按下 command+M 组合键。

6.3 电影播放器——QuickTime

Qiuick Time 是 Mac 中使用广泛的另外一款非常有用的视频播放应用程序，使用它可以播放我们搜集的多种视频或者电影，而且还可以查看图片和播放音频文件，功能类似于 DVD 播放器，在苹果电脑中播放视频时，一般优先使用 QuickTime 进行播放。而且，QuickTime Player 是一个免费的多媒体播放程序，下面是使用 QuickTime 播放器播放电影的效果，如图 6-41 所示。

图 6-41　QuickTime 播放器窗口

QuickTime 还是一款为其他应用程序提供支持的多媒体体系结构。有些最流行的软件使用 QuickTime 架构来实现各种重要的多媒体功能，例如 Apple 的 iTunes、iMovie 和 Final Cut Pro，以及许多第三方程序，这些应用程序需要安装 QuickTime 才能正常运行。

6.3.1　使用 QuickTime Player 播放影片

使用 QuickTime Player 播放影片的操作非常简单，打开 QuickTime 之后，在该应用程序中打开需要的影片文件即可进行播放。下面介绍一下具体的操作。

1．打开 QuickTime 影片

可以使用 QuickTime Player 来播放存储在电脑硬盘、CD、DVD 或 Internet 上的多种媒体文件。

如果是要打开硬盘、CD 或 DVD 上的影片，那么执行下面的操作。

（1）在资源管理器中，连按（双击）该文件或者将它拖到 QuickTime Player 应用程序图标上（如果 QuickTime Player 应用程序图标在 Dock 工具栏中的话）。

（2）选择"文件→打开文件"命令，然后在打开的窗口中选择需要播放的文件即可进行播放。

2．播放 Internet 上的影片

还可以使用 QuickTime 直接收看网上免费的电影。如果是要打开 Internet 上的影片，那么执行下列操作。

（1）打开 QuickTime Player。

（2）选择"文件→打开位置"，然后在打开的"打开位置"窗口中输入该影片文件的 URL（Internet 地址），如图 6-42 所示。

（3）在"打开位置"窗口中点按"打开"按钮就可以播放了。

图 6-42 "打开 URL"窗口

6.3.2 控制影片的播放

还可以在 QuickTime 中控制影片的播放。QuickTime Player 窗口上的控制面板与前面我们讲的 CD 光盘播放机和 DVD 光盘播放机上看到的控制面板很相似,如图 6-43 所示。使用控制面板上的按钮来播放、暂停播放、倒回、快进 QuickTime 影片,跳到影片的开始或结束位置,以及调整影片的音量。还可以使用这些控制按钮在影片中前后移动。

00:06   ◀◀ ▶ ▶▶   -00:04

图 6-43 控制按钮

如果想跳到影片中的某一点上,那么拖移时间线中的播放头(黑色小三角形)。如果逐帧步进播放,那么先点按黑色小三角形,然后按下键盘上的右箭头键或左箭头键。可以拖移窗口右下角的手柄来调整观看空间的大小。

1. 调整音频和视频设置

对于任何带音频轨道的 QuickTime 影片,可以调整左/右平衡以及音量大小、低音音量和高音音量。还可以设置任何影片的回放选项,如速度和回放速率(逐帧导像和快速导像)。要设置音频和视频控制,选择"窗口→显示音频/视频控制"命令,拖移滑块以调整设置,如图 6-44 所示。

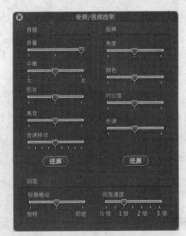

图 6-44 音频/视频控制

2. 全屏幕观看影片

可以将屏幕设定为只显示影片,而不显示QuickTime Player窗口、桌面或其他窗口。此演示设置称为"全屏幕模式"(也可以设定影片以一半大小、两倍大小或其他大小来播放)。如果要全屏幕播放影片,那么执行下面的操作。

（1）选择"显示→进入全屏幕"命令或者点按播放控制器中的 图标，然后点按"播放"按钮即可。

（2）如果要退出全屏幕模式，那么按下 esc 或者 command+(。)组合键，也可以点按播放控制器中的 图标。如果要调整图片的大小以适合我们的屏幕，比如拉伸它以适合或使它处于"信箱模式"，那么将指针移到屏幕顶部以显示 QuickTime Player 的菜单选项，然后从"显示"菜单中选取一个设置。还可以通过下面的控制（只要在 QuickTime Player 的偏好设置"全屏幕"中选择了"显示全屏幕控制"，移动指针就可以使隐藏的控制出现）来播放、暂停播放、倒回、快进影片等设置，如图 6-45 所示。

图 6-45　全屏幕观看影片界面

（3）下面的几个选项（在"显示"菜单中）在全屏幕模式下可用。

● **适合于屏幕**　内容将被按比例缩放，以尽可能填充我们的屏幕，同时不更改宽高比或不裁剪影片。

● **增大大小/缩小大小**　内容将被按比例缩放并被裁剪，以至少在一维空间中完全填充我们的屏幕。这可以清除顶部的（信箱模式）或两边的（邮筒模式）黑色区域，但可能隐藏或扭曲内容。

● **全景**　内容将被按比例缩放，以填充我们的屏幕，同时外部水平边缘将被压缩，以避免裁剪图像。

6.3.3　循环播放影片

在 QuickTime 中可以重复播放影片。影片结束后，它将自动重新播放。如果要循环播放影片，那么选择"显示→循环"命令，这样来回重复播放影片。

在默认设置下，如果打开多个 QuickTime Player 窗口，只播放活跃的（最前面的）QuickTime Player 窗口的音频。

> 还可以使用 QuickTime Player 录制影片、音频和屏幕等，在"文件"菜单中选择"新建影片录制"等对应的命令即可。

6.3.4　导出影片

QuickTime 还提供了多种在导出过程中压缩视频和音频的设置和选项，使用这些选项可以帮助简化压缩和导出流程。每种文件格式都有不同的可用预置。

要使用预置导出影片的操作方法如下。

（1）在 QuickTime Player 中，打开要导出的影片，选择"文件→导出"命令，打开用于导出的窗口，如图 6-46 所示。

图 6-46　打开的用于导出的窗口

（2）从"导出为"弹出式菜单中选取一种文件格式。

（3）从"格式"弹出式菜单中选取最能符合我们需要的预置。 例如，如果要导出影片以用于具有视频功能的 iPod，那么选择"影片转换成 iPod"。要导出为 Apple TV 而优化的影片，那么选择"影片转换成 Apple TV"。通过选取"影片转换成 iPhone"选项的其中一项，也可以创建用于 iPhone 的影片。

（4）设置文件名称和位置，然后点按"导出"按钮即可。

　另外，在 Mac OS X Lion 中还有 QuickTime Player 7 播放器，它和 QuickTime Player 的功能基本相同，不再赘述。

第 7 章
使用 iMovie 制作电影，使用 iDVD 刻录光盘

在 Mac 中内置有多款应用程序，这些应用程序都非常实用，例如 iMovie，使用它可以编辑视频、制作电影或者短片。还有 iDVD，使用它可以把需要刻录成 DVD 的项目进行编辑，并将其刻录成 DVD。

在本章中主要介绍下列内容：

- 使用 iMovie 编辑视频
- 使用 iDVD 刻录光盘

7.1　万能电影制作器——iMovie ⭐

iMovie 是 Mac 中内置的一款非常有用的视频软件，使用它可以对我们搜集的影片或者拍摄的录像进行播放。另外，iMovie 也是一款优秀的视频编辑和采集软件，使用它还能够进行视频欣赏、编辑、储存和共享，可以把 USB 摄像机、配备 Fire Wire 的摄像机、iSight 摄像机或者其他设备中的视频导入 iMovie 等。可以快速制作简单的影片，从视频上添加字幕、转场场景、制作照片和音乐的视频幻灯片显示和在 iPod、iPhoto 或 AppleTV 上共享影片。将视频输出成各种 Quick Time 格式的影片，以便制作成 VCD 或者 DVD 放置到网页上或以电子邮件方式发送给朋友。如果我们还没有数码摄像机，可以把 iMovie 硬盘中已有的视频文件转换成自己需要的影片格式。

7.1.1　iMovie 界面

可以通过点按 Dock 工具栏上的 iMovie 图标⭐或者通过双击"应用程序"文件夹中的 iMovie 图标，打开如图 7-1 所示的 iMovie 窗口。

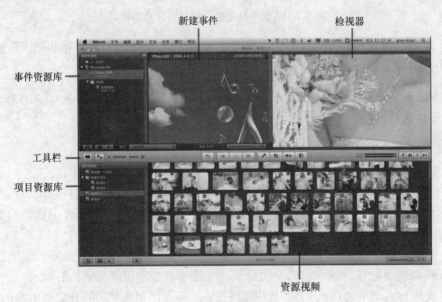

图 7-1　iMovie 窗口

7.1.2　在 iMovie 中导入视频

可以从视频设备中导入视频，也可以将那些陈年的 DV 录像带导入 iMovie 中进行整理和编辑，来回味那些美好的记忆。

1. 导入的必备条件

有大容量的电脑硬盘或使用 Fire Wire 线（火线）连接到外置硬盘上，而且至少有几个 GB 或者更多的可用存储空间（需要的空间取决于我们使用的视频文件格式）。iMovie 能够与新一代的视频录像设备配合使用，在这些设备中，都可以采用不同的视频文件格式来录制视频。如今，无论我们走到哪里，都可以使用多种视频拍摄设备来拍摄视频，如使用摄像机和具有拍摄功能的手机等。

2. 使用 USB 线将摄像机连接至电脑

正确连接摄像机之后，导入窗口会在 iMovie 窗口中自动打开，如图 7-2 所示。在该窗口中显示设备上的所有剪辑。

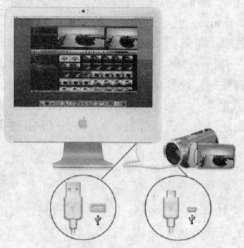

图 7-2　将摄像机连接至电脑后打开的窗口

（1）选中准备导入的视频，注意，视频分为高清晰度（HD）视频和非高清晰度视频。通常，选中高清晰度视频后，"1080iHD 导入对话框"就会打开。

　如果我们使用的是 DVD 摄像机，将其插入 Mac 可能会导致打开 "DVD 播放程序"，注意　出现此情况时，只需关闭 "DVD 播放程序" 即可。

（2）点按"全部导入"按钮，以导入全部剪辑。

（3）从"存储到"菜单栏中，选择我们要用于储存导入视频的磁盘。

（4）选择想在事件资源库中组织导入的视频方式。如果要将导入的视频添加到现有的事件中，那么选择"添加到现有的事件"，然后从菜单栏中选取事件。如果要创建新的事件，那么在"创建新事件"栏中设置事件的名称即可。

（5）点按"好"按钮。 iMovie 导入视频并生成每个剪辑的缩略图需要一定的的时间，具体取决于视频的分钟数。导入窗口中的圆形进度指示器显示可能需要的时间。

（6）视频导入结束之后，点按"推出"按钮，然后关闭摄像机，断开它与电脑的连接即可。

3. 直接录制到 iMovie

如果我们的 Mac 有内建的 iSight 摄像头，或者连接了 iSight 或其他兼容网络摄像头，或者使用 Fire Wire 电缆连接了摄像机，则可以直接将视频录制到 iMovie，并对其进行编辑和整理。下面介绍一下录制过程。

（1）点按"工具栏"上的"打开摄像机导入窗口"按钮 ■，打开导入窗口，如图 7-3 所示。

（2）在"从此设备导入"菜单栏中选取想使用的摄像机。

（3）点按"采集"按钮。

（4）从"存储到"菜单栏中选取想存储视频的磁盘位置。可以选取连接到电脑的任何受支持硬盘，确定我们的磁盘有足够的可用存储空间来保存正在录制的视频。每个可用磁盘的可用空间的大小，在菜单栏中的磁盘名称旁边的圆括号中显示。

图 7-3　内建 iSight 窗口

（5）如果要创建新的录制事件，那么在"创建新事件"栏中输入事件的名称。如果要将录制视频添加到现有事件，那么从弹出式菜单选取它的名称。

（6）准备好开始录制后，点按"好"按钮。

（7）如果要停止录制，那么点按"停止"按钮。注意开始和停止的频率不受限制，每次开始和停止摄像机，都会创建一个新的视频剪辑，并生成缩略图像。

（8）完成录制后，点按"完成"按钮。

4. 从影片文件中导入视频

如果我们的影片文件是下列格式中的一种：MPEG-4、DV 和.mov 文件，则可以从大部分光盘或硬盘将视频直接导入到 iMovie 中。

（1）选择"文件"菜单中的"导入影片"命令，打开一个窗口，如图 7-4 所示。然后在浏览器窗口中查找所需的文件。注意打开 iMovie 之后才能使用"导入影片"命令。

图 7-4　打开的窗口

（2）从"存储到"菜单栏中选取需要存储视频的磁盘。可以选取连接到电脑的任何受支持硬盘。每个可用磁盘的可用空间大小，在菜单栏中的磁盘名称旁边的圆括号中显示。

（3）选取要整理的导入到事件库的视频。如果要创建新事件，那么选择"新建事件"并为其设置一个名称。如果要将导入的视频添加到我们已创建的事件中，那么选择"现有事件"并从名称菜单栏中选取事件名称。

（4）选取如何处理原始文件。如果要在将原始文件拷贝到 iMovie 后将它们删除，那么选择"去掉文件"。如果要在将原始文件拷贝到 iMovie 后将它们完整保留，那么选择"拷贝文件"。

（5）如果我们正在导入 1080i 格式的视频，那么从菜单栏中选取一种大小。大小为"大型"的视频质量相当高，足以在高清晰度电视（HDTV）和大多数其他场合中观看，同时可以节省磁盘空间和增强性能。不过，如果打算将影片导出到 Final Cut Pro 或有其它理由要维持视频原始的、完全的大小，那么从"导入 1080i 视频为"菜单栏中选择"完全－1920×1080"选项。

（6）点按"输入"按钮即可进行导入了。iMovie 需要一定的时间来导入视频和创建缩略图图像，所用时间的长短取决于我们导入视频的数量。

7.1.3 整理视频资料库和查看视频

在导入视频素材后就可以欣赏它了。我们的视频在事件资源库中已被归类为不同的事件，可以直接在其中观看、浏览、搜索或修饰。

1. iMovie 事件

在将视频导入 iMovie 并指定一个事件名称之后，新事件会显示在事件资源库中，按发生的年份列出。点按事件资源库中某一年的三角形按钮，那么将会显示该年中所有事件，如图 7-5 所示。如果单一事件的视频涉及了多天的内容，而且在导入视频时选择将每天的内容分隔开，则每天的内容单独列出。

图 7-5 某年的事件

 在事件资源库中选择一个事件，将显示事件包含的所有视频。同时选择多个事件，将显示所选事件中包含的所有视频。

（1）如果要选择多个事件，那么点按事件名称时按住 command(⌘)键。

（2）如果要合并事件，那么在事件资源库中选择事件，然后选择"文件"菜单中的"合并事件"命令。

（3）如果要将事件一分为二，那么点按要在新事件中用作第一个剪辑的视频剪辑，然后选择"文件"菜单中的"在选定剪辑前面分离事件"命令。还可以选择按年份对事件资源库进行排序或进一步按储存视频的硬盘进行排序。

2. 查看源视频

选择在事件资源库中已经创建的事件名称，查看其包含的视频剪辑。可以通过查看沿时间伸展的图像来查看视频，就像在台面上查看展开的电影胶片一样。每个"电影胶片"表示一个视频剪辑，如图 7-6 所示。

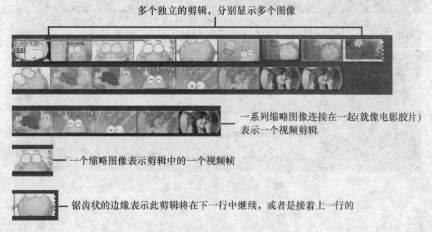

图 7-6　视频剪辑

在默认设置下，iMovie 每五秒钟显示一个视频图像，用户也可以设置视频中显示图像的时间，以进一步展开电影胶片（将它们拉长）或将它们卷起（将它们缩短），具体取决于我们喜欢的处理方式。每个剪辑的时间长度在其左端显示。拉长或缩短电脑胶片的效果如图 7-7 所示。

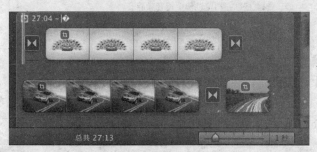

图 7-7　设置胶片数量

如果将剪辑缩略图滑块向右拖移以减少每个剪辑显示的图像数量，那么可以使每个剪辑变短。如果将剪辑缩略图滑块向左拖移以增加每个剪辑显示的图像数量，那么可以使每个剪辑变长。

　使用此滑块拉长或缩短电影胶片，不会以任何方式改变我们的视频，它只会影响我们工作时的视图。

3. 播放视频

当在电影胶片上移动鼠标指针时，会发现电脑胶片中的图像以及检视器中的图像都会移动（检视器中的图像和鼠标指针停留处的视频时刻与视频帧相对应）。在浏览视频时，我们还会听到播放的视频声音。在我们向前或向后浏览时，声音也会向前或向后播放，这对于查找视频中的特定时刻非常有帮助，如图 7-8 所示。

图 7-8　播放视频的效果

在浏览过程中如果不想听到声音，可以选择"显示"菜单中的"音频浏览"选项，确定在菜单中取消选择该项，或者点按工具栏中的"静音浏览"按钮，如图 7-9 所示，如果要重新打开声音，可再次点按该按钮。

点按以在浏览过程中使音频静音

图 7-9　工具栏

● **播放视频的操作方式**

（1）将鼠标指针放在我们要开始播放的位置，然后按空格键。

（2）如果指针停留在黄色选择框内，则仅播放选定部分。如果要在播放完视频的选定部分后继续播放其余部分，那么先将指针放在选择范围前面，然后按空格键，如图 7-10 所示。

图 7-10　播放选定部分

（3）还可以双击剪辑中我们要开始播放的位置。

（4）选择剪辑的任何部分，然后选择"显示"菜单中的"播放"命令。

（5）如果要停止视频播放，那么可以点按 iMovie 窗口中的任意位置或者在播放视频的过程中按空格键。

● **从头开始播放选中的事件**

选中剪辑中的任一部分，然后选择"显示"菜单中的"从头播放"命令，再点按视频资源库下方的"播放"按钮即可。控制按钮如图 7-11 所示。

图 7-11　工具栏控制按钮

● **全屏播放事件**

选择剪辑中的任一部分，然后点按事件资源库下方的"全屏幕播放"按钮，可以从头播放事件或按 command（⌘）+G 组合键以从指针停留的地方开始全屏幕播放视频。

 如果要倒回或快进，那么移动鼠标指针以显示一个电影胶片，然后点按该电影胶片，以向前或向后浏览该视频。按键盘上的 esc 键可以退出全屏幕播放模式。

7.1.4　设置视频标记

也可以使用视频标记更精细地组织视频，使用关键词为任何帧范围打标签。当快速浏览视频时，可以标记我们觉得最好和最差的片段，以便于以后过滤或者筛选视频，以及查找处理或删除的内容。下面介绍一下设置方式。

（1）将源视频过滤器设定为显示所有剪辑，方法是从事件资源库下面的"显示"菜单栏中选择"所有剪辑"选项，如图 7-12 所示。然后选择喜爱的帧范围或整个视频剪辑。

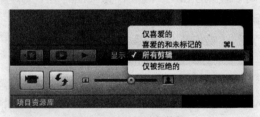

图 7-12　显示所有剪辑

"显示"菜单栏共有 4 个选项，下面分别介绍一下。

● **仅喜爱的**　仅显示已标记为喜爱的视频。

● **喜爱的和未标记的**　显示已经标记为喜爱的或未标记的所有视频。

● **所有剪辑**　显示选定事件中所有剪辑。

● **仅被拒绝的**　仅显示我们已经标记为要删除的剪辑。

（2）将视频标记设置为喜爱的标记。选择一个范围，然后点按 iMovie 工具栏中的"将所选部分标记设为喜爱的"按钮，此时帧范围顶部将会出现绿色条，如图 7-13 所示。

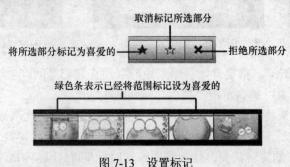

图 7-13　设置标记

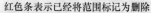

（3）如果要将视频标记为要删除的标记，那么选择一个范围，然后点按 iMovie 工具栏中的"拒绝所选部分"按钮，帧范围顶部将出现红色条，如图 7-14 所示。

红色条表示已经将范围标记为删除

图 7-14　将视频标记为要删除的

 在这里提到的帧也就是我们平时所说的画面，一帧便是一个画面。

（4）如果要去掉标记，那么先选择我们已经标记为喜爱的或拒绝的范围，然后点按 iMovie 工具栏中的"取消标记所选部分"按钮，此时彩色条将会消失。

7.1.5　调整视频影像

在观看视频时，可能会感到有些内容因为距离稍远一些、颜色灰暗或曝光过度而达不到预期的效果，这时可以使用 iMovie 轻松增强视频的显示和声音效果。

1.　截取视频画面

正如截取照片那样，可以使用 iMovie 截取视频画面。在视频剪辑画面的开头将显示截取图标，如图 7-15 所示。

选中视频图像，然后点按"截取"按钮，检视器中帧外边缘周围会出现绿色的截取矩形框，如图 7-16 所示。

 点按 Voiceover 按钮可以打开一个窗口用于录制画外音，也就是进行录音。

（1）单击"适合"按钮，以使视频图像恢复为原始大小。

（2）单击"截取"按钮，拖移绿色截取矩形框以调整它的大小并重新定位，需要的视频画面部分将高亮显示，如图 7-17 所示。

图 7-15　视频截取图标　　图 7-16　截取视频画面　　图 7-17　截取需要的视频画面

（3）单击"Ken Burns"，指定开始和结束矩形以便在它们之间产生动画。

（4）如果要预览效果，那么单击"播放"按钮。

（5）如果对更改效果感到满意之后，单击"完成"按钮。此次截取将应用到整个剪辑的视频图像。

（6）单击向左/向右的旋转箭头，使视频图像逆时针/顺时针旋转 90 度。效果如图 7-18 所示。

图 7-18　旋转视频剪辑画面后的效果

（7）拖移中间的箭头图标进行调整以设定截取的大小和位置。

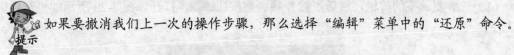　如果要撤消我们上一次的操作步骤，那么选择"编辑"菜单中的"还原"命令。

2. 调整颜色、亮度、对比度和其他图像质量

iMovie 提供了许多可以调整图像质量的工具，包括已经添加到项目的任何视频剪辑或照片上的黑白色阶、曝光度、亮度、对比度、饱和度和白点设置。如果对源视频作了更改，则该更改会反映在我们添加到已更改视频的所有项目中，源视频则不会反映对项目中视频剪辑所作的更改。

（1）点按"调整视频"按钮 或者点按剪辑图像上的"视频调整"图标，打开"视频调整"窗口，如图 7-19 所示。

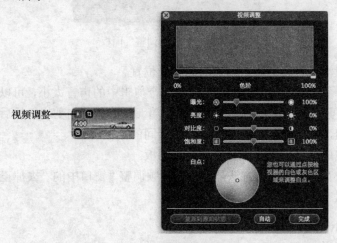

图 7-19　"视频调整"窗口

（2）如果要使 iMovie 优化图像的色阶，那么点按"自动"按钮。

（3）如果要获得需要的效果，那么拖移"视频调整"窗口中的滑块，进行下面的各项设置。

● **色阶**　更改黑色和白色的色阶，拖移左侧的滑块将增加黑色，拖移右侧滑块将增加白色。

● **曝光**　更改阴影和高光部分，向右拖移会增强高光。

● **亮度**　更改整体亮度，向右拖移会使图像更明亮。

● **对比度**　更改亮色调和暗色调的相对对比度，向右拖移会使亮色和暗色区域之间的边缘更生硬。

● **饱和度**　更改颜色浓度，向右拖移可以使颜色更饱满。

● **白点**　通过重设白色来更改颜色范围，可以通过点按检视器的白色或灰色区域调整白点。

（4）获得所需要的效果后点按"完成"按钮即可。

如果对所做的更改还不满意，可以点按"复原到原始状态"按钮，将图像恢复到最初打开状态，再对图像进行调整。

7.1.6　调整视频剪辑的音量

可以使用"音频调整"设置来调整视频剪辑中的音量，或者调整剪辑音量以符合"正常化"范围。

（1）选取要调整的剪辑，然后点按音频调整按钮 ，打开如图 7-20 所示的"音频调整"面板。

图 7-20　"音频调整"面板

（2）拖移音量滑块将音量调整到适当的音量位置。

（3）如果有一个剪辑中的声音太大，而另一个剪辑中的声音太小，可以点按"使剪辑音量正常化"按钮，将剪辑音量设定为不失真的最大音量。选择其它剪辑，然后再次点按"使剪辑音量正常化"按钮，将两个剪辑的音量调整到相同的范围。

（4）点按"完成"按钮关闭"音频调整"面板。

可以随时还原音频正常化，方法是点按"音频调整"窗口中的"去掉正常化"按钮或者点按"复原到原始状态"按钮。

7.1.7　创建 iMovie 项目

如果要与朋友共享视频资源库中的部分，可以将其发布到 Web 上或发送到 iPod 或者是 AppleTV 中。可以通过创建 iMovie 项目，将最好的剪辑以我们喜欢的方式集合在一起。还可以添加背景音乐、声音效果、画外音、照片、一些美观的字幕样式用来在影片上添加文字以及完成从一个剪辑到另一个剪辑的转场效果。

1．新建 iMovie 项目

下面，简单地介绍一下制作 iMovie 项目的基本操作。

（1）选择"文件→新建项目"命令，打开"iMovie－新项目"对话框，并输入项目的名称，如图 7-21 所示。

（2）从"宽高比"框中根据项目中使用的视频和照片尺寸，来选取影片的宽高比。有下面几个选项。

图 7-21　新建项目对话框

● **标准**（4:3）　产生适合在标准 TV 屏幕或 Web 上观看的影片。在 HDTV 上观看时，视频左右将出现黑色部分，称为"邮筒模式"。

● **iPhone**（3:2）　生成要在 iPhone 上观看的影片。

● **宽屏幕**（16:9）　产生适合在宽屏幕显示器上或高清晰度电视机（HDTV）上观看的影片。在标准 TV 上观看影片时，在视频上下会有黑色部分，称为"信箱模式"。

2. 将剪辑添加到项目

可以很轻松地将选择的视频剪辑添加到我们创建的 iMovie 项目中，下面简单地介绍添加剪辑的操作。

（1）点按源视频剪辑，选定要在项目中包括的帧范围。

（2）点按工具栏中的"将所选内容添加到项目"按钮，如图 7-22 所示。将所选内容添加到项目。可以将视频添加到项目的结尾，或将视频选择范围拖入我们希望它在项目中出现的位置。

将所选内容
添加到项目

图 7-22　将所选内容添加到项目

（3）在项目中拖移剪辑，将它们按需要的顺序重新排列。

3. 为 iMovie 项目添加背景音乐

如果 iTunes 资料库中有音乐，可以将资料库中的音乐拖入视频影片中，使之伴随视频影片一起播放。如果 iTunes 资料库中没有音乐，则可以导入其他音乐文件。

（1）选择"窗口"菜单中的"音乐和声音效果"选项，或者点按 iMovie 工具栏上的"显示/隐藏音乐浏览器"按钮，如图 7-23 所示。

（2）点按"显示/隐藏音乐浏览"按钮 ♫，打开"音乐和声音效果"面板，并查看 iTunes 资料库中的所有音乐，或在"声音效果"文件夹中查找最适合影片的背景音乐，如图 7-24 所示。

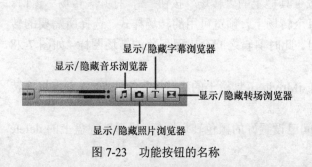

显示/隐藏字幕浏览器

显示/隐藏音乐浏览器

显示/隐藏转场浏览器

显示/隐藏照片浏览器

图 7-23　功能按钮的名称

图 7-24　音乐和声音效果面板

（3）可以通过双击"音乐和声音效果"面板中的任何声音文件进行试听，然后选择一个音乐文件，将其拖移到项目背景中。此时，绿色背景音乐图标出现在视频剪辑的后面。如果音乐长度超过了视频的长度，将在视频的结尾出现音乐指示器。音乐自动在视频的结尾弹出，如图7-25所示。

（4）如果我们要调整背景音乐的开始点和结束点，那么点按绿色背景，然后选择"编辑"菜单中的"修剪音乐"选项，或者点按"剪辑时间长度"图标，打开如图7-26所示的对话框。

剪辑时间长度图标

背景音乐

音乐指示器

图 7-25　修剪音乐窗口

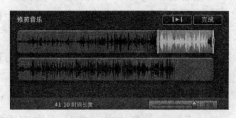

图 7-26　修剪音乐对话框

音乐程序面板中只显示背景音乐剪辑，音乐剪辑内部是一个波形。波形是粉红色的，可以通过浏览音乐剪辑在检视器中观看。黑色波形表示音乐剪辑延伸到视频开始点或结束点以外的部分。

（5）如果要在音乐中设定音频开始播放的点（音频的开始点），那么拖移波形开始处的第一个手柄。在我们拖移音频起点手柄时，粉色波形在音乐剪辑中平移，表示音频起点的新位置，此时相应的音频会在检视器中播放。

（6）如果要在音乐中设定音频结束播放的点（音乐的结束点），那么拖移第二个手柄。在我们拖移音乐结束点手柄时，相应的音频会在检视器中播放，帮助我们找到音频播放的音乐结束点手柄。

（7）关闭"音乐和声音效果"窗口。点按 iMovie 工具栏上"音乐和声音效果"按钮，或者点按"音乐和声音效果"面板中的关闭按钮。

（8）如果删除背景音乐，那么选取已创建的音乐，然后按键盘上的 delete 键即可。

4．在 iMovie 项目添加场景转场效果

如果要使 iMovie 视频更多变、更有趣，那么可以为视频插入转场效果，也称为过渡效果，使视频剪辑之间的转场更流畅。可以通过下面转场面板中的几个转场效果来为项目添加更好的视觉效果，如图7-27所示。

（1）选择"窗口→转场"命令，或点按工具栏上的"转场"按钮，打开"转场"窗口。在"转场"窗口上可以将鼠标指针停留在每个转场上，预览可用的转场样式。选择所需要的转场样式，然后将其拖移到项目剪辑之间即可。此时剪辑之间会出现黑色的转场图标，如图7-28所示。

（2）如果要关闭"转场"窗口，则点按 iMovie 工具栏上的"转场"按钮或者点按"转场"面板上的"关闭"按钮。

（3）如果要删除转场，那么选取剪辑之间已设置好的黑色转场图标，然后按键盘上的 delete 键。

图 7-27 转场面板

图 7-28 转场位置

（4）一个剪辑通过转场过渡到下一个剪辑之间的时间称为转场的时间长度。转场的时间长度不能长于两边的任何一个剪辑时间的一半。在默认设置下，项目中的所有转场的时间长度都设定为半秒。可以选择"文件→属性"命令，打开"项目属性"面板，如图 7-29 所示。在该面板中通过调整"转场时间长度"右侧的滑块来调整转场的时间。

5. 为 iMovie 项目添加字幕

用户可以在项目中任意位置的视频剪辑图像上添加文本，可以为影片添加片头和片尾，也可以在影片中的任意位置添加文本。所有添加的文本都称为"字幕"。

（1）选择"窗口→字幕"命令，或者点按工具栏上的"显示字幕"按钮 T，打开如图 7-30 所示的"字幕样式"窗口。

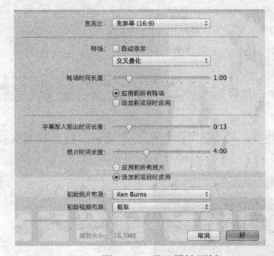
图 7-29 项目属性面板

图 7-30 "字幕样式"窗口

（2）选取所需要的字幕样式，然后将它拖移到 iMovie 项目中的剪辑上。在字幕放到指定位置后，视频剪辑的上方会出现蓝色的字幕图标，iMovie 检视器中将出现字幕效果，如图 7-31 所示。

提示 添加字幕后，可以根据自己的需要对其进行更改，也就是更改为需要的文字字幕。

（3）如果要更改文本的颜色、字体或样式，那么选择文本，然后在检视器窗口中点按"显示字体"按钮，或者选择"文本→显示字体"命令打开"字体"窗口，在"字体"窗口中进行文体设置即可，如图 7-32 所示。

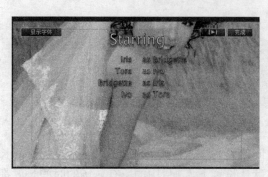

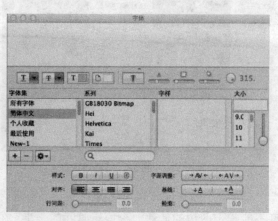

图 7-31　添加字幕后的效果　　　　　　　　图 7-32　字体窗口

（4）如果要预览效果，那么在检视器窗口中点按"播放"按钮 。对播放效果满意后，点按"完成"按钮 完成 即可。

（5）如果要缩短或延长字幕，那么将鼠标指针停留在字幕的任意一端，直至它变成垂直线时，然后通过拖移字幕图标的任意一端来缩短或延长字幕。

（6）如果重新放置字幕，那么将它拖移到我们希望它在视频中出现的位置，我们甚至可以将它放置在跨越几个剪辑的位置。如果要编辑已创建的字幕，双击字幕图标，然后在检视器窗口中进行更改。如果要删除字幕，选择字幕图标，然后按键盘上的 delete 键。

6. 在 iMovie 项目中添加照片

为了给影片添加一些变化，可以从 iPhoto 图库中添加一些照片。使用 Ken Burns 的摇动和缩放效果，静止图像会变成活动的图像。

（1）选择"窗口→照片"命令，或者点按工作栏中的"显示或隐藏照片浏览器"按钮 📷，打开照片面板。

（2）在打开的照片面板中找到我们需要的照片。可以使用面板底部的搜索栏按名称查找我们需要的照片，如图 7-33 所示。

图 7-33　照片面板

（3）将照片拖至我们希望它在项目中出现的任何位置。在默认设置下，iMovie 项目将照片的时间长度设定为 4 秒，并应用 Ken Burns 效果。

（4）如果要改变照片在项目中出现的时间长度，选择"编辑→设定时间长度"或者点按照片剪辑左下角的"时间长度"按钮，然后设置我们需要照片在影片上出现的秒数，如图 7-34 所示。

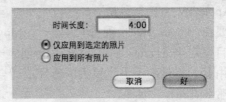

图 7-34　设置时间长度

7.1.8　共享影片

可以使用"共享"菜单中的选项将 iMovie 中的影片与其它应用程序共享，如图 7-35 所示。

1. 在 iPod 上观看 iMovie 项目

如果需要在 iPod 上观看其中一个 iMovie 项目，我们需要将该项目发送到 iTunes。当把项目发送到 iTunes 后，iMovie 会创建一个或多个不同大小的影片，大小取决于项目中原始媒体的大小，较小或中等大小的影片有利于在 iPod 上观看。

（1）在项目资源库中选择 iMovie 项目，然后选择"共享"菜单中的"iTunes …"命令打开一个窗口，然后选择一个大小选项，如图 7-36 所示。

图 7-35　共享菜单

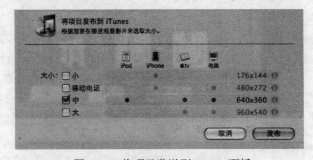

图 7-36　将项目发送到 iTunes 面板

如果所有大小均不可用，则原因可能是原始项目媒体不够大而导致其不能以该尺寸渲染。项目中使用的最大媒体大小将确定渲染的最终影片大小。选择"显示细节"选项，可显示已渲染影片的大小。

（2）进行渲染可能需要几分钟，具体取决于影片的大小和是否一次渲染。完成对项目的渲染后，iTunes 应用程序将会自动打开。

（3）在 iTunes 中，点按"影片"按钮，来观看影片以及将它下载到 iPod 中。

（4）在 iMovie 中，项目资源库中的项目名称旁边出现的图标指示该项目已被渲染。如果在项目资源库中选择此项目，则其标题栏指示该项目已被发送到 iTunes，如图 7-37 所示。

图 7-37　已被渲染的项目

（5）如果在将项目发送到 iTunes 、Apple TV 或 MobileMe 网络画廊后，需要对项目进行进一步的编辑，那么标题栏就会指示我们的项目已过期，需要再次进行渲染。再次渲染后，旧版本的影片将被删除并被新版本所替换。

2. 在 Apple TV 上观看影片

如果需要在 Apple TV 上观看其中一个 iMovie 项目，那么需要将该项目发送到 iTunes 中。当把项目发送到 iTunes 后，iMovie 会创建一个或多个大小不同的影片，大小具体取决于我们项目中原始媒体的大小。较大的影片很适合在 Apple TV 上观看。如果要发送项目到 iTunes 中，那么具体操作如下。

（1）在项目资源库中选择项目，然后选择"共享"菜单中的"iTunes …"命令，从打开的窗口中选取一个或多个影片的大小选项进行渲染。

（2）渲染可能需要几分钟，这取决于影片的大小和是否一次渲染几种大小。完成对项目的渲染后，iTunes 将会自动打开。

（3）在 iTunes 中，点按"影片"按钮即可观看影片。

7.2 使用 iDVD 刻录 DVD

iDVD 是 Mac 中内置的一款非常有用的 DVD 编辑和制作应用程序，使用它可以把我们搜集和整理的音乐、视频或者图片进行编辑，并进一步刻录成 DVD。另外，使用 iDVD 也可以制作幻灯片。

在 iDVD 中预设了很多的模板，可以让我们轻松地为家庭影片、照片、音乐档案建立DVD 。此外，它还可以与 iMovie、iPhoto 或 iTunes 紧密结合，方便取用我们所有的媒体素材。即使没有任何背景知识和使用经验，也可以制作出 DVD 播放光盘。只要收集好自己的电影和照片，并选择一个主题和导览方式，就可以创造出生动活泼的 DVD 杰作。

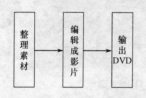

图 7-38 制作 DVD 的流程

使用 iDVD 制作和刻录 DVD 之前需要先准备好素材，包括视频、图片和音频等，然后按一定的顺序编辑成需要的影片，最后把它刻录成 DVD 光盘就可以了。下面是使用 iDVD 制作 DVD 的工作流程，如图 7-38 所示。

7.2.1 初识 iDVD 的工作界面

首先来认识一下 iDVD 的"面孔"。通过点按 Dock 工具栏中的 iDVD 的图标，或者点按应用程序中的 iDVD 即可打开 iDVD 的工作界面，如图 7-39 所示。

如果点按"视频教程"按钮，那么将在网络上打开与 iDVD 使用相关的视频教程，前提是电脑连接着 Internet。点按"退出"按钮将退出 iDVD。

可以在打开的界面窗口中点按"创建新项目"按钮，或者选择"文件→新建"命令打开"创建项目"窗口来创建新的项目，如图 7-39 所示。可以在"存储为"框中输入创建项目的名称，在"位置"框中输入创建项目的存储位置，然后选择创建项目的尺寸。

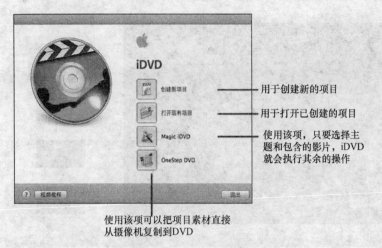

用于创建新的项目

用于打开取和项目

使用该项，只要选择主题和包含的影片，iDVD 就会执行其余的操作

使用该项可以把项目素材直接从摄像机复制到DVD

图 7-39　iDVD 工作界面

通过点按"创建"按钮，可以展开更多的选项，如图 7-41 所示。

图 7-40　创建项目窗口

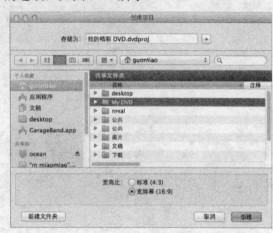

图 7-41　展开后的创建项目窗口

 如果已经创建了项目，此时 iDVD 窗口打开时会显示动画菜单和音乐，只需点按"动作"按钮即可停止播放动画和音乐。

　　在新建或者打开一个已有项目之后，iDVD 的界面将变成如图 7-42 所示的样子。可以通过 iDVD 的界面来了解各种控制按钮和菜单。从这里可以访问所有创建和编辑菜单，还可以添加影片、照片和音乐以制作精彩的 DVD 光盘。

　　在 iDVD 媒体面板中，可以访问 iTunes 资料库和 iPhoto 图库中的歌曲和照片。如果需要的音频和图像文件不在 iTunes 和 iPhoto 的文件夹中，可以在 iDVD 中打开项目之后，将那些文件夹拖至"媒体"面板中的音频或照片文件列表中，如图 7-43 的示。

　　另外，还有更专业的用于制作 DVD 的软件——DVD Studio Pro，关于使用该软件制作 DVD 的内容，读者可以参阅本套丛书中的《iLike 苹果 DVD Studio Pro 4 光盘刻录》一书。

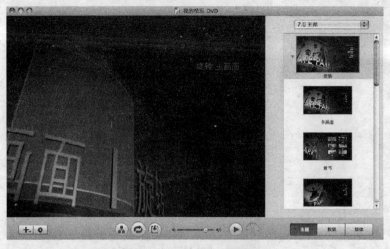

图 7-42　iDVD 的工作界面

—— 点按音频、照片、影片按钮以访问特定的媒体文件

图 7-43　iDVD 媒体面板

7.2.2　关于 iDVD 刻录质量设置

在使用 iDVD 刻录时主要有两个因素会影响到刻录的 DVD 视频质量。一个是源素材的质量。较低分辨率影片（比如从 Internet 下载的 QuickTime 影片或 VHS 视频）的渲染结果的质量不如使用 DV 或 HDV 摄像机拍摄并在视频编辑软件（比如 iMovie、Final Cut Express 或 Final Cut Pro）中编辑过的视频。关于这一点只要准备好高质量的拍摄素材即可。

另一个因素是视频的编码方式，在将项目刻录到 DVD 之前，iDVD 就会对视频进行"编码"。可能的编码设置有三种，选择哪一种取决于项目的长度以及刻录项目的次数等因素。下面我们介绍以下如何设置编码选项。

（1）选择"iDVD→偏好设置"命令，打开"项目"窗口，然后点按"项目"标签，如图

7-44 所示。

图 7-44　项目偏好设置面板

（2）在"编码"弹出式菜单中选择三种编码设置之一即可，共有 3 种选项设置，下面介绍一下这 3 种选项设置。另外，还可以设置视频模式，在我国，一般要选中 PAL 选项。

1. 最佳性能

如果选择了"最佳性能"，iDVD 就会按照在项目中的处理方式对背景中的视频进行编码，而不是等到刻录后才对它编码。这样可以大大节省创建成品 DVD 的时间。对于单层光盘，如果项目的时间长度为一小时或更短，这将是个不错的选择。"最佳性能"能够以默认的位速率对视频进行编码，产生优质项目，尤其适合我们的光盘。

2. 高质量

对于长度为 1 至 2 小时的较大项目，它是最好的编码选项（对于单层光盘而言）。使用此设置，iDVD 就会为我们需要容纳在光盘上的数据量选择最佳的位速率。这是可将所有数据压缩到光盘上的惟一选项，它使用的位速率能够确保刻录的 DVD 产生高质量的视频。由于 iDVD 不在具有此选项的背景中进行编码，因此它刻录光盘的时间较长。编码过程始于刻录 DVD 后，而不是在开始处理项目时。

3. 专业质量

"专业质量"选项使用高级技术来编码视频，从而为刻录的 DVD 提供了最高质量的视频。可以选择此选项，不必考虑项目的时间长度（对于单层光盘，最长 2 小时；对于双层光盘，最长 4 小时）。由于"专业质量"编码比较耗时（例如它是选择"高质量"选项编码项目所花时间的两倍），因此如果不太在意时间的话就可以选择此选项设定 DVD 的编码质量。

当启动项目时，最好先选择视频的编码设置，不过用户可以在将项目刻录到光盘之前随时更改该设置。

　使用"最佳性能"设置时，iDVD 就会在我们处理项目时（而不是在刻录过程开始时）对视频进行编码，从而节省时间并充分利用电脑的资源。如果从"最佳性能"切换到其他两种设置中的一种，那么要刻录 DVD 时，需要将所有已编码的视频重新编码。

7.2.3　使用 iDVD 设置主题

iDVD 自带了很多设计优美的主题，不过用户还可以根据自己的需要来选择、更改或者设置新的主题。

1. 设置 DVD 的主题

当打开 iDVD 时，会发现 iDVD 附带有很多设计优美的主题，使得项目中的菜单具有专业的外观。用户可以照原样使用其中一个主题，或者将其中一个 iDVD 主题用作起始点来自定和创建自己的主题，然后将该主题存储为个人收藏，这样就可以将其用于其他的 iDVD 项目。下面介绍一下如何选择主题。

（1）点按"主题"按钮即可访问"主题"面板，如图 7-45 所示。

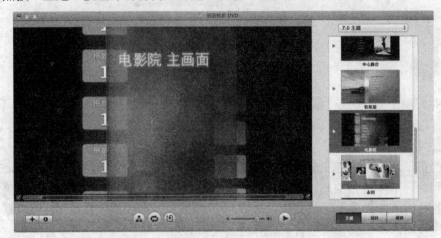

图 7-45　主题选项设置

（2）从"主题"面板顶部的弹出式菜单中选择一组主题（例如 7.0 主题），如果想要同时查看所有可用的主题，那么选择"全部"，如图 7-46 所示。已存储的自定主题在"个人收藏"下列出。

图 7-46　主题面板

（3）点按主要主题旁边的三角形以查看该主题的不同菜单设计系列。

（4）点按要用于在 iDVD 窗口中显示的菜单的缩略图，系统将其更改为所选的主题。

（5）如果选择的主题包含动作菜单，可以点按 iDVD 底部的"开始或停止动作"按钮 预览动作，再次点按则停止动作播放。

2. 将主题移到另一个位置

iDVD 所附带的主题可能会占用硬盘的大量空间。如果我们硬盘上的空间有限，可以将主题移到外部硬盘或其他位置。移动主题不会更改 iDVD 的工作方式。下面介绍一下如何移动 iDVD 的主题。

（1）打开 iDVD 应用程序后，选择"iDVD"菜单中的"偏好设置"命令，打开"偏好设置"窗口，然后点按"偏好设置"窗口中的"高级"标签，如图 7-47 所示。

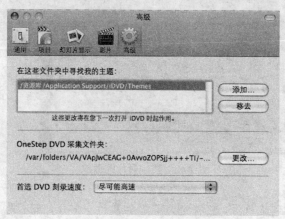

图 7-47　高级选项设置

（2）点按"添加"按钮，找到移动主题的文件夹，然后点按"打开"按钮。新文件夹的名称会显示在文件夹的框中。

（3）如果移动了主题文件夹，但没有在 iDVD 偏好设置中设置其位置，将会看到一个窗口，要求在下次打开 iDVD 时定位主题。

在安装 iDVD 时，可以为主题选择另一个位置。点按安装程序中的"自定"按钮，然后点按 iDVD 主题旁边的按钮以选择另一个位置来安装主题。

7.2.4　添加影片和幻灯片

在 iDVD 中，不仅可以添加影片，还可以添加幻灯片。在下面的内容中，简单地介绍一下怎样添加影片和幻灯片。

1. 添加影片

使用 iDVD 和 iMovie 可以使用几种方法可将影片添加到 iDVD 项目中。可以添加影片的菜单显示在 iDVD 窗口中，该菜单可以是主菜单也可以是子菜单。下面是将影片添加到 iDVD 项目中的几种方法。

第一种方法：

点按"媒体"按钮打开"媒体"面板，然后点按"影片"按钮。将影片文件从"媒体"面板中拖动到 DVD 菜单的背景中。当准备放下时，会出现一个带加号的绿色圆形图标 。还可以将存储在硬盘上任意位置或所连接服务器上的媒体文件直接拖到 DVD 菜单的背景中。

如果添加包含章节标记的影片，则 iDVD 会自动在菜单上创建两个按钮：一个"播放影片"按钮和一个链接到画面选择菜单的"画面选择"按钮，让观众可以从 DVD 中的一个画面跳到另一个画面。DVD 的片头就会更改为影片的名称。

如果添加的是不包含章节标记的影片，iDVD 将仅创建带有影片名称的按钮。当点按此按钮时，影片将开始播放，还可以使用下图中右边的控制按钮对影片进行播放控制。播放效果如图 7-48 所示。

图 7-48　控制影片的播放

 提示　如果将影片拖到拖放区，它将变为菜单屏幕的一部分，而不是 DVD 上的长篇影片。

第二种方法：

可以选择菜单栏中的"文件→导入→视频"命令。在打开的窗口中找到想要添加到硬盘或连接到服务器上的影片，选择它，然后点按"导入"按钮即可，如图 7-49 所示。

图 7-49　导入影片

第三种方法：

还可以点按 iDVD 窗口底部的"添加"按钮，然后从打开的下拉列表中选择"添加影片"，如图 7-50 所示。

图 7-50　添加影片

一个"在此处添加影片"按钮将出现在菜单中（可重命名），然后将影片从"影片"面板或电脑的其他位置或连接的服务器中拖到此按钮上即可。

　可以使用这种方法添加子菜单。

2．添加幻灯片

还可以在 iDVD 中使用幻灯片显示编辑器来编辑幻灯片，也可以使用 iPhoto 中的图像或使用储存在硬盘或连接的服务器上的图像来创建幻灯片显示。另外，在幻灯片显示中还可以包含影片。可以采用下列方法来添加幻灯片。

（1）点按 iDVD 窗口左下角的"添加"按钮，然后从弹出式菜单中选择"添加幻灯片显示"，标记为"我的幻灯片显示"的按钮将显示在菜单中，如图 7-51 所示。

图 7-51　添加幻灯片显示

（2）也可以将 iPhoto 相簿中的图像拖到 DVD 菜单中。这将自动创建链接到幻灯片显示的按钮。此按钮的名称即为 iPhoto 相簿的名称，如果此按钮为图像按钮，它将自动显示幻灯片显示中的第一张幻灯片。效果如图 7-52 所示。

　如果通过将相簿拖到菜单启动幻灯片显示编辑器，它将显示幻灯片显示中照片的缩略图。如果要以列表形式查看照片，点按 iDVD 幻灯片显示窗口上边的列表图标▦。

（3）如果要添加图像，那么可以将"照片"面板或硬盘上其他位置或连接的服务器上的单个照片或文件夹拖到幻灯片显示编辑器。

（4）如果要添加影片，可以将"媒体"面板或硬盘上其他位置或连接的服务器上的单个影片拖到幻灯片显示编辑器。

图 7-52　创建幻灯片

（5）如果要重新排列图像或影片，选择想要移动的图像或影片，然后将它们拖到另一个位置。

（6）如果要删除图像或影片，选择它，然后选择"编辑"菜单中的"删除"命令或按 delete 键。

7.2.5　将媒体添加到拖放区

拖放区是 DVD 菜单的一部分。可以将幻灯片显示、影片和静止图像添加到其中，以便为我们的项目增添视觉趣味。当开始了某个项目并选择了主题后，每个菜单上的拖放区都会被清楚地标记出来。效果如图 7-53 所示。

图 7-53　将媒体添加到拖放区

拖放区只用于视觉装饰，而不能将音频添加到其中，而且它们也不链接到项目的其他部分。不同的主题拥有不同数量的拖放区，一些主题拥有被称为"动态拖放区"的拖放区，这些拖放区可在菜单屏幕内移动。可以选择隐藏菜单上的所有拖放区，这样它们就不会出现在最终 DVD 中，但是我们不可以删除单个拖放区或添加附加的拖放区。

使用拖放区编辑器

很多 iDVD 主题有一个或多个拖放区，可以将照片、幻灯片显示甚至影片添加到拖放区中，使我们的 DVD 项目中的菜单更加美观。可以使用"编辑拖放区" 按钮，来查看菜单中的所有拖放区并轻松地更改其内容（添加或删除图像、影片和幻灯片显示）。

（1）可以选择"项目→编辑拖放区"命令，双击某个拖放区，或点按 iDVD 窗口底部的"编辑拖放区"按钮，如图 7-54 所示。

图 7-54　项目菜单

（2）拖放区编辑器将显示在 iDVD 窗口底部，如图 7-55 所示。

图 7-55　拖放区编辑器

（3）点按"媒体"按钮，然后点按"音频"、"照片"或"影片"按钮来添加自己需要的媒体。

（4）此时可以将影片、单个图像或图像文件夹从"媒体"面板拖到拖放区编辑器中的每个拖放区。还可以拖移位于电脑上其他位置或连接的服务器上的文件。

（5）如果要删除拖放区中的项，那么点按拖放区来选择该项，然后选择"编辑→删除"命令，或将其直接拖出拖放区，该项目就会在拖放区中消失了。

（6）如果要替换拖放区中的某个项，只需将新文件拖到拖放区即可。此时上一个项将自动被删除。

（7）如果要在拖放区之间移动内容，那么将照片或影片剪辑从一个拖放区拖到另一个拖放区。这会将媒体项移出原拖放区。

<150>

（8）如果要从一个拖放区拷贝媒体资源并将其添加到另一个拖放区，那么在将照片或影片剪辑拖到新拖放区时按下 option 键，此时两个拖放区都含有相同的媒体项。

 不能删除单独的拖放区或添加拖放区，但是可以在菜单屏幕上隐藏所有拖放区。要隐藏拖放区，可以点按显示"菜单简介"按钮  或按 command(⌘) + I 组合键，弹出如图 7-56 所示的窗口，然后取消选择"显示拖放区和相关图形"选项。

图 7-56　菜单简介窗口

（9）拖放区编辑器的右边是菜单内容池，如"鱼"主题。可以将图像、影片和歌曲拖进该池，以修改菜单背景的外观并添加声音轨道到其中，如图 7-57 所示。

图 7-57　添加菜单内容池的内容

如果 DVD 主题中有多个拖放区，可以将不同类型的文件添加到每个拖放区中。当把照片或影片拖进拖放区时，图像的宽高比可以得到保留，但是会被放大或缩小以填充拖放区。

7.2.6　在树状图中查看和编辑 iDVD 中的项目

在 iDVD 中可以使用树状图视图查看 DVD 项目的图形显示。树状图包括了项目中每个元素的图标以及每个项的导航路径。树状图视图可以方便地跟踪所有子菜单、幻灯片显示和影片以及它们是如何链接在一起。树状图视图还可以使用警告符号和信息来指出项目中哪些地方出了问题并且需要在刻录到光盘之前解决。另外还可以在树状图视图中编辑项目。

1．打开树状图视图

使用树状图可以查看项目中的元素组成，以及每一项的导航路径。下面，简单地介绍一下打开树状图的基本操作。

（1）可以点按 iDVD 窗口底部的"显示 DVD 树状图"按钮 打开树状图，如图 7-58 所示。

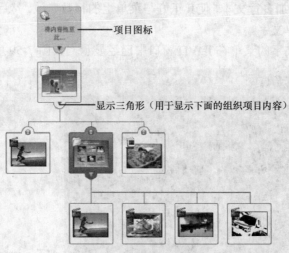

图 7-58　树状图组织结构图

（2）当打开树状图视图时，在树状图上将呈现蓝色高亮显示的菜单图标。

（3）如果要退出树状图视图，那么点按"树状图"按钮即可。

2．在树状图视图中进行编辑

在树状图视图中不仅能进行查看，而且还可以编辑项目中的菜单、影片和幻灯片显示的很多方面。以下是在树状图视图中编辑项目的几种方法。

（1）通过双击幻灯片显示按钮以打开幻灯片显示编辑器。进行更改之后，点按幻灯片显示编辑器中的"返回"按钮以返回到树状图视图。

（2）点按影片图标一次，然后按下 command+I 组合键以打开"影片信息"窗口，设置影片循环时间。

（3）通过点按选择菜单、影片或幻灯片显示图标，然后使用菜单命令以将更改应用到选定的项。

（4）点按幻灯片显示图标以选择它，然后按下 command+I 组合键以打开"幻灯片显示信息"窗口。在窗口中修改幻灯片显示设置和添加或去掉声音轨道。

（5）点按一次以选择任何菜单图标，然后在"主题"面板中选择一个新主题以将其应用到该菜单。或者打开"按钮"面板并进行新样式选择来更改所有按钮的样式。

（6）选择一个影片或幻灯片显示图标，然后按下 delete 键从项目中去掉该影片或幻灯片显示。链接到已删除项的按钮也会被自动删除。

（7）如果要还原任何更改，那么选择"编辑"菜单中的"还原"命令。可以多次执行此操作，直到将我们的更改还原到已存储的最后一次更改。"还原"命令对于已经存储的更改不起作用。

7.2.7 添加菜单文字和更改按钮的外观

不仅可以在 iDVD 中添加菜单文字，还可以更改按钮的外观效果。下面简单地介绍一下如何添加文字和更改按钮的外观效果。

1. 添加菜单文字

在 iDVD 中可以将诸如标题、说明、个人评论、不可点按的文本（或"文本对象"）添加到任何菜单中。可以添加多行文本，使其正好与菜单上的行数一致，然后将其放在所需的位置。下面介绍如何添加菜单文字。

（1）确定要添加文字的菜单在 iDVD 窗口中已经显示，如图 7-59 所示。

图 7-59 添加按钮外观效果

（2）选择"项目→添加文本"命令，然后点按文本（点按以编辑）一次以将其高亮显示，放置控制将显示在文本下方。放置控制拥有可更改文本的字形、字体样式和字体大小的控制。如果需要，可以作出更改，或者在菜单上点按文本的外部区域以使放置编辑器消失，如图 7-60 所示。

（3）然后输入新文本，它将会出现在菜单中。

（4）选择了文本时，将文本拖到菜单上需要的位置。

（5）如果要更改文本的其他属性（例如其颜色、阴影和对齐方式等），那么在选择了文本的同时按下 command+I 组合键。这将打开"文本信息"窗口，该窗口拥有可修改文本的所有控制，如图 7-61 所示。

图 7-60 文本编辑器

图 7-61 文本简介编辑器

如果要将标签还原为原始样式（伴随主题的样式），那么将其选中，然后选择"高级→将对象还原为主题设置"命令，如图 7-62 所示。

图 7-62   高级菜单

2. 设置按钮外观

在 iDVD 中可以设置或者改变按钮的外观。按钮是菜单上的元素，观众可以用其来播放影片、显示幻灯片显示和读取子菜单。大多数 iDVD 菜单的默认按钮样式都是纯文本按钮，这种按钮只包含按钮的标签（名称）。例如，播放影片的纯文本按钮也许会显示"播放影片"，也可能会显示影片本身的名称。纯文本按钮看起来并不怎么像按钮，因为它们只包含文字，但是，当观众点按这些按钮时，它们就会像按钮一样工作，如图 7-63 所示。

图 7-63   播放"菜单"中的内容

"动作"按钮

所谓"动作"按钮是显示其链接到的影片剪辑的图像按钮，通过点按这样的按钮就可以播放影片。如果将影片添加到有图像按钮的 iDVD 菜单中，则将自动创建"动作"按钮。新按钮将显示影片的第一帧以作为预览，而且该按钮中播放的视频剪辑将从此帧开始。但是，可以将预览图像更改为影片中的任一帧。还可以选择停止动作以使按钮只显示静止图像。如果将影片添加到菜单中并且出现文本按钮，就可以轻松地将该按钮更改为动作按钮。

下面介绍一下怎样改变或者设置按纽的外观。

（1）更改按钮文字

通过双击任意按钮，选择标签文本并输入新名称，可以更改其标签（名称）。当我们高亮显示按钮文本时，标签下方会出现一个放置控制。可以从其弹出式菜单中选择需要设置更改的选项，以更改标签的字形、字体样式和字体大小，如图 7-64 所示。

图 7-64　字体设置

（2）更改按钮文本属性

如果要更改按钮文本的颜色、为按钮文本添加阴影以及更改按钮本身的其他属性，在选定该按钮的同时按下 command+I 组合键，此时"按钮简介"窗口将会打开，如图 7-65 所示。

（3）更改按钮形状

可以将任何按钮设置为图像按钮，即由形状和按钮标签或名称组成的按钮。点按 iDVD 窗口右下方的"按钮"按钮，可以在面板顶部的弹出式菜单中访问各个形状选项。选择一个或多个按钮，在"按钮"面板中点按所需的形状，将该形状应用到这些按钮。"文本"、"项目符号"和"形状"类别中的大部分形状，只会在点按按钮时在 DVD 菜单中显示，如图 7-66 所示。

图 7-65　按钮简介设置

图 7-66　按钮设置面板

 可以通过选择形状按钮，然后点按"按钮"面板顶部的图标（带斜杠的灰色圆圈 ⊘ ），以将任何形状按钮变成纯文本按钮。

（4）更改按钮外观

可以将单个图片、相簿、甚至视频剪辑拖到图像按钮上，以便为菜单添加视觉上的趣味，如图 7-67 所示。

图 7-67　更改后的按钮外观

播放影片的图像按钮称为"动作"按钮。就如对纯文本按钮一样，可以在选定该按钮的同时按下 command+I 组合键，使用"按钮简介"窗口中的控制来更改图像按钮的大小、高亮显示颜色等。还可以设置标签的位置，如图 7-68 所示。

可以把"循环时间长度"滑块拖到要视频循环的秒数（最长为影片剪辑的长度，如果剪辑的时间较长，则最长可为 15 分钟）。我们选择的循环时间长度将适用于所有添加到菜单中的媒体，包括所有动作按钮和任何背景影片（只充当菜单的背景的影片）以及已添加的背景音频。滑块上显示的最长时间长度与媒体的最长时间长度匹配。

（5）删除按钮

当我们将影片、子菜单和幻灯片显示添加到 iDVD 项目时，会自动生成这些按钮。以点按"编辑"菜单中的"删除"命令或者按下 delete 键或删除任何按钮。

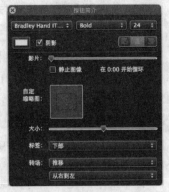

图 7-68　按钮简介设置

7.2.8　刻录 DVD

如果已经完成 iDVD 项目的制作，就可以使用电脑中的 SuperDrive 或外部 DVD 刻录机将项目刻录到 DVD 光盘。下面介绍怎样刻录 DVD 光盘。

（1）因为 DVD 项目会占用大量的磁盘空间，所以建议使用"项目信息"窗口中的"容量"指示器来确定项目含有的视频的时间长度。选择"项目→项目信息"命令打开"项目信息"窗口来检查以确定无误，如图 7-69 所示。当确定完成项目并且没有错误时才可以刻录光盘。

图 7-69　项目信息窗口

（2）测试创建的 DVD，在刻录 DVD 光盘之前可以将项目存储为光盘映像，就可以在刻录项目之前对其进行测试。打开 DVD 播放程序，就可以在电脑上查看 DVD。如果一切正常，则我们刻录的 DVD 将可以在大多数新款消费类 DVD 播放机和配备有 DVD 驱动器的电脑中播放。项目的光盘映像是一个经过完全编码的项目版本，稍后可以使用 Mac 附带的 DVD 播放器来播放它或将其刻录到光盘。还可以预览光盘映像，并在刻录光盘之前确定项目是否正确播放，然后进行更改。

创建光盘映像会很耗时，所需时间大约与刻录 DVD 一样多。因此，在执行此步骤
注意 之前，一定要仔细检查项目。

（3）准备好后，可以使用 Mac OS X 中的"磁盘工具"将光盘映像刻录到 DVD。

（4）也可以直接在 iDVD 中刻录。此时如果将项目刻录在双层光盘上，则应当直接从
iDVD（而不是光盘映像）刻录。从光盘映像刻录会导致该 DVD 在某些 DVD 播放机上播放
时停止响应。

（5）检查完成后，将已完成的项目在 iDVD 中打开，点按"刻录"按钮，就可以开始
刻录了。根据项目的大小，刻录光盘的时间也会不同。

如果插入的是可擦写光盘（DVD-RW 或 DVD+RW）而且不是空白的，iDVD 就会询问我
们是否要抹掉该光盘。

 如果要刻录数据光盘，那么在电脑上，把要刻录的数据收集到一个文件夹中，然后
点按该文件夹顶部的"刻录"按钮 即可，如果没有在光驱中插入空白的光盘，那
注意 么将打开一个窗口提示我们插入光盘，如图 7-70 所示。而且提示有所需光盘的容量。

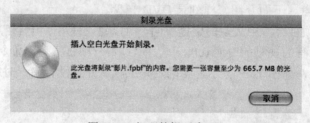

图 7-70　打开的提示窗口

第 8 章
办公族的好搭档

苹果电脑不仅可以用于娱乐、上网，它还内置有并且可以安装许多办公用应用程序，这些办公用应用程序都是办公一族的好搭档、好帮手。在这一章的内容中，就介绍部分常用办公应用程序的使用。

本章主要介绍下列内容：

- 地址簿的使用
- iCal 的使用
- 文本编辑程序的使用
- iWork 的使用
- Office for Mac 2011 的使用

8.1　最佳的名片管理员——地址簿

　　Mac 内置一款"地址簿"应用程序，它非常实用，可以把同学、朋友、亲人和客户的联系方式进行记录和整理，包括姓名、地址、电话、手机、电子邮件和其他联系方式等。注意，在本书中把这些人统称为联系人。也就是说可以把一张名片上的所有内容都可以收入进来，因此我们把它戏称为"名片管理员"。Mac 中的地址簿和我们使用的传统电脑中的地址簿基本一样。在"应用程序"窗口中点按"地址簿图表"即可将其打开，如图 8-1 所示。注意，这是一张添加了联系人的应用程序界面。

图 8-1　"地址簿"应用程序界面

　　在它的界面中可以看到，iPhone、工作、住宅和传真都有记录。在"地址簿"应用程序中可以任意添加、删除和编辑联系人。还可以把它进行共享，操作和管理起来都非常方便。它按字母顺序进行组织和管理，因此在查找联系人时非常方便。

8.1.1　添加联系人

　　如果要在"地址簿"中添加联系人，点按程序界面底部的 ＋ 按钮，则会打开一个新的页面，根据界面中的问题提示，在"姓氏"栏中输入联系人的姓，按 return 键确认，然后依次在"名字"栏中输入联系人的名（注意，姓和名是分开的），在"公司"栏中输入联系人的工作单位，还可以输入移动电话、电子邮件、个人网页的 URL 等，如图 8-2 所示。

图 8-2　打开的新页面中输入信息

输入完成后，点按页面底部的 完成 按钮即可把该联系人添加到地址簿中，使用这种方式可以添加更多其他的联系人。

8.1.2 为联系人添加个性图像

为了凸显某些联系人，可以为这些联系人添加一些个性化图片，可以是联系人的头像、照片、风景画或者其他的图片等。而且这样也可以使你的地址簿看起来更加美观。

打开"地址簿"应用程序之后，点按"姓"左侧的"编辑"图标，将会打开一个用于选取照片的窗口，如图 8-3 所示。选取好照片后，点按"设定"按钮即可。如果要取消照片，则点按"取消"按钮。

选用的照片最好使用图像编辑软件处理一下并存储在 Mac 中，然后再使用。可以使用两种方法获取照片，一种是存储的照片，另一种是临时使用电脑摄像头拍摄的照片。点按"选取"按钮后，将打开"打开"窗口，如图 8-4 所示，从中可以选择存储在电脑磁盘中的照片。

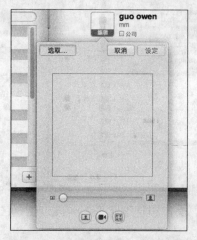

图 8-3　打开的"相簿"选项窗口

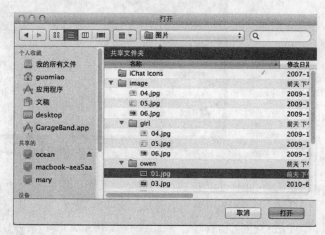

图 8-4　新打开的"打开"窗口

如果要使用电脑摄像头拍摄的照片，那么点按"选取"窗口底部的"摄像头"图标拍摄照片，如图 8-5 所示。拍摄好照片后，点按"设定"按钮即可。

图 8-5　新拍摄的照片

8.1.3 编辑联系人的地址簿

当联系人的电话、公司或者地址发生改变后，可以在"地址簿"中进行及时地更新，以便及时与联系人进行联络。另外，如果不想与联系人联络了，也可以将其删除掉。

如果要在联系人列表中选中一个需要编辑的联系人，并点按"地址簿"底部的"编辑"按钮，则会打开编辑页面，如图 8-6 所示，并在输入框的左侧显示一个减号图标 ⊖。

点按 ⊖ 图标可以将相对的项目删除掉，也可以在需要改变或者编辑的位置点按，此时打开屏幕键盘，然后根据需要把正确的信息输入进去，编辑完成后，点按页面底部的 完成 按钮即可。

8.1.4 搜索联系人

当在"地址簿"中添加的联系人比较多时，可能找起来比较麻烦，这时可以通过搜索的方式进行查找。搜索联系人时，在左上角的"搜索"栏中点按，并输入联系人的姓或者名，也可以是电话，这样就可以找到他了，如图 8-7 所示。

图 8-6 打开的新页面

图 8-7 搜索联系人

8.1.5 与亲朋好友共享

还可以把创建好的"地址簿"与他人共享，在 Mac 中的操作非常简单。点按"地址簿"底部的 共享 按钮，就会打开发送邮件的页面，如图 8-8 所示。输入收件人的电子邮件地址，并点按左上角的 ✈ 按钮即可发送。

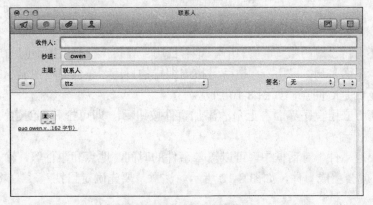

图 8-8 用于发送邮件的页面

8.2 最佳个人数码助理——iCal

Mac 中还内置有 iCal（日历）应用程序，这是一款非常实用的日历管理软件，使用它可以安排自己的日常工作和生活，也可以记录对自己而言相对比较重大的事件。尤其是在竞争日益激烈的社会生活中，每个人都扮演着多重角色，每个角色都有相应的很多工作要做。那么如何恰当地安排时间来配合这些工作行程呢？Mac 中的"日历"应用程序可以帮助我们来安排。

> **注意** 在本书中把在"日历"程序中安排的工作、学习、接待、旅行、购物等计划内容统称为事件。

8.2.1 添加事件

在"应用程序"窗口中点按 iCal 图标即可打开该应用程序的界面，默认设置下，显示的是月"日历"，也就是按月份编排的日历，如图 8-9 所示。

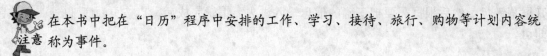

图 8-9 月"日历"应用程序界面

另外，它还有日"日历"、周"日历"、年"日历"等共 4 种，点按不同的选项卡将显示不同种类的日历。下面是周"日历"， 也就是按周编排的日历，在顶部栏中显示的是周日期，而在左侧栏中显示的是时间点，如图 8-10 所示。

点按"日历"应用程序界面左上角的添加事件按钮 ，即可打开"创建快速事件"窗口，如图 8-11 所示。

在"创建快速事件"对话框中，可以输入事件的时间、地点和事件等，输入完成后，点按 return 键确认，就会生成事件，如图 8-12 所示。注意，要先确定日期。

图 8-10 周"日历"应用程序界面

图 8-11 打开的"创建快速事件"窗口

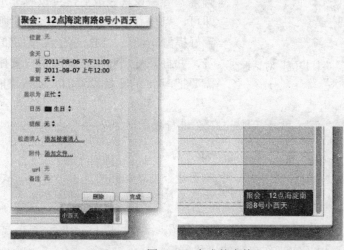

图 8-12 生成的事件

确认无误后，点按右下角的"完成"按钮生成事件，如果要取消，则点按右下角的"删除"按钮进行取消。另外，也可以在某一天的某一时间点框中通过连按鼠标左键来创建新事件，将会打开一个窗口，如图 8-13 所示。点按"编辑"按钮，在新打开的窗口中输入事件的内容就可以了。点按"完成"按钮则关闭"新建事件"窗口。

　　也可以对已经生成的事件进行编辑，在事件上连按，即可打开一个窗口，如图 8-14 所示。点按"编辑"按钮，在新打开的窗口中编辑事件的内容就可以了。

图 8-13　打开的"新建事件"窗口

图 8-14　打开的编辑事件窗口

　　添加完事件后，可以随时进行浏览这些事件。通过点按右上角的"今天"两端的▇或者▇按钮就可以浏览不同日期的事件安排。

　　按着日期和时间添加事件，合理地安排日程、工作、学习和其他事件，这样就不会出现纰漏。而 iCal 就承担了"秘书"的工作。

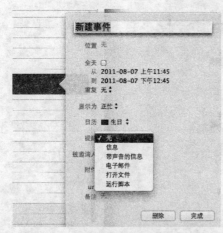

图 8-15　打开的"事件提醒"对话框

8.2.2　设置提醒功能

　　还可以设置电脑提醒自己安排的日程安排。如果要设置是否有提醒功能，那么在"新建事件"窗口的"提醒"栏中点按，即可打开"事件提醒"设置对话框，如图 8-15 所示。

　　在该对话框中可以通过点按选择"无"、"信息"、"带声音的信息"、"电子邮件"、"打开文件"和"运行脚本"等。设置完成后，点按右下角的"完成"按钮即可，点按右下角的"取消"按钮则取消设置。当设置好提醒功能后，Mac 就会在指定的时间发出提醒声音，并打开一个对话框提醒用户安排的事件。注意，需要把 Mac 的音量设置的大一些才能听到。

　如果选择"无"，就表示 Mac 不会进行提醒。

　还可以在"新建事件"窗口中设置是否重复、时间范围、日历、被邀请人、添加附件和显示状态等，不再赘述。下面是设置重复的周期的选项设置，如图 8-16 所示。

　　还有很多"日历"应用程序的功能没有介绍，读者可以自己进行尝试。总之，它的使用非常方便，用户完全可以把它当作自己的"秘书"。

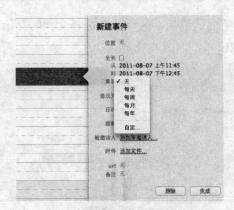

图 8-16　设置重复的周期

8.3　文本编辑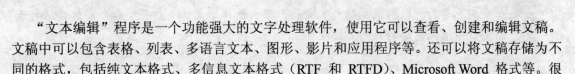

"文本编辑"程序是一个功能强大的文字处理软件,使用它可以查看、创建和编辑文稿。文稿中可以包含表格、列表、多语言文本、图形、影片和应用程序等。还可以将文稿存储为不同的格式,包括纯文本格式、多信息文本格式(RTF 和 RTFD)、Microsoft Word 格式等。很多人把它看作是 Windows PC 中的 Office Word 软件,实际上它们的基本应用也很相似。

8.3.1　创建文档

点按 Dock 工具栏中或者"应用程序"窗口中的"文本编辑"图标 ,或者连按"应用程序"文件窗口中的"文本编辑"应用程序,打开一个"未命名"文件窗口,如图 8-17 所示。

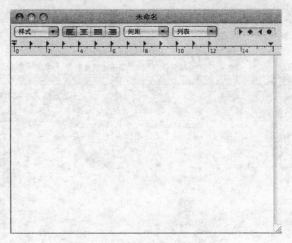

图 8-17　"未命名"文件窗口

8.3.2　存储文档

如果要存储文稿,那么选择"文件"菜单中的"存储"命令。如果先前没有存储该文稿,我们必须为其命名,并指定它的存储位置。

如果要存储文件副本,那么选择"文件→存储为"命令,在"存储为"框中输入要存储的文件名称。点按"位置"项后面的箭头，然后从中选择文件的存储位置。在"文件格式"弹出式菜单中选择要存储的文档格式，如图 8-18 所示。

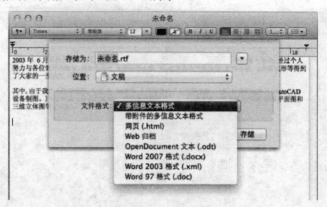

图 8-18　存储文档

如果用户要打开以前编辑的文本文档，那么选择"文件→打开"命令，然后从打开的窗口中选择需要打开的文档即可。

8.3.3　字体设置

在文本编辑程序中，还可以对文档中的字体进行设置，把它们设置成我们需要的字体，比如为文字添加阴影、改变字体颜色和添加下划线等。下面简单地介绍一下如何设置字体。

1. 设置字体格式

可以通过选择"格式→字体→显示字体"命令或者按键盘上的⌘+T 组合键，打开"字体"窗口，在该窗口中可以设置字体的样式、颜色、下画线、删除线以及文字的阴影效果等，如图 8-19 所示。

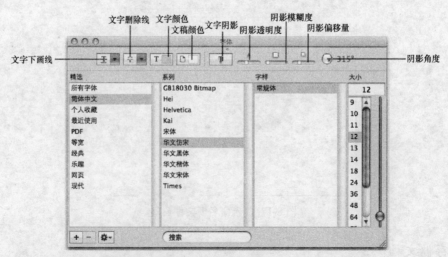

图 8-19　"字体"窗口

2. 更改字体大小

如果要更改字体大小，那么在"字体"窗口中点按"操作"按钮中的三角箭头，从打开的菜单中选择"编辑大小"命令，打开字体大小设置对话框，然后根据自己的需要设置最大值和最小值即可，如图 8-20 所示。

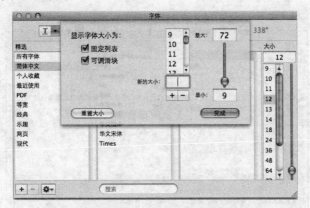

图 8-20　更改文字大小的最大值和最小值

（1）也可以将字体大小添加到字体大小列表中，或更改"字体"窗口中可用的最大值和最小值。如果要将新的"字体"大小添加到字体大小列表中，那么在"新的大小"栏中键入新的字体大小并点按"添加"按钮 **+**。

（2）如果要从字体大小列表中删除一个字体大小值，那么选择它并点按"删除"按钮 **−**。

（3）如果要更改字体大小的最大值和最小值，那么在"最大"和"最小"栏中键入新值，然后点按"完成"按钮。

（4）如果要恢复字体大小列表中的初始值，那么点按"重置大小"按钮即可。

8.3.4　文档排版

也可以对文档进行排版，比如使文档左对齐或者居中。选择"格式→文本"命令，然后使用"文本"命令下的子菜单对文档进行文字排版设置，如图 8-21 所示。

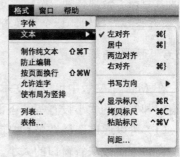

图 8-21　文字排版

另外，也可以使用文本编辑程序窗口中的工具对文档进行排版，关于文档排版的工具，可以参阅图 8-19。

8.3.5　查找替换文本

选择"编辑→查找→…"命令，然后在子菜单中点按"查找"，弹出如图 8-22 所示的"查找"窗口。可以使用"查找"偏好设置对文档中的某些内容进行更改和替换。

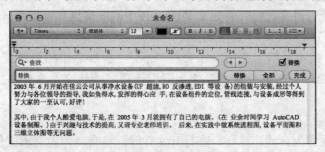

图 8-22　"查找"窗口

例如，要查找文档中的"显示"两字，这时可以在查找框中输入"显示"，然后点按"上一个"或者"下个"按钮在文档中进行查找。查到的内容将高亮度显示在文档窗口中，效果如图 8-23 所示。

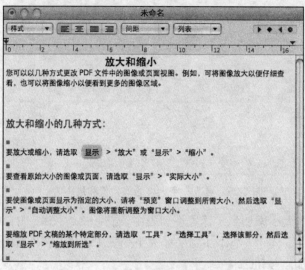

图 8-23　查找文档中的内容

如果要替换文档中的内容，那么在"替换"框中输入要替代的内容，然后点按"替换"按钮或者点按"全部替换"按钮，对文档内容进行更改设置。如果不想全部替换，这时可以点按"替换并查找"按钮，逐个替换查找的内容。

8.3.6　预置偏好设置

在 Mac 中文版中可以对文本编辑应用程序进行一些偏好设置来满足我们的工作需要。例如窗口和文本的大小设置等。下面简单介绍一下怎样设置偏好设置。

（1）可以通过选择"文本编辑→偏好设置"命令打开"偏好设置"窗口，然后在"偏好设置"窗口中更改缺省窗口的大小、字体、属性等偏好设置，如图 8-24 所示。

（2）还可以设置存储预置。可以在"文本编辑"预置中为存储文稿指定附加设置。打开"偏好设置"窗口，点按"打开和存储"标签，如图 8-25 所示。

下面介绍"打开和存储"标签中的几个主要的选项设置。

● 忽略 HTML 文件里的多信息文本命令

选中该项后，在打开文件时，将忽略 HTML 文件中的多信息文本命令。

● 忽略 RTF 文件里的多信息文本命令

选中该项后，在打开文件时，将忽略 RTF 文件中的多信息文本命令。

● 给纯文本文件添加".txt"扩展名

选中该项后，"文本编辑"应用程序会将".txt" 扩展名添加到纯文本文件的文件名末尾。如果我们不想自动添加此扩展名，那么取消选择"给纯文本文件添加'.txt'扩展名"选项。

● 打开文件

通常，将该项设置为自动，这样，在打开文件时，将自动为纯文本文件编码。

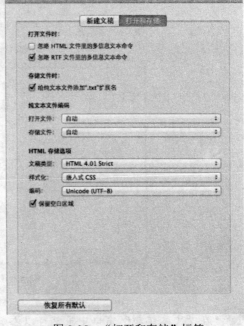

图 8-24　"偏好设置"窗口　　　　　　　图 8-25　"打开和存储"标签

● 存储文件

通常，将该项设置为自动，这样，在存储文件时将自动为纯文本文件编码。

● HTML 存储选项

该选项下有 3 个子选项，分别用于设置在存储 HTML 文件时的文稿类型、样式化和编码。

● 保留空间区域

通常选中该项后，可以在文稿中保留空白区域。

如果要将所有"打开和存储"偏好设置还原为其原始设置，那么点按"恢复所有默认"按钮即可。

8.3.7　编辑文档内容

在"文本编辑"窗口中，文档的内容可以是文稿、表格、列表、链接、图形、影片或者应用程序等。可以在文档窗口中预览这些文件，并且可以对其进行编辑。

下面介绍几项文本编辑中经常用到的内容。

1. 表格

可以在"文本编辑"窗口中添加和编辑表格，如果要添加表格，那么将光标定位在要插入表格的位置，选择菜单中的"格式→文本"命令，然后在子菜单中选取"表格"命令，如图 8-26所示。

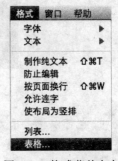

（2）插入的表格将显示在"文本编辑"窗口中，并且打开了一个"表格"编辑窗口。如果要更改表格的"行"和"栏"的数量，在"表格"编辑窗口中，点按"行"和"栏"后面的箭头按钮，调整表格的行和栏的数量。还可以设置表格对齐方式、单元格的边框像素、单元格背景颜色，如图 8-27 所示。

图 8-26　格式菜单命令

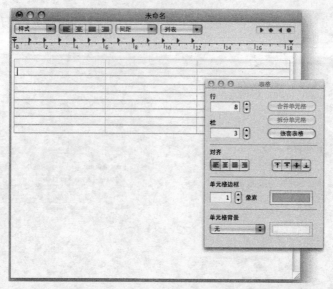

图 8-27　编辑表格

在"文本编辑"窗口中虽然可以添加表格，但是不能够进行函数计算。要进行函数计算，可以使用 Office 中的 Excel 或者 iWork 中的 Numbers。

2. 图片/影片类

在"文本编辑"窗口中，可以将图片文件或者影片文件直接拖到"文本编辑"窗口中，此时图片文件或者影片文件的内容将显示在"文本编辑"窗口中，并且可以在"文本编辑"窗口中播放影片文件，其效果如图 8-28 所示。

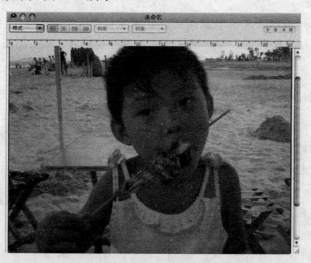

图 8-28　在文本编辑窗口中播放影片文件

也可以把音乐文件或者电影文件直接拖放到"文本编辑"窗口中进行播放，可以说"文本编辑"是一个万能工具。

3. 应用程序

在文本编辑中，可以将应用程序图标拖到窗口中的任意位置，点按应用程序图标，打开相应的应用程序。例如，将"地址簿"应用程序图标拖到文本编辑窗口中，如图 8-29 所示。

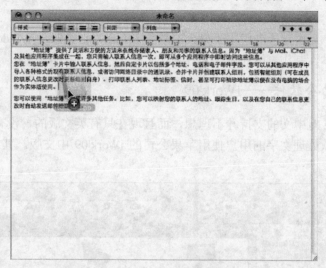

图 8-29　添加"地址簿"应用程序

如果还没有对文件进行存储，当我们点按文本编辑窗口中的"地址簿"应用程序图标时，会打开一个对话框提示未存储文件。点按"好"按钮，然后对文件进行存储，如图 8-30 所示。

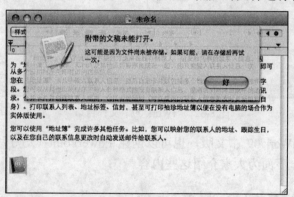

图 8-30　未存储文件提示

打开已存储的文件，然后点按窗口中的"地址簿"应用程序图标，可以直接打开"地址簿"应用程序窗口，如图 8-31 所示。

图 8-31　在文件编辑窗口中打开"地址簿"应用程序

8.4　办公软件

在苹果电脑中，还内置了专门用于办公的软件 iWork，它类似于 Windows PC 中的 Office 套件，可以编辑文本、制作表格和制作幻灯片。

8.4.1　超级棒的办公软件——iWork'09

Microsoft Office 对中文的支持并不理想，而且现在只有英文版的，没有中文版的 Office。因此，还是建议喜欢处理文字的用户使用苹果公司的 iWork'09 中文版。其文件窗口如图 8-32 所示。

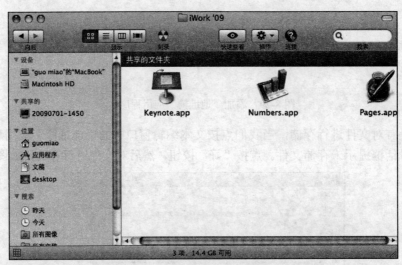

图 8-32　"iWork'09"文件窗口

使用苹果公司的 iWork'09 中文版，也可以创建 PowerPoint（幻灯片）、各种类型的数据统计报表和文本文件。下面为大家介绍这些内容。

8.4.2　使用 Keynote 创建幻灯片

可以使用 Keynote 应用程序创建幻灯片文件，并且随时更改幻灯片的设计主题、幻灯片的大小等。它类似于微软 Office 中的 PowerPoint。

下面介绍一下创建幻灯片的操作步骤。

（1）点按 Dock 工具栏中的 图标，或者选择"应用程序→iWork'09 →Keynote"，打开 Keynote 应用程序。

（2）在显示文稿主题中为幻灯片选取一个主题和设置幻灯片的大小，然后点按"选取"按钮，如图 8-33 所示。

（3）此时打开了一个新的幻灯片创建主题。如果要更换刚刚选取的幻灯片主题，点按工具栏上的"主题"旁边的三角箭头 ，然后为幻灯片选取一个新的主题，如图 8-34 所示。

（4）可以使用工具栏上的工具按钮，创建幻灯片的内容。例如插入音频、照片、影片文件，可以点按工具栏上的"媒体"按钮 ，在媒体窗口中选取我们要添加到幻灯片中的内容，如图 8-35 所示。

图 8-33　选取幻灯片主题

图 8-34　更换幻灯片主题

图 8-35　"媒体"窗口

8.4.3 使用 Numbers 创建数据统计表

可以使用 Numbers 应用程序创建各种类型的数据统计表,如个人、商业、教育。并且还可以使用 Numbers 进行计函数计算和排序设置等。它类似于微软 Office 中的 Excel。

下面简单地介绍一下怎样创建数据统计表。

(1)点按 Dock 工具栏中的 图标,或者选择"应用程序→iWork'09→Numbers"命令,打开 Numbers 应用程序。

(2)在显示文稿主题模板中为统计表选取一个模板,然后点按"选取"按钮,如图 8-36 所示。

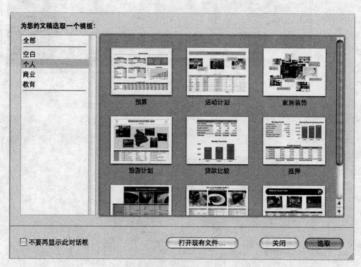

图 8-36 选取模板

(3)此时打开了一个新的统计表设置模板,如图 8-37 所示。

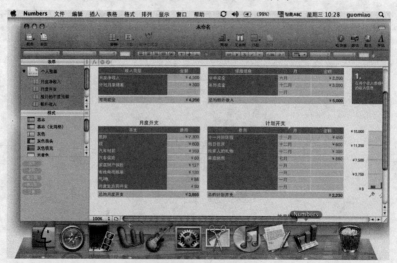

图 8-37 统计表模板界面

(4)如果要更改统计表模板中的内容,只需连按要更改的内容,使其处于选中状态,然后键入新的内容即可,如图 8-38 所示。

图 8-38　更改统计表中的内容

（5）如果要对统计表进行函数计算，那么将鼠标放在要进行计算的单元格中，然后选取"插入→函数"命令，或者点按工具栏上函数工具旁边的按钮 $\boxed{\Sigma}$ ，然后选取相应的函数即可。下图为计算"平均计划开支"的图表，如图 8-39 所示。

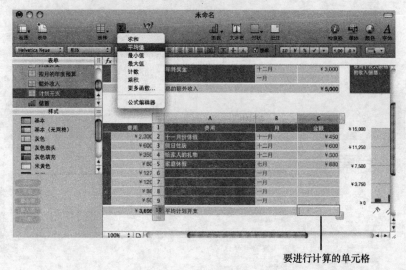

要进行计算的单元格

图 8-39　函数计算

8.4.4　使用 Pages 进行文字处理

可以使用 Pages 应用程序创建各种类型的文本文档。只需选择相应的文字处理模板（空白、信函、信封、表格、履历、报告等）和页面布局模板（空白、简报、小册子、传单、海报、卡片与邀请、名片等），然后再输入需要的内容。它类似于微软 Office 中 Word。

如果要创建一个发票通知单，那么进行下列操作。

（1）点按 Dock 工具栏中的 图标，或者选择"应用程序→iWork'09 →Keynote"，打开文本编辑（Pages）应用程序。

（2）在显示文稿主题模板中选取"表格"下的"发票"模板，然后点按"选取"按钮，如图 8-40 所示。

（3）打开已选取的"发票"模板，然后在指定位置处键入我们自己的内容，如图 8-41 所示。创建即可完成。

8.4.5　Microsoft Office 套件

Microsoft Office 套件是微软专门为 Mac OS X 打造的办公软件套件，目前最新版本是 2011，不过还没有正式的中文版，只有英文版。它包含 Word、Excel 和 PowerPoint 等软件，如图 8-42 所示。

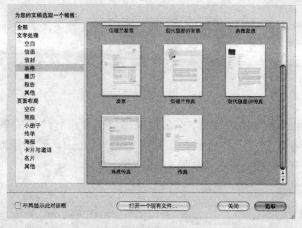

图 8-40　选取模板

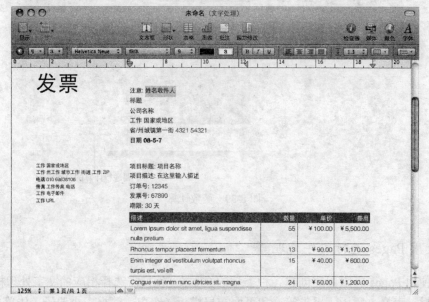

图 8-41　发票模板

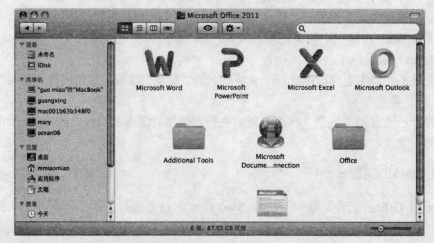

图 8-42　打开的"Microsoft Office 2011"文件夹窗口

在打开的文件夹中还包含有 Office 的其他几款软件，比如 Messenger，它是一款即时通信软件，和我们使用的 iChat 和 QQ 基本相同。这些软件在本书中不作介绍，有兴趣的读者可以参阅相关的图书或者资料来学习和使用。

使用 Word 可以制作精美的文稿，使用 Excel 可以制作实用的报表，使用 PowerPoint 可以制作具有说服力的演示文稿。还可以使用 Entourage 的地址簿功能记录除了家庭和朋友 E-mail 地址之外的更多信息。对于大部分 Mac 用户来说，Office 也是我们值得拥有的软件。

1. Word 简介

通过双击 Word 的图标 **W** 即可启动它，同时在 Dock 工具栏中显示出它的启动图标，如图 8-43 所示。

图 8-43　Microsoft Word 的启动图标

> 安装 Office 套件后，系统会自动在 Dock 工具栏中显示这些图标，点按这些图标即可打开相应的应用程序。

使用鼠标点按 Dock 工具栏中的 **W** 图标，就会打开一个对话框，如图 8-44 所示，在该对话框中可以选择需要的工作样式。

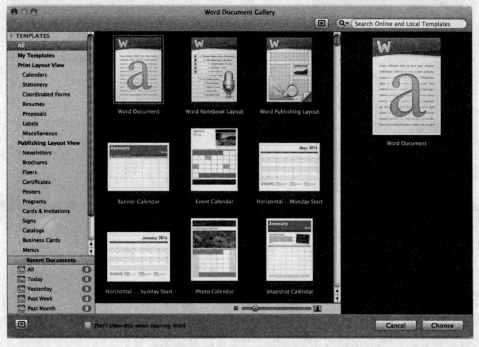

图 8-44　打开的对话框

使用鼠标点按选择一个工作样式后，比如选择 Word Document，此时会打开一个空的新文档，它的界面构成如图 8-45 所示。实际上，它和 Windows 中的 Word 界面构成基本相同，只不过外表看上去有些区别而已。

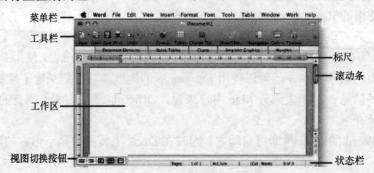

图 8-45　显示完整的 Word 应用程序

此时就可以在新建的 Word 文档中输入文字了，而且可以输入多种文字，效果如图 8-46 所示。

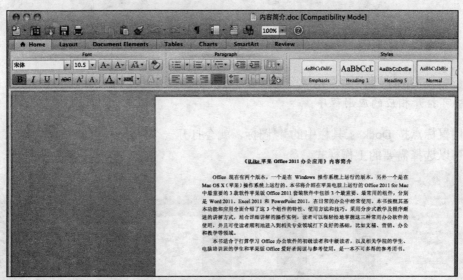

图 8-46　输入的文字效果

在 Mac 中的 Word，其功能、编辑工具和编辑方式等都和 Windows 中的 Word 基本相同，不再详细介绍。

 关于 Microsoft Office 2011 软件的具体应用，可以参阅电子工业出版社出版的本套丛书中的《iLike 苹果 Office For Mac 2011 办公应用》一书的介绍。另外，也可以参阅电子工业出版社出版的《iLike 苹果 Office 2008 办公应用》一书。

2. Excel 简介

Excel 是一款专门用于处理数据的电子表格软件，它具有强大的数据运算和数据分析功能。在使用 Excel 进行数据处理时，首先要创建或打开工作簿，并在工作表中输入要处理的数据以及相关的计算公式，然后根据要求完成相应的数据运算和数据分析工作。

启动 Excel 2011 后，进入其工作界面，与 Word 2011 的工作界面基本相似。它是由菜单栏、编辑栏、标题栏、工具栏、状态栏等组成，如图 8-47 所示。

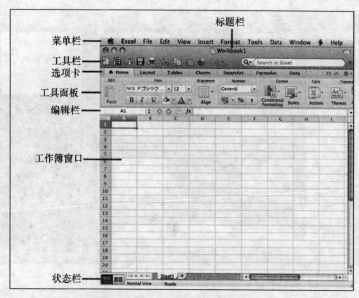

图 8-47　Excel 2011 的工作界面

在 Excel 工作界面中包含一个大的窗口，即 Workbook（工作簿）窗口。工作簿窗口位于 Excel 2011 窗口的中央区域，它由若干个工作表构成。当启动 Excel 2011 后，系统将自动打开一个名为"Workbook 1"的工作簿窗口，如图 8-48 所示。

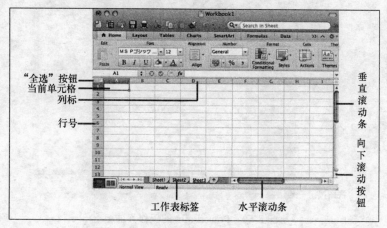

图 8-48　工作簿窗口

在工作簿窗口中点按"关闭"按钮，可以关闭工作簿窗口。点按"最小化"按钮，可以将工作簿窗口最小化到屏幕下方的 Dock 工具栏中，以图标的形式显示。

在 Mac 中的 Excel，其功能、编辑工具和编辑方式等都和 Windows 中的 Excel 基本相同，不再详细介绍。

3. PowerPoint 简介

PowerPoint 主要用于制作广告宣传、产品演示等的电子版幻灯片，由一张或多张幻灯片组成演示文稿。在创建幻灯片时，可以设置幻灯片的背景、在幻灯片中添加图片、音频、视频以及在幻灯片中设置动画等。通过这些操作可以制作出符合各种要求、非常美观、吸引人的幻灯片效果。

启动 PowerPoint 2011，打开 PowerPoint Presentation Gallery 对话框，如图 8-49 所示。

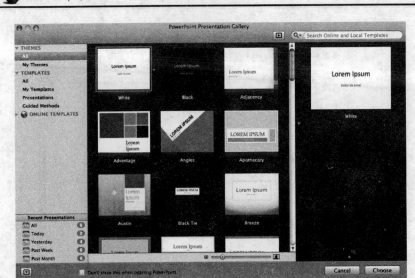

图 8-49　PowerPoint Presentation Gallery 对话框

使用默认设置，点按 Choose 按钮进入 PowerPoint 的工作界面，如图 8-50 所示。

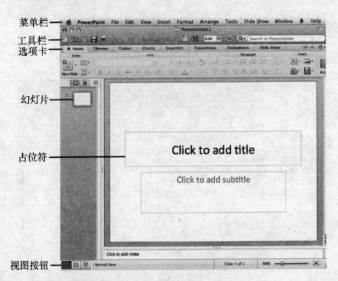

图 8-50　PowerPoint 的工作界面

其中的占位符非常重要，占位符显示为矩形线框，在这些框内可以放置标题、正文、图表、表格和图片等对象。

8.5　PDF 文件

在苹果电脑中不仅可以查看 PDF 文件，为 PDF 文件添加注释和链接，还可以制作 PDF 文件。下面就介绍一下这方面的内容。

8.5.1　查看 PDF 文件

可以使用"预览"应用程序打开 PDF 格式的文件，用"预览"打开的 PDF 文件可供阅读、

可以调整在屏幕上的显示大小、添加注解、搜索特定
文本、使用目录浏览某些 PDF 文件等。下面介绍如何
在"预览"应用程序中查看 PDF 文件。

　　（1）选中要打开的 PDF 文件，然后点按鼠标右键，
点按"打开方式"命令子菜单中的"预览"应用程序，
如图 8-51 所示。

　　（2）打开 PDF 文稿预览窗口，点按工具栏上的
"工具条"按钮打开 PDF 文件的目录，如图 8-52 所示。

　　（3）还可以选择"显示→幻灯片显示"命令，在
屏幕上以幻灯片显示的方式全屏幕预览 PDF 文件。如
果要退出幻灯片显示，那么按键盘上的 esc 键或者控
制面板上的"关闭"按钮。

图 8-51　预览 PDF 文件

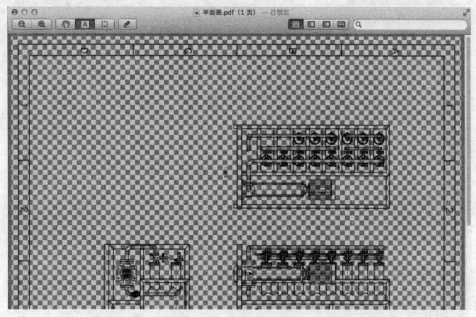

图 8-52　PDF 文件预览窗口

8.5.2　给 PDF 文件添加注解

　　可以通过给 PDF 文稿添加注释，提供一些意见，或者提示一些希望重点指出的内容。如
果要给 PDF 文件添加注解，那么执行以下操作。

　　（1）选择"工具→注解→添加备注"命令，如图 8-53
所示。或者点按注释工具栏中对应的工具添加备注。

　　（2）点按想要放置注释图标的位置，输入需要添加的
注释文本。注释文本编辑面板位于图标的左侧，页面边沿
以外，如图 8-54 所示。

　　（3）如果要更改注释的图标和颜色，那么选择"工具
→显示检查器"命令，在检查器中将会显示相关的信息，

图 8-53　添加注释的命令

如图 8-55 所示。

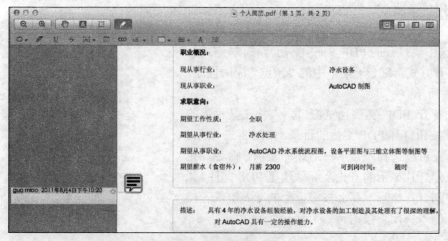

图 8-54　添加注释文本

图 8-54　"注解"窗口

8.5.3　为 PDF 文件添加链接

可以给 PDF 文稿添加链接，使文稿更容易导航。可以与文稿内部的其他页面或与某个网站（读者可以在该链接处从 Internet 上获取信息）链接起来，要给 PDF 文稿添加链接，那么执行以下操作步骤。

（1）如果要链接到网站，选择"工具→注解→添加链接"命令，选择添加链接的内容。

（2）从添加链接的下拉菜单中选取"URL"，并在"URL"栏中输入完整的网站地址，如图 8-56 所示。

8.5.4　在 PDF 文件中查找文本

可以使用预览工具右上角提供的搜索栏来搜索 PDF 文稿中的词语或字符。搜索到的内容将高亮显示在预览窗口中。还可以点按侧栏中的目录，按目录章节进行查找搜索的内容，如图 8-57 所示。

图 8-56　添加网站链接

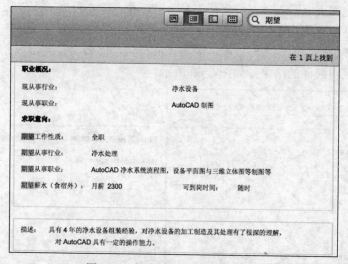

图 8-57　搜索 PDF 文稿中的内容

提示　也可以选择"编辑→查找→…"命令进行查找。

8.5.5　制作 PDF 文件

　　PDF 是一种方便文件传输的格式，在多种系统下都能够进行阅读。一般使用 Adobe 公司的 Acrobat 软件来制作。不过，在苹果电脑中也内置了制作 PDF 文件的功能。下面简单地介绍一下制作过程。

　　（1）打开一个可进行打印的文件、文稿文件或者图片文件。

　　（2）在菜单栏中选择"文件→打印"命令，打开打印窗口，点按左下角的 PDF 按钮，从菜单栏中选择"存储为 PDF"命令即可，如图 8-58 所示。

图 8-58　选择的存储命令

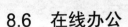
8.6 在线办公

　　在线办公也称为联网办公，是现在很时尚的办公方式之一，从字面意思上可以看出，基本都是通过联网和设置文件共享来实现的。也就是说它的前提条件是电脑必须联网，就像网络视频会议。在线办公包含的种类和内容很多，而且很多的应用程序也都支持在线办公。关于联网的内容，在本书后面的章节中将会介绍。

　　在本小节中只简单地介绍一下在线翻译。很多涉外的办公一族有时会遇到一些一时解决不了的翻译方面的问题，包括词语和语句等。使用词典可能也很难查询到。但是，如果电脑能够联网的话，这个问题就可以迎刃而解了。

　　（1）打开百度网页，输入"在线翻译"4 个字，并点按"百度一下"按钮，如图 8-59 所示。目前很多网站也有此功能，例如谷歌。

　　（2）在"在线翻译"的输入栏中输入要翻译的语句，比如"打开门"，然后点按"百度翻译"按钮就可以获得翻译的结果，如图 8-60 所示。

图 8-59　打开的网页　　　　　　　　　　　　　　　图 8-60　翻译结果

　　关于网络的应用，在本书后面的章节中有介绍，本章中不再介绍。

第9章
做好安全工作——
用户管理

Mac 是一款真正的多用户操作系统，这意味着同一台计算机能够由多个用户使用，每个用户都可以根据个人的操作习惯和爱好来设置自已的工作空间，而且每个资源、文件和程序都与本系统上的某个用户相关联。

本章主要介绍下列内容

- 创建用户账户
- 管理用户账户
- 个人专用文件夹
- 磁盘权限管理

9.1 创建用户账户

苹果电脑允许多个用户来使用和配置系统,这个特性被添加到该操作系统上是为了给每个用户都创建一个唯一的工作空间,同时还可以保护自己的隐私。用户类型并不决定我们能够使用 Mac 计算机执行哪种类型的任务,而是决定我们为修改 Mac 计算机的操作与方式而享有的特权级别。

9.1.1 管理员用户

拥有管理员权限的账户,能够对电脑配置进行更多更改,管理员可以对"系统偏好设置"中的锁定设置进行更改、安装软件以及执行其他用户无法执行的各种任务。

下面介绍一下怎样创建"管理员"用户账户。

(1)选择" →系统偏好设置"命令,打开"系统偏好设置"窗口。通过点按"系统偏好设置"窗口中的"用户与群组"图标,打开"用户与群组"窗口,如果有些设置变暗,点按锁图标 ,输入用户名称和密码使锁图标处于打开状态 ,如图 9-1 所示。

图 9-1 "用户与群组"窗口

 点按"更改密码"按钮可以更改之前设置的密码。

(2)点按用户列表底部的添加账户按钮 ,弹出创建账户对话框窗口。在"新账户"下拉列表中选取"管理员"账户,然后输入用户的名称以及密码,如图 9-2 所示。最后点按"创建用户"按钮就可以了。

创建其他用户的操作方法和创建"管理员"用户账户的操作方法基本相同,下面不再作介绍。

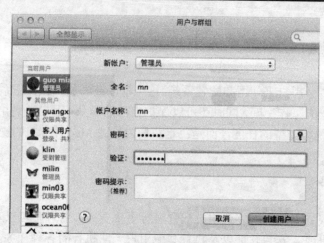

图 9-2　创建管理员用户账户

9.1.2　创建客人账户用户

　　"客人账户"能够使用一组基本的应用软件和工具，并且只能修改对该用户自己的账号有影响的配置。如果我们想让其他人临时使用我们的电脑，并且不想为每个用户创建用户账户，则可以创建一个客人账户。当客人账户创建好之后，客人无需密码就可登录到电脑。客人用户账户如图 9-3 所示。

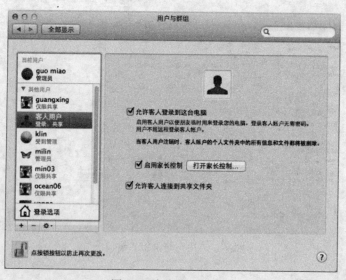

图 9-3　客人用户账户

　　下面介绍一下客人账户的选项设置。
　　● **允许客人登录到这台电脑**：当登录窗口出现时，该用户只需点按"客人账户"就可以登录到电脑。
　　● **启动家长控制**：如果我们想对客人用户访问的内容进行更多限制，那么选择"启用家长控制"项，点按"打开家长控制"按钮，进行设定安全限制。
　　● **允许客人连接到共享文件夹**：如果允许客人用户远程访问我们的电脑上的共享文件，那么选择"允许客人连接到共享文件夹"选项。

9.1.3　设置主密码

通常需要为自己的电脑设置一个主密码，这样，通过加密可以保障所用账户的安全。管理员可以使用主密码来重设任何用户的登录密码。即使忘了密码，仍然可以重设密码来访问哪怕是有加密保护的个人文件夹，这给那些忘记登录密码的用户提供了方便。

设置主密码的操作非常简单，在"用户与群组"窗口中点按"创建主密码"按钮 ，打开一个设置主密码的窗口来设置密码，如图 9-4 所示。设置完成后，点按"好"按钮即可。

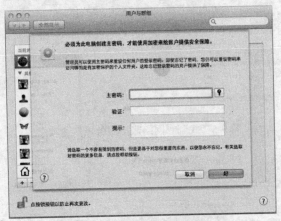

图 9-4　用于设置主密码的窗口

9.1.4　创建 Root 用户

"Root 用户"账户是 Mac 中的特殊账户，该账户对文件系统的所有区域都有读写权限并且可以编辑和删除普通用户不能访问的重要系统文件，因此在使用"Root 账户"时要格外小心。在默认设置下，"Root"账户是不可用的，下面介绍一下创建超级账户（Root 用户）的操作过程。

（1）在电脑中打开"系统偏好设置"窗口，然后通过连按"用户与群组"图标，打开"用户与群组"窗口。

（2）点按锁图标，然后输入管理员名称和密码将它解锁。然后点按"登录选项"，找到"网络账户服务器"选项，如图 9-5 所示。

（3）在"网络账户服务器"右侧点按"加入"按钮（如果已经有的话，该按钮将显示为"编辑"），打开一个窗口，如图 9-6 所示。

（4）点按"打开目录实用工具"按钮，打开"目录实用工具"窗口。点按锁图标 将它解锁，输入用户名称和密码使锁图标处于打开状态，如图 9-7 所示。

（5）选择"编辑→启用 Root 用户"命令，来启用"Root 用户"。注意，如果是第一次启用 Root 用户，需输入安全密码和验证。

（6）如果要停用"Root 用户"，那么选择"编辑→停用 Root 用户"命令。

9.1.5　创建群组账户

群组账户是给两个或者多个成员授予相同权限的账户，群组成员可以是个人，也可以是群组，将特定文件访问权限指定给群组时，该群组的所有成员都可以共享这些访问权限。

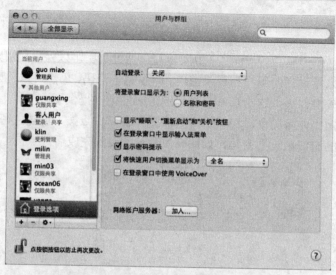

图 9-5　找到"网络账户服务器"选项

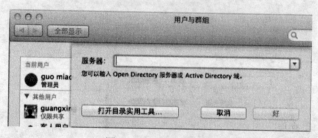

图 9-6　打开的窗口

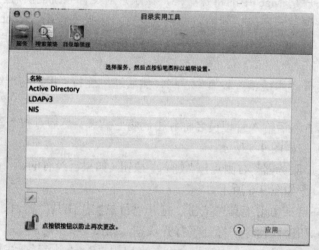

图 9-7　"目录实用工具"窗口

　　（1）在电脑中打开"系统偏好设置"窗口，然后通过连按"用户与群组"图标，打开"用户与群组"窗口。

　　（2）点按用户列表底部的添加账户按钮 +，弹出创建账户对话框窗口。在"新建"下拉列表中选取"群组"账户，然后输入用户的名称，如图 9-8 所示。最后点按"创建群组"按钮就可以了。

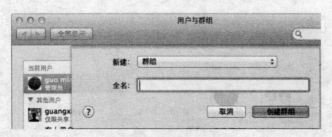

图 9-8　创建群组账户

9.2　管理用户账户

在 Mac 中，不仅可以创建用户账户，而且还可以很便捷地管理和编辑所创建的用户账户。

9.2.1　编辑用户账户

在 Mac OS X 操作系统中，可以对已创建的用户名称、密码、登录图标等选项进行更改，但是不能更改用户"短名称"，例如用户名"guo miao"，因为系统已经使用用户的"短名称"创建了该用户的个人专用文件夹。

不同类型的用户账户信息设置是不一样的，系统偏好设置选项也是不一样的。用户可以根据设置提示进行编辑。共有 4 种类型的用户账户，下面简单地介绍一下。

1. 管理员用户账户

在"管理员"的"账户"窗口中，可以更改密码、名称、地址簿图片以及是否允许管理这台电脑和启用家长控制项。管理员用户账户信息如图 9-9 所示。

图 9-9　管理员用户账户信息

2. 客人用户账户

在"客人用户"的"账户"窗口中，可以设置是否勾选"允许客人登录到这台电脑"、"启用家长控制"和"允许客人连接到共享文件夹"项，但是不能设置用户账户图片。客人用户账户信息如图 9-10 所示。

图 9-10　客人用户账户信息

3. 标准用户账户

在"标准"用户的"账户"窗口中，可以更改密码、用户名称、.Mac 用户名称、图片以及是否允许管理这台电脑和启用家长控制项。标准用户账户信息如图 9-11 所示。

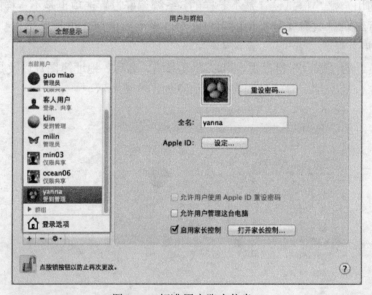

图 9-11　标准用户账户信息

4. 仅限共享用户账户

在"仅限共享"用户的"账户"窗口中，可以更改密码、用户名、.Mac 用户名称和用户图片项，但不能进行其他项目设置管理。仅限共享用户账户信息如图 9-12 所示。

9.2.2　删除用户账户

作为管理员用户，可以使用账号参数预置来删除任意一个用户账户，然而却无法删除全部管理员用户，因为系统中必须存在至少一个管理员用户账户。下面介绍一下删除用户账号的操作方法。

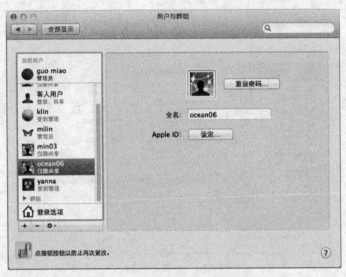

图 9-12　仅限共享用户账户信息

（1）打开"系统偏好设置"下的"账户"偏好设置窗口。

（2）在"账户"列表中，选中要删除的用户账户，点按账户列表下的删除选定账户按钮 ▭。此时系统会弹出是否确认删除账户的提示对话框，提示我们是否真的要删除此用户账户，然后点按"好"按钮即可，如图 9-13 所示。

图 9-13　删除用户账户

9.2.3　设置用户自动登录项

用户可以根据个人需要设置开机登录时自动打开的项目，以帮助我们登录到电脑时自动打开应用程序、文稿或服务器。

设置用户自动登录项的方法如下。

（1）打开"系统偏好设置"下的"用户与群组"偏好设置窗口。

（2）从账户列表中选取要设置自动登录项的用户账户，然后点按"登录项"标签，如图 9-14 所示。

（3）如果希望某个项的窗口保持关闭，那么点按该项旁边的"隐藏"标记。

（4）如果要让某个项在登录时自动打开，那么点按列表底部的将项添加到"登录项"按钮 ➕，在弹出的对话框中选取我们想要的项，然后点按"添加"按钮，如图 9-15 所示。

（5）如果要删除某个自动打开项目，那么从列表中选择要删除的项目，然后点按底部的删除所选项按钮 ▭。

图 9-14 登录项标签

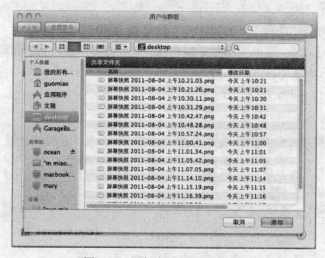

图 9-15 添加自动登录打开项

9.3 登录选项设置

在"用户与群组"窗口中，用户可以更改登录窗口中的工作方式，使我们的电脑使用起来更加安全。另外还可以选择用户登录账户的方式，要设置登录选项，点按账户列表下方的"登录选项"，打开如图 9-16 所示窗口。

下面介绍一下"登录选项"设置中的几个选项。

1．自动登录

如果要让我们的电脑在启动时自动登录到已选择的账户，那么在"自动登录"选项打开的菜单中选择管理员账户（如 miao miao）。电脑在启动时将显示已选择的用户（如 miao miao）自动登录，如图 9-17 所示。

如果要求用户选择账户并输入密码，那么从打开的菜单中选择"关闭"命令，电脑启动时将显示电脑上的已有用户，选取要登录的用户账户，然后输入密码，如图 9-18 所示。

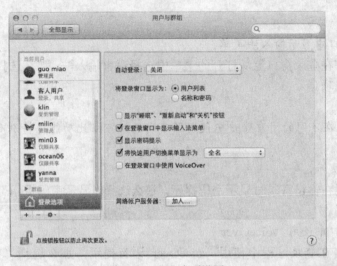

图 9-16 登录选项设置

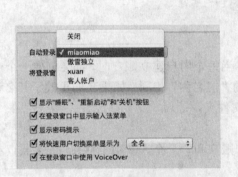

图 9-17 自动登录选项设置

图 9-18 登录用户账户

2. 将登录窗口显示为

选择"用户列表"项，所有用户账户将以列表的方式显示在电脑上，以便让用户在登录窗口中选择要登录的用户账户，如图 9-19 所示。如果选中"名称和密码"项，那么在登录窗中将显示用户名称和密码输入框。

图 9-19 用户登录列表

3. 显示"睡眠"、"重新启动"和"关机"按钮

如果用户需要在以后的登录窗口上显示"显示'睡眠'、'重新启动'和'关机'"按钮，

那么选择该选项。

9. 在登录窗口中显示输入法菜单

如果用户允许在登录窗口上从打开的菜单中选择语言输入法，那么选择"在登录窗口中显示输入法菜单"选项。

 如果在不同的用户账户中使用了不同的语言，此功能将特别有用。

5. 显示密码提示

如果用户需要在输错密码时显示密码提示，那么选择"显示密码提示"选项，从密码提示中找到正确的密码。

6. 在登录窗口中使用 VoiceOver

如果用户允许在登录过程中使用 VoiceOver 语音提示，那么选择"在登录窗口中使用 VoiceOver"选项。

7. 将快速用户切换菜单显示为

勾选该选项后，可以将快速用户切换菜单显示为全名、短名称或图标。

9.4　个人专用文件夹

个人专用文件夹用于存储我们的个人信息。当每个用户建立账户时，都会创建一个个人专用文件夹。个人文件夹的名称与用户账户指定的"短名称"相同。如果我们更改了其名称，则下次使用电脑时可能无法找到我们的个人专用文件夹。

1. 惟一用户的个人专用文件夹

如果是电脑上的惟一用户，则仅有一个用户账户和一个个人专用文件夹。如果要查看个人专用文件夹，那么执行下列操作。

选择"前往"菜单中的"个人"命令，打开"guomiao"（注意：此处为举例，具体的名称将依据不同的电脑名称而不同）的个人专用文件夹窗口（个人专用文件夹前有一个房屋状的图标），如图 9-20 所示。

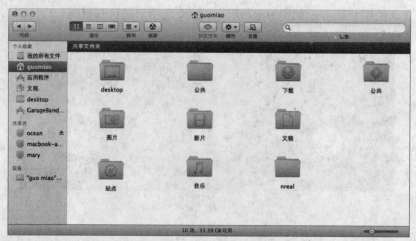

图 9-20　guomiao 文件夹窗口

下面介绍关于个人文件夹中的内容设置。

个人专用文件夹中默认有 9 个文件夹，分别是桌（desktop）、资源库（nreal）、文稿、下载、音乐、影片、图片、公共、站点。一般不要更改默认个人文件夹的名称，以便用户更容易地查找电脑中各种类型的文件。

● "桌面（desktop）"文件夹

"桌面"文件夹中放置了出现在桌面上的所有的文件和文件夹。

● "nreal"文件夹

"nreal"文件夹中包含了所有在 Mac 操作系统中的设置参数和自动保存的文件，如图 9-21 所示。

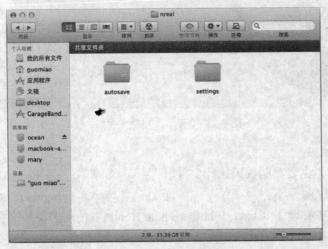

图 9-21　"资源库"文件夹窗口

● "文稿"文件夹

"文稿"文件夹用于存储电脑中的大多数文件，如文本文稿。用户也可以把经常需要打开和存储的文件夹替身放在这里，以方便快速访问。

● "下载"文件夹

"下载"文件夹是我们从 Internet 上下载的任何软件或文件的默认存储位置。当我们从网页中下载项目时，它会自动存储到"下载"文件夹中。"下载"文件夹窗口如图 9-22 所示。

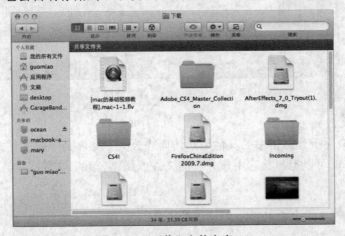

图 9-22　"下载"文件夹窗口

● "音乐"文件夹

"音乐"文件夹中主要是存储电脑上的数码音乐文件。例如 iTunes 使用的 MP3 文件。或者使用 CarageBand 制作的音乐文件。"音乐"文件夹窗口如图 9-23 所示。

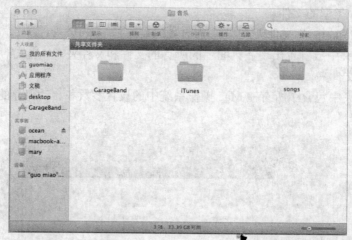

图 9-23 "音乐"文件夹窗口

● "影片"文件夹

"影片"文件夹中主要存储数码影片文件。

● "图片"文件夹

"图片"文件夹中存储了 iChat、iPhoto、Photo Booth 中使用的图片文件和数码照片文件。"图片"文件夹窗口如图 9-24 所示。

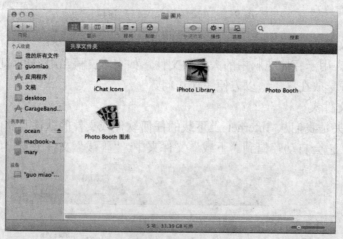

图 9-24 "图片"文件夹窗口

● "公共"文件夹

"公共"文件夹用于让网络中的其他用户访问"公共"文件夹中的文件。如果我们想与其它用户共享文件，就可以把与其它用户共享的文件放到"公共"文件夹中。"公共"文件夹窗口如图 9-25 所示。

站点文件夹中包含的是有关站点的文件。

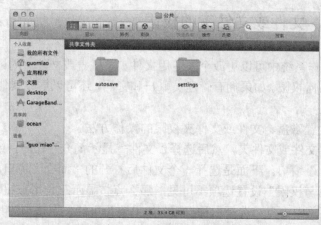

图 9-25 "公共"文件夹窗口

2. 其他用户账的专用文件夹

当用其他用户账户（如"Guest"账户）登录到电脑时，该用户账户的个人专用文件夹名称将显示为"Guest"，如图 9-26 所示。

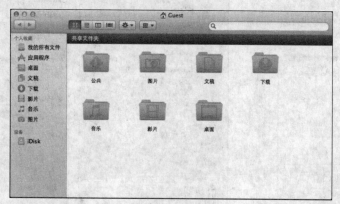

图 9-26 "Guest"账户的人的专用文件窗口

还可以打开在 Finder 窗口中看到的其他电脑的共享文件夹，在 Finder 中的左侧栏中点按"共享的"下面可以看到的其他电脑上的共享文件就可以打开它了，如图 9-27 所示。

图 9-27 查看其他电脑上共享的文件夹

9.5　设置磁盘、文件或文件夹的权限

在 Mac OS X 操作系统中可以更改个人专用文件夹、磁盘或文件夹的读取权限，从而限制本机中其他用户的访问权限。如果拥有管理员账户和密码，还可以更改其他用户的个人专用文件夹的访问权限。

下面介绍一下设置磁盘、文件或文件夹权限的操作方法。

（1）选中磁盘、文件或文件夹，然后选择"文件→显示简介"命令，或者按键盘上的⌘+I组合键打开"简介"窗口。下面是选择一个文件后打开的"简介"窗口，如图 9-28 所示。

（2）如果"共享与权限"设置选项不可见，那么点按显示三角形按钮▼以显示它。

（3）从打开的菜单中为自己选择一种权限。如果要为可能使用该项的其他人选择权限，那么在"名称"和"权限"栏设置用户的访问权限，如图 9-29 所示。

图 9-28　"简介"窗口

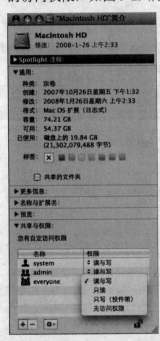

图 9-29　"Macintosh HD 简介"窗口

下面介绍权限中的 4 个选项。

读与写：允许用户打开项以查看其中的内容并对其进行更改。

只读：允许用户打开项以查看其中的内容，但是用户无权更改或拷贝这些内容。

只写：将一个文件夹设置为投件箱。用户可以将项拷贝到投件箱，但是不能打开投件箱来查看其中的内容。只有投件箱的所有者才可以打开它，获取其中的内容。

无访问权限：阻止对项的所有访问，从而使用户不能打开该项，也不能更改或拷贝其中的内容。

　　如果我们要将相同的权限应用于所选文件夹或磁盘所包含的每个项，那么点按"应用到包含的项"。注意，在运行我们进行的更改之前，系统可能会要求我们输入管理员用户的名称和密码。

第 10 章
丰富多彩的实用
工具

Mac 中内置了很多非常实用的工具（也是一些小应用程序），比如抓图工具、磁盘工具、控制台工具、活动监视器和蓝牙工具等。使用这些工具可以完成很多的工作，而且可以进行很多的娱乐项目。在这一章中就介绍实用工具方面的内容。

在本章中主要介绍下列内容：

- 系统概述工具
- 磁盘工具
- 活动监视器工具
- 抓图工具
- 终端工具
- 蓝牙工具

Mac os x Lion
Mac os x Lion
Mac os x Lion

10.1 实用工具简介

在 Mac 中，实用工具都放在应用程序文件夹的"实用工具"文件夹中，包括硬件维护工具（活动监视器、控制台、终端）、磁盘管理工具、网络实用工具、目录实用工具等。本章中介绍的所有实用工具都是在"实用工具"文件夹中打开的。通过在 Finder 窗口的"应用程序"窗口中单击"实用工具"文件夹图标即可打开该文件夹。为了描述直观一些，我们把打开的"实用工具"文件夹称为"实用工具"窗口，如图 10-1 所示。在"实用工具"窗口中，可以看到所有的实用工具，比如系统概述、磁盘工具、控制台、活动监视器、数码测色计和网络实用工具等。

图 10-1 "实用工具"窗口

在 Mac 中文版中内置了很多的实用工具，鉴于本书篇幅有限，在本章中只选择了其中几个比较常用的实用工具进行介绍。

10.2 系统信息

可以使用"系统信息"实用工具获取电脑的硬件、网络和软件的详细信息内容。连按"实用工具"文件夹中的"系统概述"图标，打开如图 10-2 所示的信息窗口。在打开"系统信息"时，将生成概述窗口。如果在打开"系统信息"后对电脑系统进行更改，例如更改偏好设置、连接或断开外设、打开或关闭硬件，必须刷新概述。选择"文件→刷新信息"命令可以查看所需要的信息内容。

在左侧的侧栏中选择不同的设备，即可显示出该设备的相关描述。下面是选择"内存"后显示的与内存相关的信息，如图 10-3 所示。

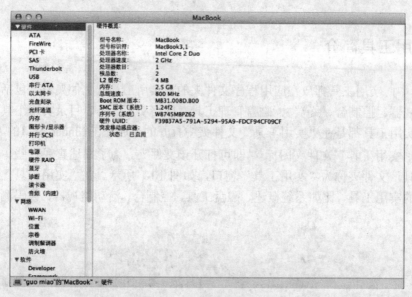

图 10-2　系统信息窗口

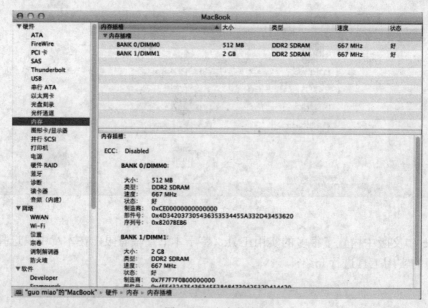

图 10-3　内存信息

10.3　磁盘工具

　　磁盘工具是一个可以进行修理硬盘驱动器、抹掉磁盘、磁盘分区、磁盘映像等操作的实用工具。可以使用磁盘工具修理我们的应用程序，解决文件损坏、Mac 电脑不正常启动等问题，还可以扩大宗卷、创建新宗卷以及将磁盘分区成多个宗卷，而不会丢失任何数据。启用该工具后，选择"窗口"菜单中的"显示工具栏"命令，就可以帮助我们使用一些快捷按钮操作。磁盘工具窗口如图 10-4 所示。

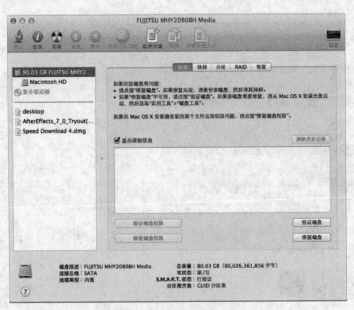

图 10-4　磁盘工具窗口

使用磁盘工具可以制作 DMG 磁盘映像文件，DMG 磁盘映像文件适用于存储较大的数据，比如电影文件或者应用程序文件。另外，还可以制作光盘的映像文件，在复制光盘时使用。下面，简单地介绍一下怎样使用磁盘工具制作 DMG 磁盘映像文件。

（1）在 Finder 窗口中找到并打开"实用工具"窗口，从中找到"磁盘工具"，通过连按打开"磁盘工具"窗口，如图 10-5 所示。

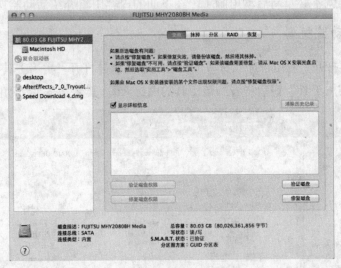

图 10-5　"磁盘工具"窗口

（2）在电脑的光驱中插入一张要制作 DMG 文件的光盘，然后在"磁盘工具"窗口中选择电脑磁盘，再从菜单栏中选择"文件→新建→文件夹的磁盘映像"命令，如图 10-6 所示。

（3）系统将打开一个对话框，如图 10-7 所示。用于设置存储位置、名称、映像格式和加密等，设置完成后，单击"存储"按钮即可。

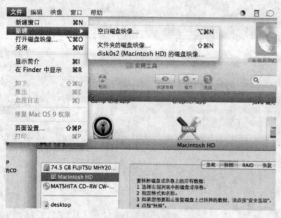

图 10-6　选择的命令　　　　　　　图 10-7　打开的对话框

10.4　活动监视器

当打开苹果电脑并进行工作的时候，实际上电脑运行了很多的进程，比如使用的 iTunes、iChat 和 Safari 等，都分别是一个进程。在苹果电脑中提供了一个活动监视器工具，使用该工具可以获得关于某个进程的详细信息。当我们碰到问题的时候，可以通过这些信息来解决它们。另外，还可以使用活动监视器关闭一些运行的进程，也就是说可以关闭一些运行的应用程序。比如，当一个应用程序运行不正常时，可以通过在活动监视器中关闭该应用程序的进程来关闭该应用程序，这样就不必重新启动电脑了。在下面的内容中将介绍活动监视器的使用。

10.4.1　打开活动监视器

打开电脑，再打开"应用程序"窗口，然后从中找到并打开"实用工具"窗口，如图 10-8 所示。可以在"实用工具"窗口中看到该工具的图标，其名称是"活动监视器.app"。

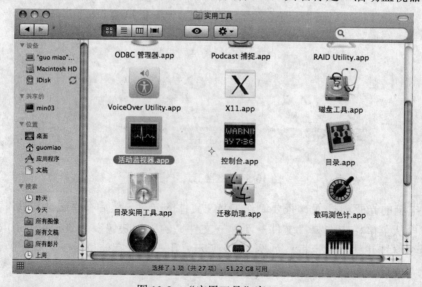

图 10-8　"实用工具"窗口

通过双击运行该工具图标后，就可以在 Dock 工具栏中看到该工具，其图标如图 10-9 所示。

图 10-9　活动监视器的图标

如果在电脑桌面中不显示"活动监视器"窗口，那么在 Dock 工具栏中单击该图标即可把它打开，其效果如图 10-10 所示。

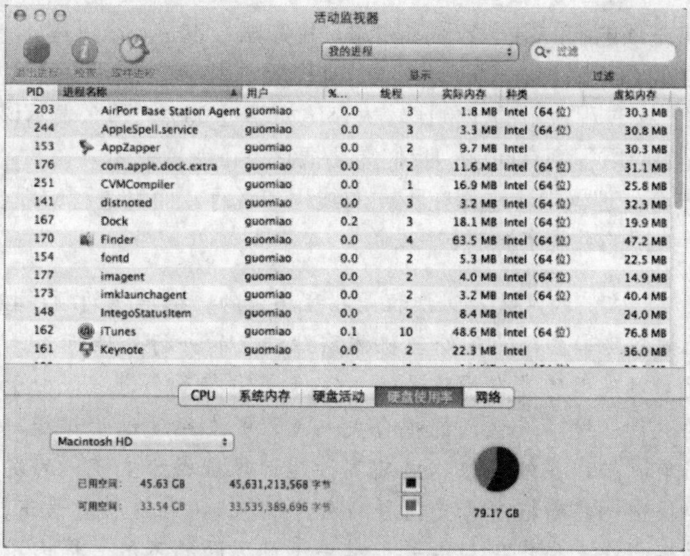

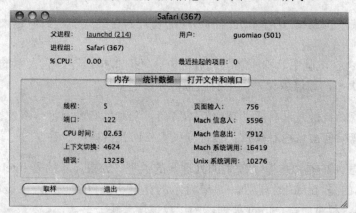

图 10-10　打开的"活动监视器"窗口

从打开的"活动监视器"窗口中可以看到很多的进程以及每个进程所占用的系统资源，比如 CPU、物理内存、虚拟内存、磁盘等。另外，通过在一个进程上双击鼠标左键可以打开一个对话框，在该对话框中会显示出一个进程的更多信息。下面是双击 Safari 进程后打开的"Safari"对话框，在该对话框中显示了相关的信息，如图 10-11 所示。

图 10-11　在打开的"Safari"对话框中显示了更多的信息

10.4.2 相关选项简介

可以在"活动监视器"窗口中看到很多的选项或者信息，这些选项都是一些重要的参考选项，因此，我们需要介绍一下它们。

● **PID**：这是 Process ID 的简称，它是"进程身份证号"的意思。每一个进程都有一个唯一的 ID 号，比如 124 是 Finder 的 ID 号，121 是 Dock 的 ID 号。但是，当下次启动电脑的时候，这些 ID 号可能会发生改变。

● **进程名称**：就像我们每个人都有一个名字一样，进程也有一个名称。通常，进程名称和该应用程序的名称是统一的，比如 Dock 的进程名称就是 Dock。注意，进程的名称永远不会改变。

● **用户**：通常是该电脑的用户名称。注意，用户账号也是一个进程。

● **CPU**：CPU 的百分比数值表示的是一个进程所占用或者消耗的 CPU 资源。这是一个很重要的参数。如果一个进程占用的比例比较大，比如超过 90%，那么表示该进程可能有问题，也就是使用该进程的应用程序有问题，我们需要把它停止或者关闭。

● **线程**：在一个处理器中，进程在不同的线程中运行，而且进程一般会使用多个线程，使用的线程越多，占用的系统资源就越多。

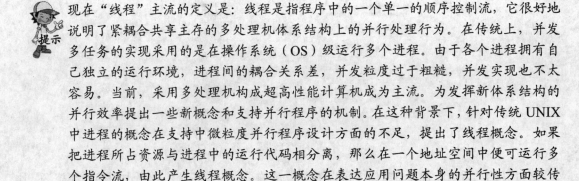

现在"线程"主流的定义是：线程是指程序中的一个单一的顺序控制流，它很好地说明了紧耦合共享主存的多处理机体系结构上的并行处理行为。在传统上，并发多任务的实现采用的是在操作系统（OS）级运行多个进程。由于各个进程拥有自己独立的运行环境，进程间的耦合关系差，并发粒度过于粗糙，并发实现也不太容易。当前，采用多处理机构成超高性能计算机成为主流。为发挥新体系结构的并行效率提出一些新概念和支持并行程序的机制。在这种背景下，针对传统 UNIX 中进程的概念在支持中微粒度并行程序设计方面的不足，提出了线程概念。如果把进程所占资源与进程中的运行代码相分离，那么在一个地址空间中便可运行多个指令流，由此产生线程概念。这一概念在表达应用问题本身的并行性方面较传统进程有较大优势，尤其在共享主存的多处理机硬件环境上有更好的运行效率。但是，线程尚没有统一的定义，一般说来，所谓线程（或称线索），指程序中的一个单一的顺序控制流。

● **实际内存**：它表示的是一个进程所占用的物理内存的大小，数值越大，占用的物理内存就越多。

● **虚拟内存**：在电脑中，除了物理内存之外，还有虚拟内存。它表示的是一个进程所占用的虚拟内存的大小，数值越大，占用的虚拟内存就越多。

虚拟内存的概念是相对于物理内存而言的，电脑运行时，操作系统会在硬盘上开辟一块磁盘空间当做内存使用，这部分硬盘空间就叫虚拟内存。

● **种类**：它表示的是该电脑所使用的处理器的类型。如果显示的是 Intel（英特尔），那么在该电脑中使用的是 Intel 处理器，如果显示的是 PowerPCs，那么在该电脑中使用的是 PowerPCs 处理器。相对而言，Intel 处理器的运算速度要快一些。

10.4.3 使用活动监视器监视系统的运行状态

在"活动监视器"窗口中的底部还有几个选项，分别是 CPU、系统内存、磁盘使用率、磁盘活动和网络等，它们反映了所有进程的总体状况。使用这些选项，可以监视系统的运行状态。

● **CPU**：在"活动监视器"窗口中的底部点按 CPU 项，即可显示出相关的信息，使用 CPU 可以监视电脑中 CPU 的实时使用情况。如果 CPU 的使用接近或者超过了上限，那么这说明出现了问题，如图 10-12 所示。

● **系统内存**：使用该选项可以监视到系统内存的使用情况，包括物理内存和虚拟内存，而且我们还能够了解到各种内存的大小，从而可以决定是否要添加更多的内存资源，如图 10-13 所示。

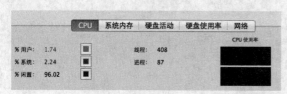

图 10-12　CPU 的使用情况

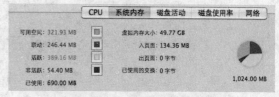

图 10-13　系统内存的使用情况

● **磁盘活动**：在磁盘上读写数据时，使用该选项可以监视到苹果电脑的执行性能情况，如图 10-14 所示。

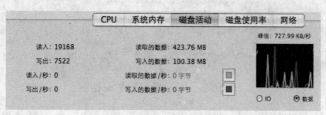

图 10-14　磁盘活动的情况

● **磁盘使用率**：使用该选项可以监视到磁盘的使用情况，包括已用磁盘和可用磁盘等，从而可以决定是否要添加更多的磁盘资源或者把部分数据导出到移动磁盘中，如图 10-15 所示。

● **网络**：使用该选项可以监视到我们和网络上其他人进行交流的情况，可以是以太网，也可以是因特网，如图 10-16 所示。

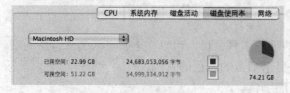

图 10-15　磁盘使用率情况

图 10-16　网络连接情况

10.4.4 退出一个进程

如果一个进程出现了问题，那么我们退出该进程。实际上就是中断或者关闭一个出现问题的应用程序。下面介绍一个退出进程的操作。

（1）打开"活动监视器"窗口，并选择一个出现问题的进程，比如在该窗口中选择 iTunes 进程，如图 10-17 所示。

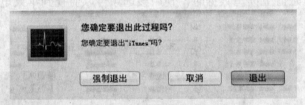

图 10-17 "活动监视器"窗口

（2）在"活动监视器"窗口的左上角点按"退出进程"按钮，将会打开"退出进程"的提示对话框，如图 10-18 所示。

图 10-18 "退出进程"对话框

（3）如果要确定退出该进程，那么在"退出进程"对话框中点按"退出"按钮即可将出现问题的进程结束。

 如果要查找特定的线程，那么可以在"活动监视器"窗口右上角的"过滤"栏中
提示 输入进程名称即可快速地找到该进程。

10.5 数码测色计

"数码测色计"和在平面设计软件中使用的吸管工具一样，可以在电脑桌面的任意位置吸取颜色，并显示当前位置的值，从而达到测定显示器上的颜色的目的。

下面，简单地介绍一下怎样测定显示器上的颜色。

可以通过"数码测色计"找到显示器上任何颜色的颜色值，从而将它们输入其他应用程序，如图形或网络设计程序。"数码测色计"测定颜色并将颜色值转化为那些被不同的颜色模式使用的颜色值，如 RGB、CIE 或 Tristimulus。将指针移动到想要匹配的像素上，当我们移动指针时，颜色值就会显示出来。

下面介绍一下怎样查看显示器上某种颜色的颜色值。

（1）打开"数码测色计"，它位于"应用程序"文件夹的"实用工具"文件夹中。连按"数码测色计"图标，打开"数码测色计"窗口，如图 10-19 所示。

（2）调整"光圈大小"的滑块，将"光圈大小"滑块拖移到想要的大小。减小光圈大小，直到可以精确地选取一种颜色而不会包含其他颜色。如果光圈中包含多种颜色，那么显示出来的颜色值将是这些像素的平均值。

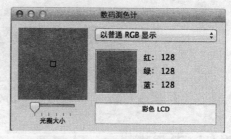

图 10-19　"数码测色计"窗口

（3）将指针指到我们要测量的颜色上，然后按下键盘组合键 shift+command+C，颜色值就会拷贝到剪贴板上。

（4）如果要保持当前颜色，那么选择"颜色"菜单中的"保持颜色"选项，然后点按要保持的颜色。也可以将指针移到该颜色上，然后按下 shift+command+H 组合键。

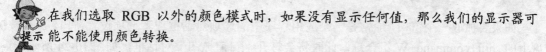

提示　在我们选取 RGB 以外的颜色模式时，如果没有显示任何值，那么我们的显示器可能不能使用颜色转换。

10.6　抓图工具

在苹果电脑中还内置有一款抓图工具，这是一款非常实用的工具，比如可以在网页上把自己喜欢的图片抓取下来欣赏。使用该工具可以在电脑的任意文档中抓取图片。既可以抓取某个窗口，还可以抓取图片的某一部分。

该工具在默认设置下即可使用，可以在"实用工具"窗口中看到该工具，它的名称是"抓图.app"，如图 10-21 所示。

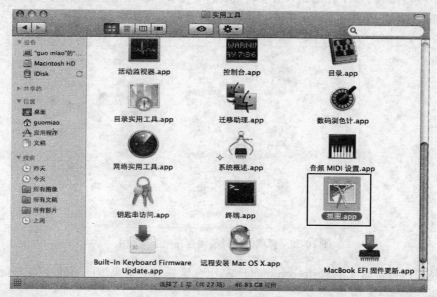

图 10-21　"实用工具"窗口

<232>

通过连按该图标运行该工具后，可以在 Dock 工具栏中看到该工具，它是带有一把裁纸的剪刀的图标，如图 10-22 所示。

图 10-22　抓图工具的图标

10.6.1　抓图操作

可以在"捕捉"菜单中看到该工具的使用命令，"捕捉"菜单如图 10-23 所示。它包括 4个菜单命令。

　"捕捉"菜单命令栏中的 ⇧ 表示的是键盘上的 shift 键。

如果要抓取一个窗口，通常是一个应用程序中的选项对话框或者选项设置窗口，那么按键盘上的 shift+command+W 组合键，此时将会打开"窗口抓图"对话框，如图 10-24 所示。

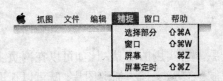

图 10-23　"捕捉"菜单命令

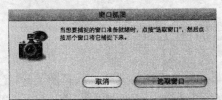

图 10-24　"窗口抓图"对话框

如果确认要抓取某个窗口，那么在"窗口抓图"对话框中点按"选取窗口"按钮即可，当前的窗口即可被抓取下来，在默认设置下，抓取的图像被保存在电脑桌面上，如图 10-25 所示。如果不想抓取图像，那么点按"取消"按钮，关闭"窗口抓图"对话框。

图 10-25　抓取的图像被保存在电脑桌面上

下面是通过按键盘上的 shift+command+W 组合键抓取的苹果电脑系统中的 Macintosh HD窗口的效果，如图 10-26 所示。

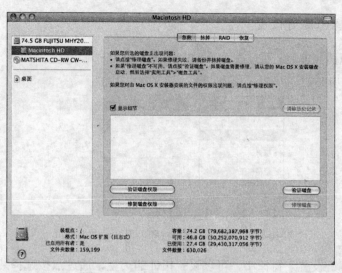

图 10-26　抓取的一幅对话框图像

　　还有一种比较快捷的抓取方式，那就是按键盘上的 shift+command+4 组合键，然后再按一下键盘上的空格键，最后按一下鼠标左键即可。使用这种方式不会打开"窗口抓图"对话框，从而减少操作步骤。

　　如果要抓取电脑屏幕的全屏，那么按键盘上的 command+Z 组合键，此时将会打开"屏幕抓图"对话框，如图 10-27 所示。在该对话框中点按一下，即可抓取电脑的整个屏幕。抓取的图像也被保存在电脑桌面上。还可以使用另外一种比较快捷的抓取方式，那就是按键盘上的 shift+command+3 组合键即可。

　　如果要抓取一部分图像，那么按键盘上的 shift+command+A 组合键，此时将会打开"选择部分抓图"对话框，如图 10-28 所示。然后通过在屏幕点按并拖动鼠标选择要抓取的部分图像即可。抓取的图像也被保存在电脑桌面上。还可以使用另外一种比较快捷的抓取方式，那就是按键盘上的 shift+command+4 组合键，然后在屏幕点按并拖动鼠标选择要抓取的部分图像即可。

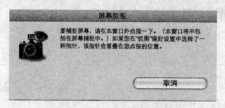
图 10-27　"屏幕抓图"对话框

图 10-28　"选择部分抓图"对话框

　　另外，还可以启动屏幕定时抓图功能来抓取屏幕图像，按键盘上的 shift+command+Z 组合键后将会打开"屏幕定时抓图"对话框，如图 10-29 所示。然后点按"启动定时器"按钮即可启动定时器进行抓图了，一般在启动定时器后 10 秒钟开始捕捉屏幕。

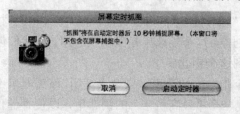

图 10-29　"选择部分抓图"对话框

10.6.2 抓图工具的偏好设置

还可以设置抓图的偏好。通过在菜单栏中选择"抓图→偏好设置"命令，打开"偏好设置"窗口，如图 10-30 所示。

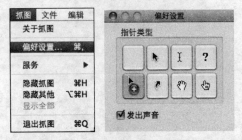

图 10-30 "抓图"菜单栏和"偏好设置"窗口

在打开的"偏好设置"窗口中，可以设置指针的类型，通过点按选择某个指针类型即可。另外，如果在抓图时不想使电脑发出声音，那么取消勾选"发出声音"选项即可。如果在抓图时想使电脑发出声音，那么再次勾选该选项即可。

提示 还可以使用其他的抓图工具来抓图，比如大部分用户使用的 Snapz Pro X 抓图软件，可以到 Internet 上免费下载并使用。

10.6.3 将"抓图"屏幕快照转换为其他格式

"抓图"工具将屏幕快照存储为 PNG 格式的文件。如果想在 Web、电子邮件或文字处理程序中使用我们的屏幕快照，可以使用"预览"应用程序将 PNG 文件转换为其他格式，如 JPEG或 PICT。方法是：打开抓取的屏幕快照图片（图片将在"预览"应用程序中打开），选择"文件→导出"命令，然后从"格式"弹出式菜单中选取一种文件格式，如图 10-31 所示，

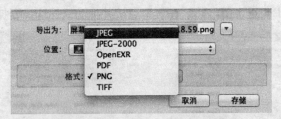

图 10-31 将屏幕快照存储为其它格式

10.7 钥匙串访问

在 Mac 中使用"账户"偏好设置窗口设置用户账户后，具有相同密码的钥匙串会在我们第一次登录电脑时被自动创建。这个钥匙串是默认钥匙串。当我们创建服务器或应用程序的密码时，这些密码会被添加到这个钥匙串中。

我们可能想要创建一个附加的钥匙串以供个人使用，该钥匙串不会在我们登录用户账户时自动解锁。例如，可以创建一个"最高机密"的钥匙串，以便存储便条、财务信息和想要安全储存的其他任何项。钥匙串的访问窗口如图 10-32 所示。

图 10-32　钥匙串访问窗口

下面介绍一下创建钥匙串的操作过程。

（1）打开"钥匙串访问"窗口，它位于"应用程序"文件夹的"实用工具"文件夹中。选择"文件→新建钥匙串"命令，打开"新钥匙串"窗口，如图 10-33 所示，设置钥匙串的名称和位置。

（2）点按"创建"按钮后在打开的新窗口中进行验证。设置钥匙串的密码，然后在"验证"栏再次设置密码，如图 10-34 所示。

图 10-33　"新钥匙串"窗口

图 10-34　创建钥匙串密码

（3）有关选取安全密码的帮助，可以通过点按"新密码"栏右侧的密钥按钮，在打开的窗口中进行查看。

10.8　"终端"实用工具

Mac 是基于 Darwin 的操作系统，其内核是 UNIX。而 UNIX 用户通常习惯于在命令行模式下进行操作。因此，Mac OS X 提供了"终端"实用工具，让习惯于使用命令行模式的用户可以在"终端"实用工具中输入命令行来操作计算机。

如果要打开"终端"实用工具，那么先打开"实用工具"窗口，并找到"终端.app"图标，如图 10-35 所示。

图 10-35　"实用工具"窗口

在"实用工具"窗口中通过双击"终端.app"图标即可打开"终端"实用工具窗口，如图 10-36 所示。在该窗口中即可输入需要的操作命令行。

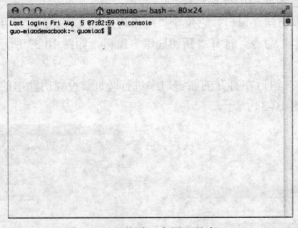

图 10-36　"终端"实用工具窗口

但是，习惯于使用图形界面的苹果用户也不必担心不会使用"终端"实用工具输入命令行来操作苹果电脑。因为在图形界面中我们完全可以实现使用命令行来操作苹果电脑的各种操作。前面我们提到过，"终端"实用工具只是为那些习惯于使用命令行操作电脑的用户预留的。

10.9　音频 MIDI 设置

使用"音频 MIDI 设置"工具允许我们设置已连接到电脑的音频和 MIDI 设备。可以选择音频声道输入和输出设备，配置输出扬声器，设置时钟速率以及控制音量。"音频 MIDI 设置"能够与许多类型的音频和 MIDI 接口设备配合使用，包括电脑内建的音频设备和数码多声道音频设备。比如它能够与使用 FireWire、USB、Bluetooth、PCMCIA 和 PCI 连接到电脑的音频和 MIDI 接口设备配合使用。其设置窗口如图 10-37 所示。可以看到，左侧栏中每个选项都有"输入"和"输出"两个标签，可以设置格式、声道，还可以配置扬声器等。

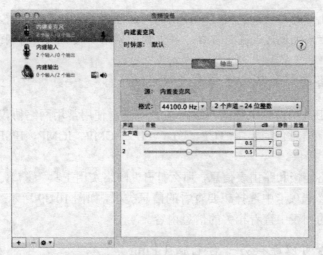

图 10-37 "音频设备"窗口中的选项

10.10 网络实用工具

网络实用工具组合了数个信息工具和疑难排解工具，如果我们懂得基本的联网知识，会发现它们很有帮助。使用网络实用工具的 9 个选项命令，可以检查电脑的网络接口、测试对特定主机或 IP 地址的访问 (Ping)、查看网络性能数据、查找 AppleTalk 连接和实体上的信息、在 IP 地址和主机名之间转换、查找用户信息和扫描活跃的 TCP 端口等。

10.10.1 查看网络连接的状态

如果把多台电脑进行联网或者在联网时出现问题，就可以使用网络实用工具来查看网络连接的状态。

如果查看网络连接状态那么打开"网络实用工具"窗口，并点按"简介"按钮，从"网络接口"弹出式菜单中选取一种网络连接。对于每个连接，可以查看接口的硬件地址、分配给它的 IP 地址、它的速度和状态（活跃或不活跃）、厂商的名称和型号、发送和接收的数据包的计数以及传输错误和冲突的计数，如图 10-38 所示。

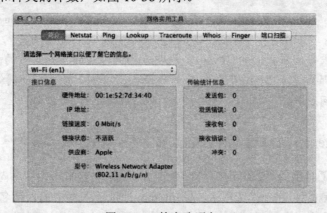

图 10-38 简介选项卡

可以使用此信息与"系统概述"提供的网络信息一起研究网络连接的问题。也可以提示 通过打开"系统偏好设置"窗口，并点按"网络"按钮来获得网络状态信息。

10.10.2　查看网络连接和路由表信息（Netstat）

使用网络实用工具来检查电脑的网络路由表或查看使用常用网络协议发送和接收的信息包类型的详细摘要。信息包摘要由 TCP、UDP、IP、ICMP、IGMP、IPSEC、IP6、ICMP6、IPSEC6 和 PFKEY 提供。

如果要查看网络连接和路由表信息，那么打开"网络实用工具"窗口，然后点按"Netstat"选项卡。在"Netstat"选项卡中选择想要查看的信息类型，如图 10-39 所示。然后点按"Netstat"按钮，可以在窗口的列表中查看相关的信息内容。

10.10.3　测试是否可以连接另一台电脑（Ping）

使用网络实用工具以了解我们的电脑是否可以与特定网络地址上的其他电脑或设备通信。这种类型的测试被称为"Ping"。Ping 可以帮助我们找出所遇到的通信问题是由我们的电脑连接还是远程设备造成的。

可以使用"Ping"来测试任何使用网络协议（IP）的设备，如电脑、网络打印机或 AirPort 基站。下面介绍一下使用"Ping"测试与另一台电脑是否连接的操作。

（1）打开"实用工具"文件夹中的"网络实用工具"窗口，点按"Ping"选项卡。

（2）在"Ping"的网络地址框中设置我们正尝试连接设备的 IP 地址或 DNS 名称，如图 10-40 所示。然后点按"Ping"按钮。

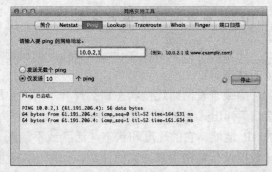

图 10-39　"Netstat"选项卡　　　　　图 10-40　"Ping"选项卡

如果其他设备回应我们的"Ping"，说明我们的基本连接是正常的。如果其他设备没注意 有回应，那么尝试"Ping"其他位置的设备，以测定是我们的网络连接问题还是远程设备的问题。

10.10.4　查询 Internet 地址信息（Lookup）

使用网络实用工具中的"Lookup"可以查询 Internet 域名的相关信息内容（使用此功能必须连接 Internet）。点按"Lookup"选项卡，在 Internet 地址输入框中输入域名，再点按"Lookup"按钮，如图 10-41 所示。然后选择要查找的信息。此时列表中便列出了该域名的详细信息内容。

10.10.5　检查网络信息的地址路径（Traceroute）

在"网络实用工具"窗口中的"Traceroute"是一个非常好的网络诊断工具，如当我们的网络地址出错不能连接 Internet，就可以使用"Traceroute"来查看信息传送到该网络地址所经过的路径，找到网络中断的位置。"Traceroute"选项卡如图 10-42 所示。

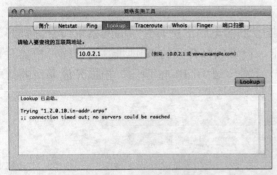

图 10-41　"Lookup"选项卡

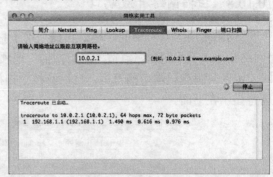

图 10-42　"Traceroute"选项卡

10.10.6　查找用户域名的注册信息（Whois）

使用"网络实用工具"窗口中的"Whois"数据库可以查询包含用户域名的注册信息。有些数据库提供用于 Internet 域名的注册信息，有些数据库提供关于一个组织的所有成员的信息（例如，一所大学里的所有学生或全体教员）。

如果要搜索用户域名的注册信息，那么点按"网络实用工具"窗口中的"Whois"选项卡并设置我们要搜索的用户名或主域名。设置我们要搜索的"Whois"服务器的名称（或从弹出式菜单中选取），然后点按"Whois"按钮。例如，在信息域地址框中设置"www.baidu.com"并从弹出式菜单中选取"whois.internic.net"以查看关于该域名的信息。"Whois"选项卡如图 10-43 所示。

10.10.7　查找用户 E-mail 信息（Finger）

如果使用"Finger"来访问服务器或网站，可以使用"网络实用工具"代替命令行来发送查询请求。如果要查看用户 E-mail 信息，那么打开"网络实用工具"窗口，然后点按"Finger"选项卡。设置好用户名和域地址后点按"Finger"按钮即可。"Finger"选项卡如图 10-44 所示。

图 10-43　"Whois"选项卡

图 10-44　"Finger"选项卡

"Finger"查询结果经常是连接超时或者被拒绝，因此要从 Mac OS X 电脑获得网络实用工具"Finger"的回应，请删除目标电脑上 /etc/inetd.conf 文件中 finger 行的 (#) 字符。

10.10.8 扫描网络开放端口

"网络实用工具"中的"端口扫描"用于扫描我们的电脑上所有开放的网络端口号。打开"网络实用工具"窗口，点按"端口扫描"选项卡。设置扫描打开的 IP 地址。为了缩短扫描时间，可以限制测试端口的范围，然后点按"扫描"按钮，如图 10-45 所示，扫描开放端口的信息将显示在下面。

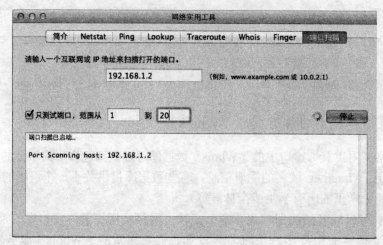

图 10-45 "端口扫描"选项卡

10.11 压缩工具

和 Windows 电脑一样，在苹果电脑中也可以把一些较大的文件通过压缩来减少其占用磁盘的空间大小，尤其是在网上传送文件时，通过压缩可以减少传输文件的时间。在 Mac 中，不需要任何第三方软件的支持就可以创建 ZIP 压缩文件。比如，要发送邮件或者传送文件给其他人，使用压缩功能就可以帮用户把文件变小或者将多个文件打包为一个文件，这样可以缩短发送时间。对于压缩后的文件，还可以将其解压。

下面介绍一下如何压缩和解压缩文件。

10.11.1 压缩文件

（1）按住 control 键并点按要压缩的文件，从打开的菜单中选择"压缩'Aol.pdf'"命令，即可将文件压缩成以文件名称命名的 ZIP 压缩文件，如图 10-46 所示。

（2）还可以将多个不同类型的文件压缩成一个 ZIP 压缩文件。比如，要将 3 个不同类型的文件压缩成一个中 ZIP 压缩文件，则将其全部选中，然后在任意一个选中项目上点按鼠标右键，从打开的快捷菜单中选择"压缩 3 项"命令，此时文件将被自动压缩成以"归档"命名的 ZIP 压缩文件。如图 10-47 所示。

　　　　　图 10-46　压缩文件　　　　　　　　　　图 10-47　压缩多个文件

10.11.2　解压缩文件

　　对于在 10.4 操作系统或者更高版本的用户，只需连按要解压的 ZIP 文件就会自动进行解压。

　　注意，在压缩某些文件后，文件的大小并没有变小，甚至还比原文件大，比如图片文件或者 MP3 文件。出现这种情况是因为这些格式的文件本身就是经过压缩的。

10.12　使用蓝牙功能从电脑向手机上拷贝歌曲 ✳

　　我们知道，在两台电脑之间传输数据一般使用网线连接进行，如果支持无线网络功能，那么也可以使用无线网络进行传输。但是对于手机、PDA（个人数字助理设备）、无线鼠标等设备而言，要与电脑连接的话，一般就使用蓝牙。再加上 iSync 同步软件就更加完美了。

　　蓝牙是一种无线传输技术，在当今社会应用非常广泛，包括手机、耳机、键盘鼠标、打印机等设备都配置有蓝牙。在使用蓝牙之前，需要先对两台支持蓝牙功能的设备进行配对或匹配，匹配之后，就像是在两台设备之间连接了一条网线一样，两台设备之间就可以进行数据传输了。

10.12.1　匹配电脑和手机

　　在匹配之前，需要启动电脑和手机的蓝牙功能。然后通过设置来匹配这两台设备，下面简单地介绍一下操作过程。

　　（1）打开电脑后，打开"系统偏好设置"窗口，然后点按蓝牙图标✳，打开"蓝牙"窗口。注意，同时启动手机的蓝牙功能。如果电脑之前有连接的蓝牙手机，那么该蓝牙手机的设备名称将会显示在"蓝牙"窗口中，如图 10-48 所示。

　　　至于手机蓝牙功能的激活操作也非常简单，在此不再赘述。

　　（2）在蓝牙窗口中，确定勾选"打开"项和"可被发现的"两个复选框。点按左下角的"添加新设备"按钮 ✛，打开"蓝牙设置助理"窗口进行自动搜索，如图 10-49 所示。如果有其他可用的蓝牙设备，也会被系统搜索到并罗列出来。

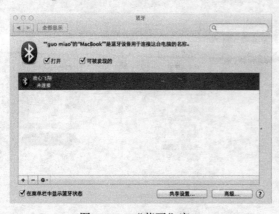
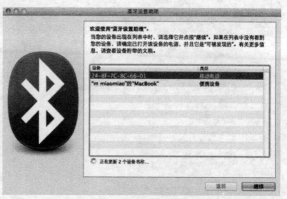

图 10-48　"蓝牙"窗口　　　　　　　　　　　　　图 10-49　"蓝牙设置助理"窗口

（3）在"蓝牙设置助理"窗口中选择"移动电话"项，并点按"继续"按钮，直到在"蓝牙设置助理"窗口中显示一组密匙数字，如图 10-50 所示。此时，手机上会显示要求输入密匙，把电脑窗口中这组密匙数字输入到手机中。记住，输入速度要快。

图 10-50　"蓝牙设置助理"窗口

（4）配对成功后，"蓝牙设置助理"窗口将显示手机和用户的信息，如图 10-51 所示。

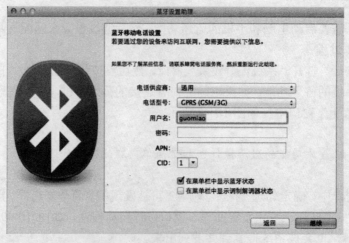

图 10-51　"蓝牙设置助理"窗口

（5）在"蓝牙设置助理"窗口的右下角点按"继续"按钮打开下一步的"蓝牙设置助理"窗口，显示配对成功，如图 10-52 所示。

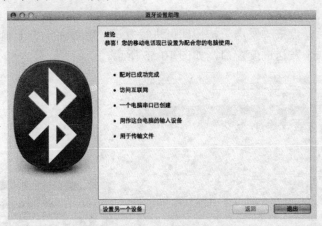

图 10-52　"蓝牙设置助理"窗口

（6）此时，点按"蓝牙设置助理"窗口右下角的"退出"按钮，关闭"蓝牙设置助理"窗口，这样就可以通过蓝牙功能发送文件了。

电脑和手机已配对成功后，下面介绍一下怎样从电脑向手机发送文件。

 带有蓝牙功能的电脑与电脑之间的配对操作和电脑与手机的配对操作基本相同，提示　不再介绍。

10.12.2　从电脑向手机发送歌曲文件

从电脑向手机发送文件的操作非常简单，下面简单地介绍一下发送过程。注意，手机的蓝牙功能一定要处于打开状态。

（1）打开"Finder"窗口，然后找到"实用工具"图标，点按打开"实用工具"窗口，如图 10-53 所示。

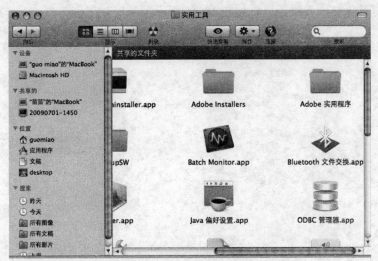

图 10-53　"实用工具"窗口

（2）在"实用工具"窗口中找到"蓝牙文件交换"工具，通过点按将其打开后会出现一个用干选择文件的窗口，如图 10-54 所示。选择要发送的歌曲文件（也可以选择其他需要的文件）进行发送。

（3）选择文件后，点按"发送"按钮即可进行发送，然后在手机上确认接收文件的信息。在电脑上将会打开一个发送进度窗口，如图 10-55 所示。

图 10-54　"选取要发送的文件"窗口

图 10-55　发送进度窗口

发送完毕后，就可以在手机上播放发送的歌曲了。

10.13　打印

打印文件是一件很常见的工作，在打印文件之前需要先在苹果电脑上连接打印机和安装打印机的驱动程序，还需要设置打印文件的选项。而且 Mac 中的很多程序都能使用打印机进行打印。另外，还可以使用苹果电脑发送传真。

下面简单地介绍一下设置和使用打印机的操作过程。

如果要在 Mac 中打印文稿（先打开一个文稿，比如一个 Pages 文稿），那么选择"文件→打印"命令，打开"打印"对话框，如图 10-56 所示。

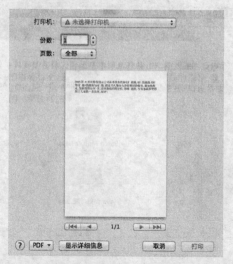

图 10-56　"打印"对话框

在"打印"对话框中选择打印机，然后点按"显示详细信息"按钮，打开"打印设置"对话框并设定打印机选项，选取是打印、存储为 PDF、预览还是传真该文稿。在"打印设置"对话框中可以随时更改打印设置，如图 10-57 所示。

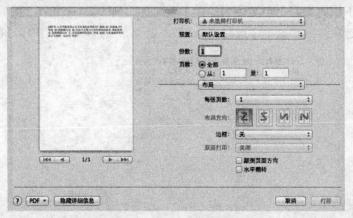

图 10-57　　"打印设置"对话框

在使用打印机进行打印前，打印机必须在"打印"对话框的"打印机"弹出式菜单中选择打印机。如果我们使用 USB 或 FireWire 电缆将打印机连接到电脑上，Mac OS X 会自动将打印机添加到此列表中。如果连接到网络打印机，例如 AppleTalk 打印机、Bonjour 打印机或共享打印机，那么遵照一些简单的操作步骤来将打印机添加到我们的打印机列表中。

也可以添加无线连接的打印机和网络打印机。

添加完打印机后就可以进行打印了。下面介绍打印文稿的页面设置和打印过程中的一些选项设置。

（1）打开要打印的文稿。选择"文件"菜单下的"打印"即可打开"打印设置"对话框。

（2）在"打印设置"对话框中，可以设置预置的类型、打印的份数、打印页数和纸张类型等。各选项的作用如下。

● **打印机**：在打印机弹出式菜单中选取打印机名称，或者选取"添加打印机…"找到要使用的打印机。

● **预置**：用于将以前的打印设置存储起来，以备下次再用。可以选择"预置"下的"存储为"将此次打印设置存储起来。如果我们已经存储以前的打印设置，只要选择"预置"下的"上一次使用的设置"即可。

● **份数**：默认情况下是 1 份（根据打印的情况而定）。如果打印的页面不止一份，可以选取"逐份打印"选项。

● **每张页数**：可以根据打印的需要而定（打印全部页面或者选择部分页面打印）。

● **打印页眉和页脚**：选中此选项在打印时将打印页眉和页脚。

● **布局方向**：用于设置打印的方向，可以选择横向或者竖向。

● **边框**：用于设置页面的边框。

● **双面打印**：用于设置是否在双面进行打印。

● **颠倒页面方向**：勾选后，将颠倒打印的页面方向。

● **水平翻转**：勾选后，将水平打印翻转页面。

（3）设置完成后，点按"打印设置"对话框中的"打印"按钮就可以打印了。

如果要打印一个长文稿，但是想节约打印纸，可以将文稿中的几个页面打印到一张打印纸上。下面介绍一下如何将在一个文稿中的几个页面打印到一张打印纸上。

（1）从打印选项弹出式菜单中选择"布局"，展开布局选项，如图 10-58 所示。

图 10-58　布局打印设置选项

（2）在"每张页数"弹出式菜单中选择每张纸上要打印的页面数。

（3）可以通过点按"布局方向"按钮选择纸上的页面方向（如从左至右，从右至左等）。

（4）选择"边框"弹出式菜单中想要的分隔页面的边框类型。

（5）如果我们的打印机支持双面打印，那么从"双面打印"弹出式菜单中选择"打开"选项。

（6）最后，点按"打印"按钮即可。

如果经常使用这种设置，则可以将其存储为"预置"，这样就不必在每次打印时都进行选择了。

点按"打印"窗口中的"PDF"按钮，在弹出式菜单中选择"存储为 PDF"命令，可以将文件制作成 PDF 文件，如图 10-59 所示。该弹出式菜单中包含了许多常见的 PDF 执行命令，比如邮寄 PDF 文件和传真 PDF 文件等。

图 10-59　用于创建 PDF 的命令

还有很多非常好的实用工具，由于本书篇幅有限，不再赘述。

第 11 章
获取和购买应用程序

在 Mac 中虽然内置了很多常用的应用程序，但是对于很多"苹果迷"来说还是远远不够的，他们还需要下载和安装更多、更实用的应用程序来使用。苹果公司和第三方应用程序开发商还开发了海量的应用程序供不同的用户使用。在本章中将介绍怎样获取更多的应用程序，当然，有些应用程序是需要购买使用的。

本章中主要介绍下列内容：

- 几个非常实用的应用程序简介
- 下载免费的应用程序
- 购买应用程序
- 应用程序的安装与卸载

11.1　几款实用工具简介

在 Mac 中内置了多款非常实用的娱乐工具、游戏和查询工具等，比如 Dashboard 和 GarageBand 等。首先让我们来了解几款应用程序。

11.1.1　娱乐软件 Chess

国际象棋（Chess）是世界上最古老的搏斗游戏之一，和中国的围棋、象棋还有日本的将棋同享盛名。国际象棋中的棋子分别代表古印度的步兵、武士、战车和大象等。在棋盘上，国王和王后统帅一切。现在，用户可以在 Mac 中与电脑对弈，这个游戏还支持语音游戏模式，可以不用鼠标，只靠英文对话来下棋。

1. 启动 Chess

在"应用程序"窗口中点按 Chess，或者点按 Dock 工具栏上的 Chess 图标 打开 Chess 应用程序窗口，如图 11-1 所示。

图 11-1　Chess 应用程序窗口

> 有兴趣的读者也可以搜索和下载中国象棋来娱乐，不过需要单独进行下载和安装，目前在 Mac 中没有内置。

2. 游戏设置

选择"国际象棋→偏好设置"命令，打开其偏好设置窗口，如图 11-2 所示。

可以在"样式"下设置棋盘或棋子的外观为木纹、金属或者是草地模式。

拖动"电脑走棋"下的滑块可以调整游戏的速度。

还可以在"语音"下设置是否允许移动棋子时棋手发声和电脑移动棋子时的声音。在最下方还可以选择是否启用"在标题中显示上一步棋"。

还可以在象棋窗口中，将鼠标放在棋盘的边缘，然后拖动调整按钮，进行旋转棋盘的观看角度，如图 11-3 所示。

图 11-2 "偏好设置"窗口　　　　　　　　　　图 11-3 调整棋盘的角度

3. 获取帮助

如果要获取电脑提示帮助，那么选择"棋步→显示提示"命令，提示我们该如何走下一步棋。

如果要显示上一步棋子移动的位置，那么选择"显示上一步棋"命令。如果要撤消上一步棋子的移动，那么选择"悔棋"命令。

4. 存储游戏进度

在游戏进行的过程中，可以随时存储游戏的进度，以便下次再打开未完成的游戏。选择"游戏→存储游戏"命令，然后在打开的对话框中设置保存文档文件名、存储位置和格式等，设置完毕后点按"存储"按钮。存储对话框和存储后的游戏文件图标如图 11-4 所示。

图 11-4 存储游戏进度

提示 还可以下载和使用其他的棋牌类游戏，比如中国象棋、五子棋等。

11.2　万能仪表盘——Dashboard

Dashboard 是苹果中内置的小程序，还可以在因特网上下载很多的有用且好玩的 Dashboard 小程序，实际上它们是一些被称为 Widget 的小程序。Dashboard 有多种用途，例如，查询天气预报、股票信息、世界时钟、飞行航班等信息，玩网络游戏以及在线听音乐、观看视频和玩网络游戏等。下面是 3 种 Widget 小程序，如图 11-5 所示。

| 时钟 | 日期 | 拼贴游戏 |

图 11-5 3 种 Widget 小程序

在 Mac 中打开 Dashboard 的操作非常简单，只需点按 Dock 工具栏上的 Dashboard 图标，或者按 F12 键即可在屏幕上打开一组预设的 Widget。效果如图 11-6 所示。在界面底部点按需要的小 Widget 工具图标后即可在屏幕上将其打开，点按工具左上角的 按钮即可将其关闭。

图 11-6 Dashboard 界面

有些 Widget 需要联网之后才能使用。例如，要查北京国际机场到上海虹桥机场的航班，点按 Flight Tracker 图标，将其打开，并在"Depart City"下面的输入栏中输入"Beijing-Capital Airport"，在"Arrive City"下面的输入栏中输入"Shanghai-Hongqiao Airport"，并点按"Track Flight"按钮，即可显示出所有北京国际机场到上海虹桥机场的航班，如图 11-7 所示。

图 11-7 显示的航班内容

11.2.1 管理 Widget

可以根据自己的需要来自定义 Widget。如果要看到更多的 Widget，则可以点按屏幕右下角的开启按钮，此时 Widget 工具栏会显示在屏幕的下方，点按 Widget 工具栏两端的箭头按钮可以显示更多 Widget，然后在 Widget 工具栏上点按想要显示在屏幕上的 Widget 图标即可。

1. 自定义 Widget

有些 Widget 会有一些自定义功能，比如，Weather（天气）、世界时钟、便笺、Stocks（股票）和 iTunes 等。

自定义 Widget 的方法几乎都是一样的，下面以"天气"Widget 为例，介绍如何自定义 Widget。

（1）按键盘上的 F12 键打开 Dashboard。

（2）点按"天气"Widget 右下角的信息按钮（i），此时该面板将翻转过来以显示可以更改的设置，如城市和温度显示方式等，如图 11-8 所示。设置完成后点按"Done"按钮即可。

图 11-8　自定制 Weather

2. 在 Dashboard 中显示多个相同的 Widget

可以在 Dashboard 中显示多个 Widget，也可以同时显示多个相同的 Widget。例如，可以使用多个"世界时钟"Widget 来分别显示世界上不同城市的时间情况。只需要点按该工具图标，多打开几个，然后设置选择不同的城市即可，如图 11-9 所示。

图 11-9　同时显示多个"世界时钟"Widget

11.2.2　下载和安装 Widget

如果电脑已经连接至 Internet，则可以到 Dashboard 的官方网站上下载很多其他的 Widget 工具。可以通过以下方法实现。

启动 Safari 浏览器，在地址栏中输入网址：http://www.apple.com/downloads/dashboard/，然后按 return 键即可打开下载 Widget 的网页，如图 11-10 所示。找到要下载的某个 Widget 工具之后，点按"Download"按钮即可将该工具下载到本地电脑上，然后进行安装即可，安装方法和其他应用程序的安装方法相同。

很多的 Widget 程序是英文的，因此读者需要有点英文基础才能更好的使用这些小程序。

安装后的 Widget 将显示在 Widget 管理面板中。不同的是在 Widget 管理面板中，下载安装的 Widget 后面会有一个 ⊖ 按钮，如图 11-11 所示。并且安装后的 Widget 只允许在当前用户下使用。如果要删除某个 Widget 工具，则点按该工具后面的 ⊖ 按钮，即可将该工具从 Dashboard 中删除掉。

图 11-10　打开下载 Widget 的网页　　　　　　　　　图 11-11　安装后的 Widget

如果要查看电脑中已安装的 Widget，则可以选择"Macintosh HD→资源库→Widgets"，打开"Widgets"文件夹窗口，如图 11-12 所示。在该文件夹下列出了所有已安装在 Dashboard 中的 Widget 工具。

图 11-12　"Widgets"文件夹窗口

11.2.3　Widget 的使用

根据 Widget 提供的各种功能，可以将 Widget 分为 3 种不同的类型：查询信息的 Widget 工具、同步应用程序的 Widget 工具以及其他的 Widget 工具等。下面分别介绍这 3 种类型的 Widget 的使用。

1. 查询信息的 Widget 工具

对于查询信息的 Widget 工具，必须在连接 Internet 时才可以使用，比如 Stocks（股票）、Weather 和 Flight Tacker（飞行航班）等。下面是查询股票的图示，如图 11-13 所示。

2. 和应用程序同步的 Widget 工具

有些 Widget 工具是和 Mac 中的应用程序同步的，因此用户有时不需要打开应用程序就可以查询到相关的内容。如地址簿、iCal 和 iTunes（必须要打开 iTunes 才能使用）等。比如，使用"iTunes"Widget 中的控制器可以控制音乐的播放、停止、重复播放、收听广播和选取播放列表等（必须要打开 iTunes 才能使用），如图 11-14 所示。

图 11-13　查询股票　　　　　　　图 11-14　iTunes 控制器

3. 其他的 Widget

在 Widget 中附加了一些非常实用的小查询工具，它们既不依靠任何应用程序也不需要通过连接网络获得信息。如 Dictionary（字典）。使用"Dictionary"Widget 可以查询某个单词在 Dictionary（字典）、Thesaurus（词典）或者是在 Apple 电脑中所表达的意义。比如，如果要使用"字典"工具查询单词"finder"的含义，则可以在搜索栏中输入该单词，然后按 return 键即可打开该单词在字典中的含义和发音注释等内容，如图 11-15 所示。

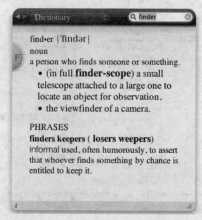

图 11-15　使用"字典"工具查询单词

音乐编辑软件——GarageBand

GarageBand 是一个多轨录音应用程序，包含了丰富的音讯工具，不管我们对音乐了解多少或是否有经验，GarageBand 都可以让我们充分发挥自己的音乐创造力。使用 GarageBand 可以录制和编排音乐，然后进行混音，并与世界各地的人们分享。下面是启动 GarageBand 应用程序后的"新计划项目"对话框，如图 11-16 所示。关于该应用程序的具体使用在本书中不再介绍，有兴趣的读者可以参阅电子工业出版社出版的《Mac OS X10.5 中文版从入门到精通》一书的介绍。另外，在本书中还有很多的应用程序，比如计时器，不再一一介绍。

图 11-16　"新计划项目"对话框

在了解了以上几款小应用程序之后，读者可能会想到是不是还有更多的应用程序可以使用，答案是肯定的，下面就介绍怎样下载和购买更多的应用程序。

11.3　使用 App Store 购买和下载应用程序

使用 App Store 可以非常方便地帮助用户购买和下载应用程序。下面简单地介绍一下怎样使用 App Store 下载和购买应用程序。

11.3.1　购买应用程序

在购买应用程序之前，需要确定或者解决两个问题，一是电脑能够连接到因特网，二是有自己的 Apple ID，并且能够连接或者绑定到自己的信用卡。Apple ID 就像一个账号，使用它才可以登录 App Store 来购买应用程序。

1. 注册 Apple ID

Apple ID 需要自己注册，通常，可以在"系统偏好设置"窗口中注册，也可以在 App Store 中购买时直接创建，而且系统会自动提示用户进行注册。下面介绍怎样使用"系统偏好设置"窗口注册 Apple ID。注意，注册 Apple ID 时需要电脑能够连接到因特网。

（1）打开"系统偏好设置"窗口，并在该窗口中点按"用户与群组"图标，打开"用户与群组"窗口，如图 11-17 所示。

图 11-17 "用户与群组"窗口

 Apple ID 有两种,一种是绑定信用卡的,另外一种是没有绑定信用卡的。

(2)在"用户与群组"窗口中点按 Apple ID 右侧的"设定"按钮,打开下列注册窗口,如图 11-18 所示。

图 11-18 新打开的注册窗口

(3)点按"创建 Apple ID…"按钮,将会打开一个网页(电脑必须能够联网),如图 11-19 所示。

图 11-19 打开的网页

（4）在打开的网页中点按"创建一个 Apple ID"按钮，将会打开一个新的网页，如图 11-20 所示。在该网页中用于输入用户的有关信息。

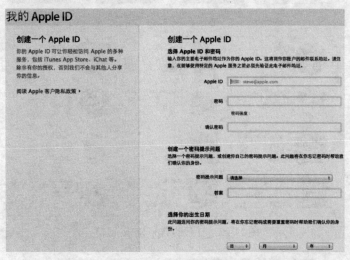

图 11-20　打开的网页

（5）需要输入的信息比较多一些，把信息输入完成后，点按页面底部的"创建 Apple ID"按钮，如图 11-21 所示。如果输入正确，就会提示创建成功的信息。注意，如果绑定信用卡，还需要输入绑定信用卡的信息，根据屏幕提示进行设置即可。

图 11-21　打开的网页

2. 使用注册的 Apple ID 购买应用程序

注册好 Apple ID 后，就可以在 App Store 中购买自己需要的应用程序了。下面，简单地介绍一下购买应用程序的操作过程。

（1）点按 Dock 工具栏中的 App Store 图标，打开 App Store 窗口，并从中寻找自己需要的应用程序，如图 11-22 所示。

（2）例如，要购买 Angry Birds 应用程序，那么在显示的售价价格标签 $4.99 上点按，那么价格标签将会变成 BUY APP ，点按该标签，将会打开下列用于输入 Apple ID 的窗口，如图 11-23 所示。

（3）输入先前自己注册的 Apple ID 和密码，如果输入正确，就可以购买该应用程序了，它会自动下载和安装。

图 11-22　打开的 App Store 窗口

图 11-23　打开的界面

如果还没有 Apple ID，那么可以在这里点按"创建 Apple ID"按钮来注册一个新的 Apple ID。

11.3.2　下载免费的应用程序

在 App Store 中，还有很多供免费下载和使用的应用程序。但是，下载这种免费使用的应用程序，也需要确定或者解决两个问题：电脑能够连接到因特网，有自己的 Apple ID。下面，简单地介绍一下下载免费应用程序的操作过程。

（1）点按 Dock 工具栏中的 App Store 图标，打开 App Store 窗口，并找到自己需要的应用程序，例如 Twitter，它的右下角显示有 Free（免费）字样，如图 11-24 所示。

图 11-24　打开的 App Store 窗口

（2）在 FREE 标签 FREE 上点按，那么 FREE 标签将会改变成 安装应用软件，点按该标签，将会打开下列用于输入 Apple ID 的窗口，如图 11-25 所示。

（3）输入自己先前注册的 Apple ID 和密码，输入后就可以自动下载该应用程序了，它会自动下载和安装，并在 Launchpad 窗口中显示下载和安装的进度，如图 11-26 所示。注意，下载完成后，它会被自动安装在电脑上。然后就可以运行使用了。

图 11-25　打开的界面　　　　　图 11-26　在 Launchpad 窗口中显示的下载和安装进度

（4）安装完成后，将会在 App Store 中显示该应用程序已安装的信息，如图 11-27 所示。

图 11-27　显示的已安装的信息

11.4　安装和卸载应用程序

在 Mac 中不仅自带了一些应用程序软件，而且许多厂商已经为 Mac OS X 系统开发了丰富实用的应用程序软件。大部分应用程序软件都已移植到 Mac 中。

另外，可以在 Apple 网站中查找和下载需要的其他软件，Mac OS X 的下载网站（www.apple.com.cn/downloads/macosx/）提供了对第三方软件的链接。可以在该网站上下载一些免费的应用程序或者购买一些付费的应用程序。安装应用程序后，还可以将其从电脑中卸载掉。

11.4.1　安装应用程序

在 Mac 中安装应用程序的操作非常简单，而且可以通过多种途径或者方式安装我们需要的应用程序，安装方式通常有 4 种，分别是下载安装、磁盘镜像安装、使用光盘安装和直接复制安装。下面就介绍一下如何使用这 4 种不同的安装方式来安装一些我们需要的应用程序。

1. 下载安装（从压缩包中安装应用程序）

对于在电脑上使用的很多软件，都可以通过在 Internet 上的相关网页中下载来获得（通常是第三方应用程序开发商提供的应用程序），当然是那些免费的共享软件，例如 QQ、金山词霸和 Snapz Pro X。这些软件一般都比较小，但是却非常实用。这些软件一般都是压缩的，压缩文件的后缀名一般是.sit、.zip、和.rar，其图标一般如图 11-28 所示。

图 11-28 压缩文件的图标

在安装这些文件时，通过双击这些压缩文件的图标，系统会自动调用解压缩程序来解压这些文件，然后在经过解压的文件夹中运行安装程序即可把该程序安装在我们的苹果电脑上，如图 11-29 所示。

2. 光盘安装

使用光盘安装时，需要先把光盘放置在电脑的光驱中，打开光盘，并查找后缀名包含有"install"或"Setup"字样的安装程序图标，如图 11-30 所示。通常，使用光盘安装的安装执行文件后缀名是"install"或"Setup"。

图 11-29 解压文件   图 11-30 使用光盘安装的执行文件的图标

安装程序被打包为一个包文件。在应用程序的安装图标上双击或者在安装图标上点按鼠标右键，并从打开的快捷菜单中选择"打开"命令即可进行安装了。然后根据程序安装向导界面进行安装即可。

3. 从磁盘镜像中安装

大部分安装程序都是一些磁盘镜像文件，通常，它们的后缀名是.dmg、.img 和.toast。其图标形状一般如图 11-31 所示。

图 11-31 磁盘镜像文件的图标形状

在安装应用程序的时候，我们需要双击磁盘镜像文件的图标，系统调用磁盘复制程序安装磁盘镜像，此时会在电脑的桌面上生成另外一种图标。系统会把它当作一个虚拟的磁盘。

4. 通过直接复制程序进行安装

另外，有些应用程序无需安装，这种程序一般较少。直接将其文件夹复制到磁盘中相应的文件夹中即可使用。在安装此类应用程序时，它提示你若要安装该程序，只需将其中的文件夹拖至系统中的"应用程序"文件夹中即可，但是，实际上复制到磁盘中任何位置都可以正常运行这些程序。这样的应用程序如抓图工具 Snapz Pro 2.0 等。

　　在复制文件之前，为了限制未经授权的用户随意安装软件，大部分软件安装程序会要求用户输入管理员账号和密码，输入正确后才会继续安装过程，如图 11-32 所示。

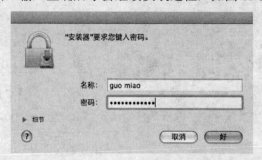

图 11-32　用于输入用户密码的窗口

　　密码输入成功后，根据提示选择程序的安装位置。默认安装位置是系统的"应用程序"文件夹，大部分安装程序允许用户更改安装位置。安装完毕后，在硬盘中找到安装后的文件夹，双击其中的应用程序即可运行。

11.4.2　卸载应用程序

　　Mac 中的程序在卸载时，通常不会像 Windows 电脑中的那么复杂。只需通过将"应用程序"文件夹下相应的文件或文件夹拖至"废纸篓"中，即可删除该应用程序。

　　另外，有的应用程序中自带卸载程序，那么直接运行卸载就可以了。

　　还可以使用 AppZapper 软件来卸载已安装的应用程序（该软件不是苹果内置的软件，需要另外下载和安装使用）。操作方法很简单，只需将要删除的程序文件图标拖曳到 AppZapper 图标上，然后在打开的"AppZapper"对话框中，点按"Zap！"按钮即可，如图 11-33 所示。

图 11-33　"AppZapper"对话框

　可以到 appzapper 的官方网站下载该软件，其网址为：http://www.appzapper.com/。

第 12 章
神奇的网络世界

计算机通信网络以及 Internet 已成为我们社会结构的一个重要组成部分。人们开始使用 Internet 工作、休闲、娱乐、购物、在线学习、收发信件、浏览新闻、下载网上的一些资源等，网络给我们带来了一个全新的生活时代。下面让我们开始进入这个神奇的世界——网络。

本章主要介绍以下内容：

● 网络连接

● 使用 Safari 浏览器

● 使用 Mail 收发电子邮件

12.1 网络连接

计算机网络技术近年来获得了飞速的发展。一般，计算机网络可分为两种，一种是局域网，比如，有两台或者几台电脑通过路由器和集线器连接而成的网络就可以称为局域网。另外一种是万维网，通常叫因特网，是连接入 Internet 的计算机网络。

很多的电脑用户可能认为网络的连接是很复杂的，需要让专业人员来为自己设置连接。其实，网络连接非常简单，自己就可以很轻松地解决。

12.1.1 局域网连接

在公司、社区或家庭中使用的由多台电脑或者相关设备构成的网络一般都可以称为局域网。在办公室的称为办公室局域网，在家庭中的称为家庭局域网，在社区的称为社区局域网。通过组建局域网可以使联网的多台电脑相互通信、存储文件、共享文件、公用一台打印机和进行联网游戏等。下面是一个局域网的构建示意图，如图 12-1 所示。

从技术的角度讲，局域网是由特定类型的传输媒体（如电缆、光缆和无线设备）和网络适配器（也就是我们平时说的网卡）相互连接在一起的多台电脑构成的，通常要受网络操作系统的监控。下面是一种复杂一些的局域网结构图，如图 12-2 所示。

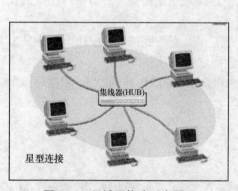

图 12-1 局域网构建示意图

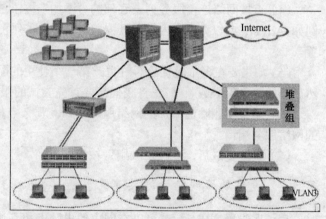

图 12-2 复杂局域网结构图

最简单的局域网是通过使用一条网线将两台电脑对联。复杂的局域网或者大型的局域网络还要使用到集线器、服务器、路由器等硬件设备。

在把多台电脑使用集线器、路由器和网线连接之后，就可以通过添加网络服务来进行连接了。网络服务是用于特定网络端口（物理网络接口、电脑的以太网端口或 AirPort 卡）的一组设置。通常不需要添加端口服务。在默认设置下，"网络"偏好设置已含有每个端口的服务。下面介绍一下怎样添加网络服务端口。

（1）选择" →系统偏好设置"命令，打开"系统偏好设置"窗口。通过点按"网络"图标，打开"网络"窗口，如图 12-3 所示。

（2）在默认设置下"锁"图标处于锁定状态，点按关闭的"锁"图标，然后从打开的对话框中输入用户的名称和密码。点按"好"按钮，使"锁"图标处于打开状态。

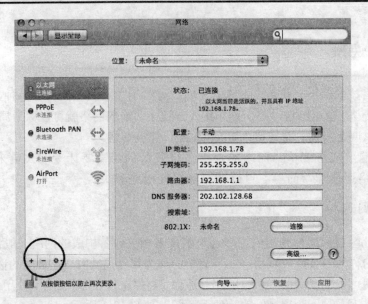

图 12-3　"网络"窗口

（3）一般通过设置 IP 地址、子网掩码、路由器、DNS 服务器的编号即可，注意，一台电脑只能设置一个 IP 地址，也就是它们的 IP 地址不能相同，否则不能进行连接。

（4）点按网络连接服务列表底部的"添加"按钮，从打开的菜单中选择"接口"选项，例如 AirPort 或以太网，然后为服务指定名称。在列表中选择一项新服务，然后输入相应的设置。

（5）如果要在多个配置激活时更改第一个使用的配置，那么点按底部的"操作"按钮，然后选择"设置服务顺序"，将我们想要首先尝试的服务拖到列表顶部。

（6）如果要删除已添加的网络服务端口，那么点按底部的"删除"按钮，删除已添加的网络服务端口。

（7）设置完成后，点按"应用"按钮即可。

12.1.2　设置局域网的资源共享

局域网设置完成后，就可以在网内的电脑上相互访问了。不过，需要先进行设置。在 Mac 中，使用共享偏好设置为局域网中的其他电脑用户提供共享服务，包括 DVD 或 CD 共享、屏幕共享、文件共享、打印机共享、Web 共享、远程登录等服务设置。在"系统偏好设置"窗口中点按"共享"图标即可打开"共享"窗口，如图 12-4 所示。

1. 启用/停止共享服务

勾选共享项目前的复选框图标，可以打开项目服务，若要停止项目服务，点按项目服务前的图标，取消勾选状态即可。

如果要更改电脑的名称，那么在"电脑名称"栏中输入新的名称即可。"电脑名称"是在网络中显示的名称以及本机中显示的计算机名称。

2. 共享屏幕

使用屏幕共享服务可以设置电脑与其他人共享我们的屏幕。共享屏幕后，其他电脑的用户就可以查看我们屏幕上的内容，可以打开、移动和关闭文件和窗口，打开应用程序，甚至重启电脑。

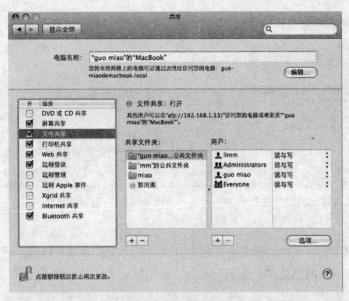

图 12-4　"共享"窗口

下面介绍屏幕共享的操作过程。

（1）选择"　→系统偏好设置"命令，打开"系统偏好设置"窗口，通过点按"共享"图标，打开"共享"窗口，然后选取服务列表中的"屏幕共享"选项。屏幕共享服务设置如图 12-5 所示。

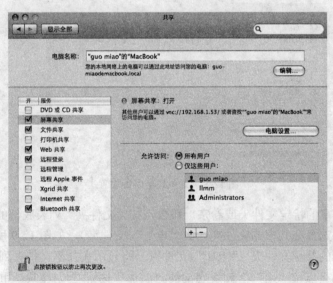

图 12-5　屏幕共享服务设置

（2）如果允许使用电脑的任何用户共享我们的屏幕，那么选择"所有用户"选项。如果要将屏幕共享限制到特定用户，那么选择"仅这些用户"选项。

（3）如果要添加允许访问的用户账户，点按"用户"列表底部的"添加"按钮　，并从"用户与组别"（在"账户"窗口中设置的账户）、"网络用户"或我们的"地址簿"中选择一个用户，点按"选择"按钮，如图 12-6 所示。还可以点按"新联系人"创建一个新的用户账户。

（4）点按"电脑设置"可以设置以下图中两个选项，如图 12-7 所示。

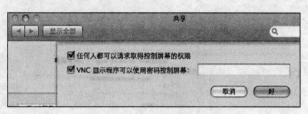

图 12-6　添加允许访问的用户账户　　　　图 12-7　电脑设置选项

3．文件共享

如果要在网络上共享文件，那么选择服务列表中的"文件共享"项目，然后在"账户"窗口中设置为用户有权通过网络连接至电脑，从而访问电脑。文件共享服务设置，如图 12-8 所示。

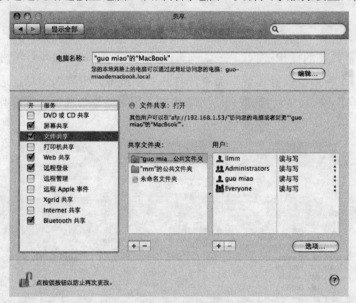

图 12-8　文件共享服务设置

（1）要设置共享的特定文件夹或卷宗，那么点按"文件夹"列表底部的"添加"按钮[+]，在打开的对话框中选择要共享的文件夹（如"电影"文件夹），如图 12-9 所示。

（2）添加之后的共享文件夹（"电影"文件夹）将显示在共享文件夹列表中，如果要设置用户的访问权，那么点按"用户"列表底部的"添加"按钮[+]创建共享用户，或者点按"删除"按钮[-]限制用户的访问权限。用户出现在列表中之后，通过用户名称旁边的三角形为该用户分配访问特权，即无访问权限、读与写、只读、只写（投件箱），如图 12-10 所示。

下面介绍一下访问权限中的 4 个选项。

● **读与写**：允许用户打开项以查看其中的内容并对其进行更改。

● **只读**：允许用户打开项以查看其中的内容，但是用户无权更改或拷贝这些内容。

● **只写**：将一个文件夹设置为投件箱。可以将项拷贝到投件箱，但是不能打开投件箱来查看其中的内容。只有投件箱的所有者才可以打开它，获取其中的内容。

图 12-9　添加共享文件

（3）设置共享电脑的方式。点按"选项"按钮，弹出如图 12-11 所示的对话框。如果与 Windows 电脑用户设置共享文件，那么选择"使用 SMB 来共享文件和文件夹"选项。

图 12-10　设置用户的访问权限

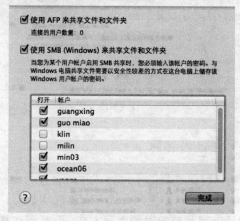

图 12-11　共享选项设置

4. 设置与 Windows 用户共享文件

可以使用 Mac 中的"文件共享"服务，与公司或家中的 PC 连接在一个局域网络中共享文件夹内容。要与 Windows 用户共享文件夹内容，那么先在"共享"窗口的服务列表中启用"文件夹共享"服务，此时局域网中已共享的 PC 名称将显示在 Finder 窗口侧栏的"共享的"项目下面，如图 12-12 所示。

"Windows 文件共享"服务以及 Windows 用户访问权限开启之后，Windows 用户就可以在"网上邻居"中看到苹果电脑的名称（如"guomiao 的 MacBook"），图标与 PC 图标完全相同，与访问局域网中的其他 PC 的方式也完全相同。局域网中已共享的计算机如图 12-13 所示。

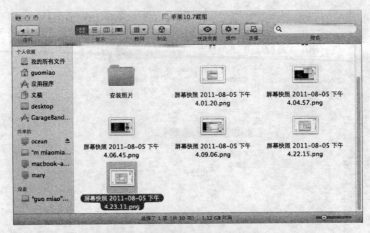

图 12-12　在局域网中共享的 PC

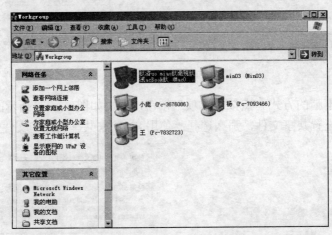

图 12-13　Windows 用户访问共享的苹果电脑的图示

12.1.3　连接因特网

目前，可供选择的上网方式主要有拨号上网、ADSL、ISDN、Cable Modem 和卫星上网等 5 种连接方式。这些上网方式各有各的优缺点。

拨号上网是最常用的上网方式，而且现在拨号上网技术已经发展得很成熟，它不受地域限制。只要有电话线和 Modem 就可以上网，Modem 按安装方式分为内置和外置两种，现在大部分新购买的计算机主板上都内置有集成的 Modem。

ADSL 就是平时说的宽带。安装 ADSL 也极其方便快捷，使用一条电话线即可。从网速上讲，它要比普通 Modem 快一百多倍。通过网络来学习、娱乐、购物，享受到先进的数据服务，如视频会议、视频点播、网上音乐、网上电视、网上 MTV 的乐趣，已经成为现实。

ISDN 从一个用户终端到另一个用户终端之间的传输全部数字化，包括用户部分，以数字形式统一处理各种业务，具备可以获得数字化的优异性能。但是 ISDN 能提供的数据传输率最高为 128kbps，这还是它的最佳工作频率，并且现在用户使用的 ISDN 还是窄带网，而网络已经向宽带时代进军，所以 ISDN 方案仍然不能满足上网用户的需求。

Cable Modem 是建立在原来有线网络基础上的。以前有线电视只是传送电视信号，而现在利用原来已经建立起的一组封闭式电缆传输线路，经过改造就可以实现上网和通讯。

卫星上网方案是一种新兴的上网方式，就是使用卫星上网，它类似于卫星电视。使用这种方式必须要配置一个小的圆盘式卫星电视天线，它的连接速度比较快。不过，现在使用卫星上网有几个缺点，首先，有些卫星账户只支持下载或者上传数据。第二，需要配置圆盘式卫星电视天线。第三，只有部分卫星支持苹果电脑。

实际上，现在多以 ADSL（宽带）联网为主。在进行网络连接时也非常简单，如果是在一个公司或者社区的局域网内，只要该局域网是连接到 Internet 的，那么它就可以直接上网了。而在家庭中，一台电脑连接上宽带的连接线之后，输入上网的用户名以及密码，就可以上网了。和平时使用的 Windows 联网是相同的。对于带有蓝牙功能的笔记本电脑，只要在无线路由器的有效范围之内，网络就可以自动进行连接，不必进行特殊的设置。下面是无线上网连接的图示，如图 12-14 所示。

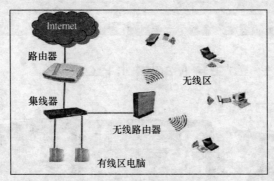

图 12-14　无线网络结构图

如果电脑不能连接到 Internet，可以使用"网络诊断"来诊断与内建以太网、AirPort、内建调制解调器或外置调制解调器相关的连接问题。打开"系统偏好设置"窗口，点按"网络"图标，打开"网络"窗口。点按"向导"按钮，打开"网络诊断"对话框，如图 12-15 所示。然后按照屏幕上的提示进行操作即可。

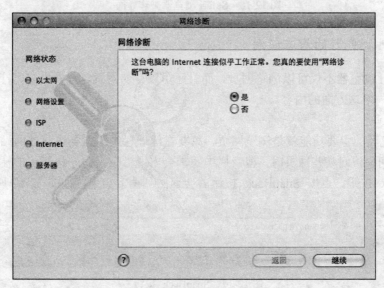

图 12-15　"网络诊断"窗口

12.2 使用 Safari 浏览器浏览网页

Safari 是 Mac 中的 Web 浏览器，它与 PC 中的 Web 浏览器——Internet Explorer 浏览器是一样，可以浏览各种 Internet 网页，另外，使用 Safari 还可以存储和邮寄网页、RSS 自动获取新闻、秘密浏览网页、设定访问互联网的权限等。

在 Dock 工具栏中点按 Safari 的图标即可将其打开。Safari 浏览器的工作界面主要由标题栏、工具栏、书签栏、标签栏、网页浏览窗口和状态栏等部分组成，如图 12-16 所示。

A—标题栏；B—工具栏；C—书签栏；D—标签栏；E—网页浏览窗口；F—状态栏

图 12-16　Safari 浏览器工作界面

12.2.1　Safari 浏览器的基本使用

使用 Safari 浏览器不仅可以浏览网页，而且还可以存储网页、搜索内容、打印网页等，下面简单地介绍一下这方面的内容。

1. 浏览网页

Safari 浏览器的主要功能就是浏览网页，只要在地址栏中输入要访问的网站网址，然后按下 return 键即可。访问某些网页时，搜索栏中经常会出现带有指向左边箭头的橘黄色圆圈，这就是 SnapBack 按钮。点按 SnapBack 按钮就会返回到搜索结果，如图 12-17 所示。

图 12-17　SnapBack 按钮

在网页中可以浏览新闻、小说等，比如新浪、搜狐等网站就是广受欢迎的新闻浏览网站，如图12-18所示。

图 12-18　在一些网站上新闻标题

2. 在网页中搜索

可以在单个网页中输入特定的词或短语，以快速查找网页中相关的内容，比如小说或者电影。在网页顶部会出现一个搜索条，在搜索条右端的搜索栏中，输入想在网页中查找的单词或短语，例如"mac"。然后点按搜索栏旁边的左右箭头按钮，可以在网页中查看已搜索到的内容并且已搜索到的内容高亮显示在网页中，如图 12-19 所示。

图 12-19　查看网页中的内容

3. 存储网页或者部分内容

可以存储整个网页，以便以后进行浏览和查看，还可以使用邮件发送网页链接和网页内容。下面介绍如何存储和发送网页。

（1）如果要存储网页上部分文字，那么高亮显示该部分文字，然后将其拖到一个文稿中，也可以通过拷贝和粘贴来完成。

（2）如果要存储图像、链接或其他项，那么将其拖到文稿或桌面上即可，这实际上就是在下载图片了（该方法对网页上的大部分项都有效）。

（3）如果要存储整个网页，那么选择"文件→存储为"命令，然后在"格式"打开的菜单中选取"Web 归档"或"页面源码"。设置完成后点按"存储"按钮，如图 12-20 所示。

图 12-20　存储网页

4．打印网页

打印网页的操作非常简单，确定网页处于打开状态，然后使用页面设置和打印功能来打印网页。选择"文件→打印"命令，打开打印设置对话框，如图 12-21 所示。根据需要设置完成后，点按"打印"按钮就可以打印了。

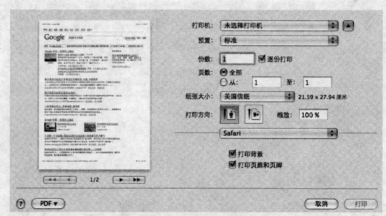

图 12-21　打印设置对话框

5．网页打不开的解决方案

如果网页打不开，可以尝试以下方法来确定网页打不开的原因，

（1）清空高速缓存，然后尝试重新载入该页面。如果要清空高速缓存，那么选择"Safari→清空高速缓存"命令，在打开的对话框中点按"清空"按钮，如图 12-22 所示。

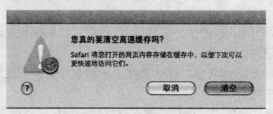

图 12-22　警告对话框

（2）查看输入的网页地址是否正确。

（3）通过检查其他应用程序（例如电子邮件），确定已经连接到 Internet。如果 Internet 连接不工作，那么运行"网络诊断"。

（4）如果使用公司或企业网络连接到 Internet，该网络可能有防火墙阻止打开该网页，那么需要联系网络管理员以获得帮助。

（5）尝试在地址的末尾输入"/index.html"。如果我们正在用 Bonjour 地址打开一个网页，那么确定该页面与电脑在同一个局域网（子网）上。

（6）检查此网页是否阻止通过 Safari 浏览器访问。

12.2.2　Safari 与当今时尚

目前，随着网络的日益普及，出现了很多与网络有关的新生事物。比如，我们现在足不出户就可以购买很多的商品，订阅车票和机票，在网上查看实时的新闻和阅读小说，还可以查阅各个地区的天气预报等。这些都预示着一种新生活时代的开始。

1.　查询天气预报

首先与我们的生活息息相关的就是查询天气预报，如果我们骑自行车上班，那么在查询到天气预报后可以决定是否携带雨具。如果计划到某个地方旅游，那么在查询到天气预报后可以决定在哪天启程。在网络上，不仅可以查询到全国各地的天气预报，而且还可以查询到世界各地的天气预报。

很多网站上都提供了天气查询功能，有的地方网站上则直接显示该地区的天气情况，有的通过点按相关的天气标题即可显示出某一地区的天气情况。下面介绍一下怎样在百度网站上查询天气预报，使用雅虎上的天气预报查询功能可以查询到全国各地的天气情况。

（1）把电脑连接到 Internet，然后打开 Internet 浏览器，在地址栏中输入 www.baidu.com，即可进入到该网站的网页中，如图 12-23 所示。也可以输入其他的网址，比如谷歌或者雅虎。

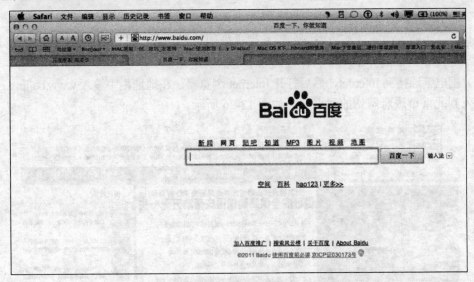

图 12-23　打开的百度网页

（2）比如，在网页的输入栏中输入"昆明天气"后，点按"百度一下"按钮，打开如图 12-24 所示的窗口。就可以查询到该地区的天气情况了。

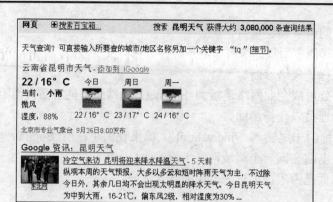

图 12-24　查询天气的窗口

（3）输入其他的城市，那么就可以查询到该城市的天气预报情况。

使用该方法也可以查询其他的内容，比如，输入"什么是蓝盘"后，通过查询可以获得有关蓝盘的定义及信息，如图 12-25 所示。也可以查询英语单词的释义，等等。

图 12-25　"蓝盘"的相关介绍

2. 查询地图和公交车

通常，一些地方的网站及政府网站上都提供地图查询功能，而且可以对地图进行移动、放大和缩小等操作。下面介绍一下怎样查询北京地区的地图。

（1）把电脑连接到 Internet，然后打开 Internet 浏览器，在地址栏中输入 www.beijing.gov.cn，即可进入到北京市政府网站的网页中，如图 12-26 所示。

图 12-26　北京市政府网站

（2）在打开的网页中点按"数字地图"项即可打开一个北京地区的地图窗口，包括六环以内地区，如图 12-27 所示。

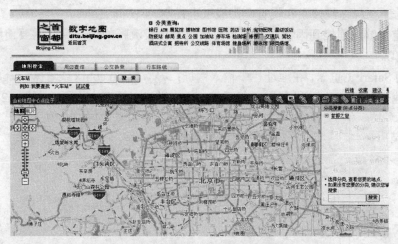

图 12-27　打开的北京地区地图

（3）通过在窗口上面的工具栏中点按 按钮，可以拖动地图，以便找到我们需要查找的地方。如果在工具栏中点按 按钮，那么可以放大地图，点按 按钮可以缩小地图。下面是放大北京市石景山游乐园后的效果，如图 12-28 所示。

（4）如果要查询公交车，那么在"首都之窗"的右下角输入我们需要到达的地方，比如，我们输入北京市区西四环中路的"五棵松桥"，如图 12-29 所示。

（5）在输入文字后，点按"搜索"按钮，即可搜索到该地点的确切位置，找到到达该地区的多路公交车，效果如图 12-30 所示。

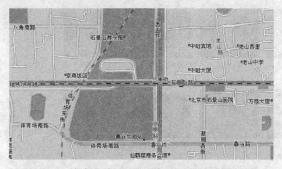

图 12-28　放大北京石景山游乐园后的地图效果

图 12-29　输入的文字效果

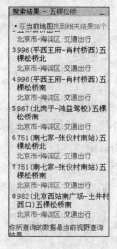

图 12-30　搜索的结果

3. 在线收看电影或者电视剧

随着因特网的发展，现在有一些网站提供在线观看电影或者电视剧，比如优酷网。下面，简单地介绍一下怎样在线搜索和收看电影或者电视剧。

（1）确定电脑已连接到因特网，如果想要收看比较流畅的话，那么需要使用宽带，建议 1M、2MB 及以上。

（2）启动 Safari 浏览器，在地址栏中输入网址：www.baidu.com（或者 www.google.com.hk，也可以是其他带有搜索引擎的网站）。然后按 return 键进入百度主页面，如图 12-31 所示。

图 12-31　百度主页面

（3）点按百度主页面中的"视频"超链接，然后在下面的搜索栏中输入电视剧的名称，比如"射雕英雄传"，然后按 return 键即可打开相关的网页，并显示所有相关的剧集，如图 12-32 所示。

图 12-32　在百度网页中打开的有关"射雕英雄传"的剧集

（4）点按自己需要观看的那一集就可以进行观看了，如图 12-33 所示。

（5）如果想看电影，那么在百度视频中输入要看的电影名称进行搜索，然后点按收看即可。比如，下面是搜索"大白鲨 3"的网页，如图 12-34 所示。

另外，还可以在网上进行购物、网上旅游、网上学习、下载和上传文件、在线收听音乐、在线收看影视剧、查询和订购火车票和飞机票、写博客、和别人交流经验、求医问药、招聘、找工作、谈恋爱等。可以说网络无所不及、无所不能。它已经让我们进入了一种全新的生活中。

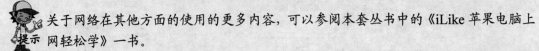

提示　关于网络在其他方面的使用的更多内容，可以参阅本套丛书中的《iLike 苹果电脑上网轻松学》一书。

图 12-33　在线播放电视剧的效果

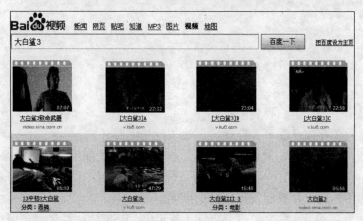

图 12-34　有关电影"大白鲨 3"的网页

12.3　收发和管理电子邮件

通常我们习惯于使用网页浏览器来收发邮件，而其操作也比较简单，但是这种方式不利于管理电子邮件，可以使用 Mac 中专业的 Mail 应用程序发送、接收和管理电子邮件，即使离线以后也可以浏览到已接收的电子邮件，并且电子邮件的内容可以是文字、图像、声音等。

　　也可以按照在 Windows 电脑中写邮件、收发邮件和转发邮件的方法处理邮件。比如，注意　在搜狐、网易或者新浪等知名网站上注册一个邮箱账号，就可以收发邮件了。

12.3.1　Mail 简介

使用 Mail 可以发送、接收和整理电子邮件。当阅读邮件时，可以选择需要跟踪的内容（如操作项或请求），并快速在待办事项列表中整理它们。在创建标准邮箱账户时，标准邮箱包括以下内容，其界面如图 12-35 所示。

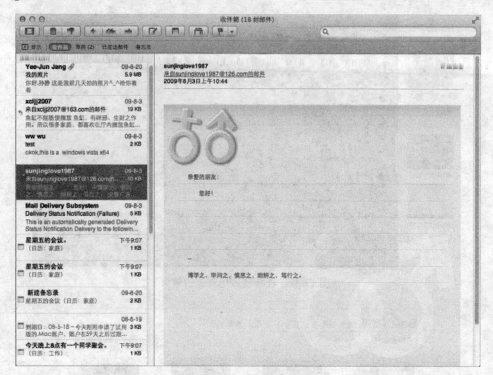

图 12-35　Mail 邮箱的构成

● **收件箱**：用于存放用户收到的邮件。

● **草稿箱**：用于存放已编写并存储、但尚未发送的邮件。

● **发件箱**：用于存放正在发送的邮件，点按顶部的"新邮件"按钮即可打开发件箱写新邮件了。

● **已发出邮件**：用于存放已发出邮件的副本。

在 Mail 中所有邮箱、文件夹、待办事项、备忘录、RSS 功能都显示在窗口的垂直侧栏中，用户还可以创建自己自定义的邮箱，按特定的类别整理邮件。

12.3.2　注册账户

在 Mail 中收发电子邮件，必须要有一个邮箱账号。用户可以使用 MobileMe 账户或者注册一个 Google Gmail 账户作为 Mail 电子邮件的地址。下面分别介绍如何注册 MobileMe 账户和 Google Gmail 账户。

1. 注册 MobileMe 账户

MobileMe 账户服务是一项收费服务，如果想拥有 MobileMe 账户，那么可以申请一个试用的 MobileMe 账号。注意，该账号只能免费试用 60 天，如果超过 60 天之后没有付费，那么账号将被停止使用。因此，最好注册一个免费的其他账户。

下面简单介绍一下申请 MobileMe 账号的操作步骤。

（1）选择" →系统偏好设置"命令，打开"系统偏好设置"窗口，如图 12-36 所示。点按"系统偏好设置"窗口中的"MobileMe"图标，打开的"MobileMe"偏好设置窗口。

（2）点按"MobileMe"窗口中的"了解更多"按钮，如图 12-37 所示。打开申请 MobileMe 账号的网页。

图 12-36 "系统偏好设置"窗口

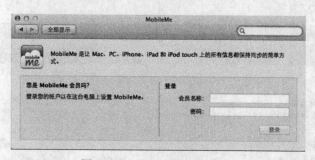

图 12-37 "MobileMe"窗口

（3）在申请 MobileMe 账号的网页中，点按"Free Trail（免费试用）"按钮，如图 12-38 所示。进入 MobileMe 申请账号画面填写相关的信息资料。如果漏填或者错填，系统都会进行提示说明。

图 12-38 申请 MobileMe 账号的网页

（4）申请资料填写完毕后，点按"Continue（继续）"按钮后进入到新的网页中。账号注册成功后，系统会显示注册成功的画面。

2．注册 Google Gmail 账户

由于申请试用版的 MobileMe 账号只能使用 60 天，所以建议用户注册一个 Gmail 邮箱账号，因为它是免费使用的，而且就目前而言，它是永久免费的。注册 Gmail 邮箱以后就能在 Mac 平台上享受到最好的服务。可以说，在 Mac 平台使用 Google Gmail 电子邮件服务是一个很好的选择。

 Gmail 是 Google 提供的免费网络邮件服务。它内置有 Google 搜索技术并提供 7312 兆字节以上的存储空间（仍在不断增加中）。可以永久保留重要的邮件、文件和图片。而且可以使用搜索快速、轻松地查找任何需要的内容。

下面介绍注册 Google Gmail 账户的具体操作步骤。

（1）启动 Safari 浏览器，在地址栏中输入网址：https://mail.google.com/，进入"Google 账户"页面，如图 12-39 所示。

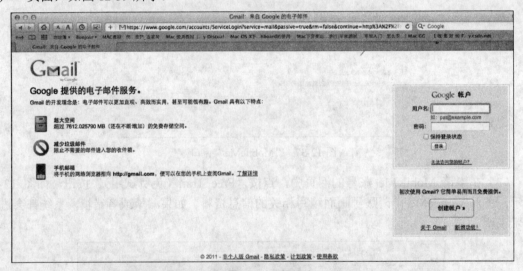

图 12-39　进入"Google 账户"页面

（2）点按"Google 账户"页面中的"创建账户"按钮，进入申请 Gmail 账户的页面，如图 12-40 所示。输入注册信息，如姓氏、名字和理想的登录名（Gmail 邮箱用户名）等，然后点按"我接受：创建我的账户"按钮即可进入到新的网页中。

 如果漏填或者错填，系统都会以红色字体进行提示说明。

（3）账号注册成功后，系统会显示注册成功的画面，如图 12-41 所示。点按"显示我的账户"按钮即可在网页中进入注册成功的 Gmail 邮箱。

12.3.3　添加 Mail 账户和查看账户简介

在申请了一个 Gmail 邮箱账户之后，可以将 Gmail 账户作为 Mail 电子邮件的地址。下面将介绍如何添加账户和查看账户简介。

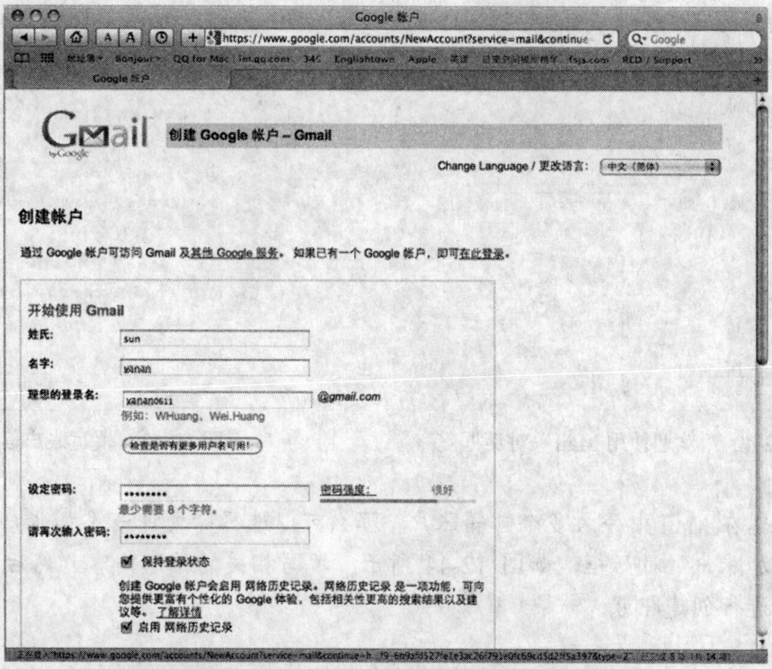

图 12-40　申请 Gmail 账户的页面

图 12-41　邮箱注册成功画面

1.　添加 Mail 账户

如果是第一次使用 Mail 应用程序，则系统会打开一个"欢迎使用 Mail"对话框，如图 12-42 所示。

在"欢迎使用 Mail"对话框中，分别填写邮箱姓名、电子邮件地址和密码信息，并勾选 "自动设置账户"复选框，然后点按"创建"按钮即可，如图 12-43 所示。检查完毕后将自动 打开 Mail 窗口。

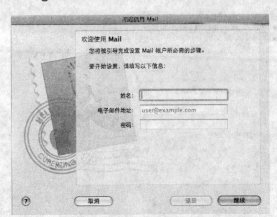 

图 12-42 "欢迎使用 Mail" 对话框   图 12-43 填写账户信息

如果想在 Mail 中登录多个邮箱账户，那么可以选择"文件→添加账户"命令，打开"添加账户"对话框，如图 12-44 所示。填写相关的信息内容，然后点按"创建"按钮进行创建即可。

图 12-44 "添加账户" 对话框

2. 查看账户简介

账户信息设置完成后，还可以打开"账户简介"窗口，查看配额限制（邮箱内存的使用量）、邮箱行为以及用户的摘要信息。

如果在 Mail 窗口中没有显示侧栏，那么点按左上角的显示按钮 ▣ 显示，打开侧栏。然后点按 Mail 窗口底部的"操作"按钮 ✿▾，在打开的菜单中选择"显示账户简介"命令，打开"账户简介"窗口进行查看，如图 12-45 所示。

也可以通过选择"Mail→偏好设置"命令，打开它的"偏好设置"窗口来设置账户、RSS、字体与颜色等选项，如图 12-46 所示。

12.3.4 发送和接收邮件

对于邮件，就像以前收发的纸质信件一样，既可以发送，也可以接收。下面简单地介绍一下接收和发送邮件的具体操作步骤。

图 12-45　"账户简介"串口　　　　　　　图 12-46　Mail 的偏好设置窗口

1. 发送邮件

可以使用 Mail 发送文字、图像、声音等各种格式的邮件。Mail 还提供了信纸功能，并且还可以在信纸的"占位符"处添加自己喜爱的图片。下面介绍如何使用 Mail 发送电子邮件。

（1）在 Mail 窗口中，选择"文件→新邮件"命令，或者点按 Mail 窗口中的"编写邮件"按钮 ⌨️，打开如图 12-47 所示的"新邮件"窗口。

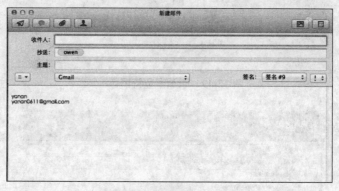

图 12-47　"新邮件"窗口

（2）如果要为邮件添加信纸，可以点按"新邮件"窗口中的"显示信纸"按钮 🖼️，打开信纸模板窗口，选取一种信纸类型，如"生日类"，然后点按右侧列出的信纸模板即可，如图 12-48 所示。

（3）如果要添加 iPhoto 或 Photo Booth 中的图片文件，那么可以点按"照片浏览器"按钮 🖼️，打开"照片浏览器"窗口，然后将图片文件拖曳到占位符图像的上面并松开鼠标左键即可，如图 12-49 所示。

（4）依次点按"照片浏览器"和"隐藏信纸"按钮，隐藏"照片浏览器"窗口和信纸模板。

（5）在"主题"栏中中输入主题的内容，然后选中文本区域的样本文字并输入新的文本内容，如图 12-50 所示。还可以点按工具栏上的"字体"和"颜色"按钮对文本进行编辑。

图 12-48　为邮件添加信纸

图 12-49　添加占位符图像

图 12-50　编辑邮件文本内容

（6）确定"发件人"和"收件人"的电子邮件地址正确无误之后，点按工具栏左侧的"发送"按钮即可发送邮件。

　　　如果要发送附件，那么点按工具栏中的"在该邮件上附带文稿"按钮  即可打开一个添加附件的窗口，用于选择要发送的附件文稿。

2. 接收电子邮件

接收电子邮件的操作也非常简单，就像从邮递员手中接收信件那样。下面简单地介绍一下操作过程。

（1）确定电脑已接入 Internet，并点按 Dock 工具栏上的 Mail 图标启动 Mail 应用程序。

（2）如果有未读取（接收）的电子邮件，则 Dock 工具栏上的 Mail 图标上会以数字的形式显示出未读取邮件的数量，如图 12-51 所示。

图 12-51　Dock 工具栏

（3）在 Mail 窗口中，点按工具栏中的"接收邮件"按钮 ，收到的邮件会以时间的先后顺序排列在窗口中，如图 12-52 所示

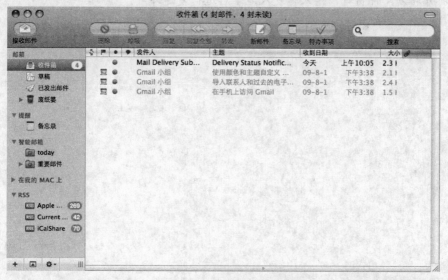

图 12-52　接收到的邮件

（4）如果要查看邮件的内容，那么可以连按某一邮件的主题，此时该邮件将会在一个新的窗口中打开，如图 12-53 所示。

3. 转发和自动回复邮件

接收邮件之后，可以将邮件转发给其他收件人或者设置让 Mail 自动回复收到的邮件，比如，可以设置由某个特定主题触发的规则，使 Mail 自动回复所有包含该主题的邮件。

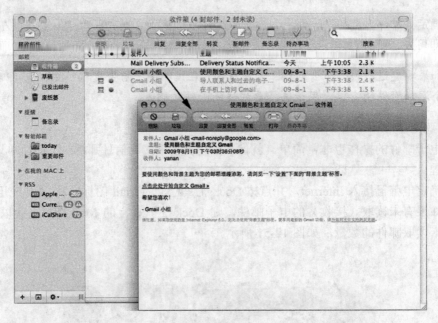

图 12-53　查看邮件的内容

还可以将邮件以邮件或附件的形式转发给其他收件人，并且还可以对转发的邮件进行编辑，比如字体、颜色等。选中要转发的邮件后，点按工具栏中的"转发"按钮　　打开转发邮件窗口，输入转发人地址后进行发送即可。

第 13 章
即时通信工具和
iWeb

即时通信工具是目前使用最为普遍的网络应用之一。即时通信平台真正在全球范围内拉近了人与人的距离，不仅能够实现文字聊天，而且还能够在两台计算机之间传送文件、进行音频和视频聊天等。目前在 Mac OS X 系统上可以运行的即时通信软件有：iChat、QQ、MSN 等。另外，在这一版本的 Mac 中还新增加了一款非常好用的工具——FaceTime。

本章主要介绍下列内容：

● iChat 的使用

● FaceTime 的使用

● QQ For Mac 的使用

Mac os x Lion

Mac os x Lion

Mac os x Lion

13.1　即时通信工具

目前，可以在 Mac 系统中运行的即时通信软件有：iChat、QQ、MSN、AIM 等，其中功能最强大的是 iChat。iChat 是 Mac 系统内自带的一款即时文本信息应用程序，支持 AIM（AOL Instant Messenger）和 Jabber Instant Messenger 用户。图标和思考泡泡以趣味性的方式显示出聊天的内容，而且你可以与好友在聊天窗口中传输各类文件，无论是文本文件还是照片，只要将其拖到聊天对话框中就可以在聊天窗口中显示，聊天窗口中的网络链接也可直接点按并打开。还可以在视频聊天中添加一些视频效果。iChat 是一款非常有用的网络通讯工具。

13.1.1　iChat 账号

若要使用 iChat，那么需要连接 Internet 并拥有 3 种账号（免费的 iChat 账号、MobileMe 账号和 AIM 账号）中的一种账号。iChat 账号就像是在 Windows 操作系统中所使用的 QQ 账号一样，也需要一个账号和密码。

1.　使用 MobileMe 账号登录 iChat

可以点按 Dock 工具栏中上的 iChat 图标，或者在"应用程序"窗口中点按 iChat 图标来打开 iChat 应用程序。如果是第一次启动 iChat 应用程序，那么系统会打开一个登录窗口，如图 13-1 所示。

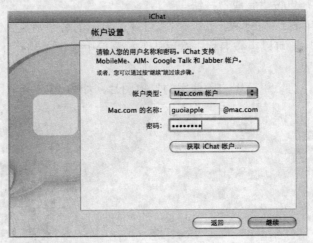

图 13-1　iChat 登录窗口

在 AIM 登录窗口中输入我们的 MobileMe 账号和密码。选中"在我的钥匙串中记住这个密码"项，这样在下次在登录 iChat 应用程序时就无需再输入密码了。点按"登录"按钮进行登录。

13.1.2　设置 iChat 账号

下面简单地介绍一下如何设置账户以及如何从 MobileMe 或 AIM 获取一个新账户。

（1）选择"iChat→偏好设置"命令，然后在打开的窗口中点按"账户"按钮，打开"账户"窗口，如图 13-2 所示，

（2）点按"账户"列表底部的添加账户按钮，打开"账户设置"窗口，从"账户类型"

<290>

菜单中选取 个账户类型（Mac.com 账户、AIM 账户、Jabber 账户、Google Talk 账户）然后输入会员名称和密码（例如 guoiapple@mac.com）和密码，如图 13-3 所示。

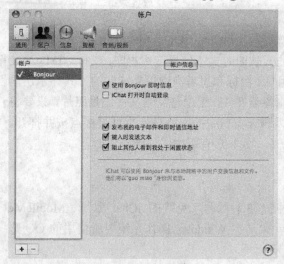

图 13-2 "账户"窗口

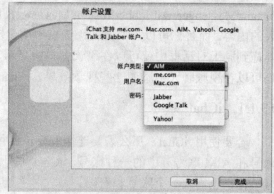

图 13-3 账户设置

（3）如果要设置一个新的 AIM 账户，那么点按"获取 iChat 账户"按钮，从打开的网页中注册一个即可。

（4）设置完成后，点按"完成"按钮。

（5）如果用户使用的是 AIM 账户，那么在 AIM 中显示的名字则是我们注册的电子邮件地址或者当前用户的名称。可以点按名称，然后从下拉菜单中选择"显示为名称"还是"显示为地址"，如图 13-4 所示。

（6）账户登录后，可以更改用户所使用的形象图片，如图 13-5 所示。

图 13-4 名称显示设置

图 13-5 更改用户形象图片

（7）可以使用最近使用的图片作为形象图片，或者点按"编辑图片…"，打开"好友图片"窗口，然后点按"选取"按钮，为好友选取形象图片，如图 13-6 所示。

（8）拖动"好友图片"窗口中的滑块可以对图片进行显示编辑，点按摄像机按钮 🔘 可以从摄像机中拍摄形象图片，还可以点按添加效果按钮 🔘，为拍摄后的照片添加效果。

13.1.3　设置其他的 iChat 账户

如果用户还想使用其他的账户类型登录 iChat，则可以选择"iChat → 偏好设置"命令，打开"偏好设置"窗口，然后点按"账户"按钮，打开"账户"偏好设置窗口，如图 13-7 所示。

图 13-6　编辑好友图片

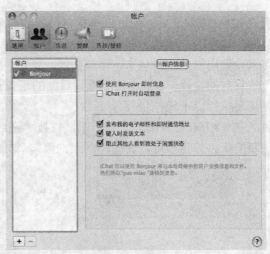

图 13-7　"账户"偏好设置窗口

点按"账户"列表底部的添加账户按钮 ➕，打开"账户设置"对话框，如图 13-8 所示。点按"账户类型"选项后面的下拉按钮，从打开的菜单中选择一个账户类型，比如 me.com 账户、Mac.com 账户和 AIM 账户。在这些账户的设置面板中，可以点按"获取 iChat 账户"按钮获取一个新的 ID 账户。

假如已经注册了一个 Google Gmail 账户（比如：yanan0611@gmail.com），那么就可以使用该账户登录 iChat。下面介绍如何使用 Google Gmail 账户登录 iChat。

（1）选择"iChat→偏好设置"命令，打开"偏好设置"窗口，然后点按"账户"按钮，打开"账户"偏好设置窗口。点按"账户"列表底部的添加账户按钮 ➕，打开"账户设置"对话框。

（2）在"账户设置"对话框中，点按"账户类型"选项后面的下拉按钮，从打开的菜单中选择"Google Talk 账户"，并输入 Google 的账户和密码，如图 13-9 所示。

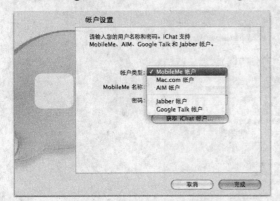

图 13-8　"账户设置"对话框

图 13-9　使用 Google Gmail 账户登录 iChat

（3）输入完毕后，点按"完成"按钮进行登录，并打开"Jabber 列表"窗口，在 Jabber 中显示的名字则是 Google 账户的电子邮件地址，即"yanan0611@gmail.com"，如图 13-10 所示。

13.1.4 设置在线状态

登录 iChat 账户之后，还可以根据自己的需要来设置在线状态和形象图片，以帮助其他用户了解用户目前的在线状态和对用户身份进行及时辨认。

可以设置用户的在线状态，比如在线、离开、离线、通话中、开会中等。这样可以使别人了解用户目前的在线情况，以便于进行后面的工作计划。如果要设置或更改用户的在线状态信息，则需要执行以下操作步骤。

（1）在"AIM 好友列表"窗口中，点按"在线"右侧的三角形按钮，从打开的菜单中选取一种新的状态信息即可，比如"网上冲浪"，如图 13-10 所示。

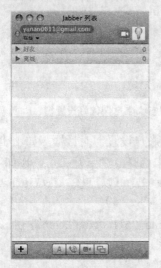

图 13-10　"Jabber 列表"窗口

图 13-11　选取在线状态

（2）还可以选择"iChat →偏好设置"命令，打开"偏好设置"窗口，然后点按"通用"按钮，打开"通用"偏好设置窗口，勾选"设置"选项后面的"在菜单栏中显示状态"复选框，此时就可以在菜单栏中直接更改用户的在线状态，如图 13-12 所示。

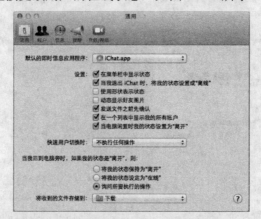

图 13-12　在菜单栏中更改用户的在线状态

下面介绍各个用户在线状态的作用。

● **带绿色指示灯的状态信息**：选择绿色状态信息时，其他好友可以看到用户的状态信息，并且可以与用户进行在线聊天。

● **目前的 iTunes 歌曲**：选择该状态信息时，当前听到的 iTunes 歌曲或 Podcast 的名称显示在状态信息中，如图 13-13 所示。

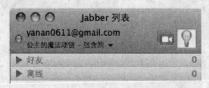

图 13-13　目前的 iTunes 歌曲状态

● **带红色指示灯的状态信息**：选择红色状态信息时，其他在线好友可以看到用户在线，但是用户却不想聊天。他们可以给用户发送信息，但是用户的状态说明用户可能不会回复。

● **不可见**：其他好友不能看见用户在线，但是用户可以看到好友列表中任何人员的状态。

● **离线**：其他好友将看到用户不在线。

● **自定**：如果要自定状态信息，则可以选择"自定在线"或"自定离开"，然后输入一则信息，然后按下键盘上的 return 键，如图 13-14 所示。

图 13-14　自定在线状态信息

13.1.5　添加好友

iChat 和其他聊天工具一样，需要知道好友的 iChat 账号，然后手动将好友添加到好友列表中，并通过"显示简介"窗口管理 iChat 好友。下面介绍如何添加和管理好友。在添加好友之前，首先需要知道对方的 iChat 账号类型，然后再确定将好友添加到哪个账户中。比如，在 Google 账户中，只能添加 Jabber 账户，即 Google 账户；在 Mac 账户中，可以添加 AIM、MobileMe 和 Mac.com 账号的好友。

不管是在哪种类型的账户中添加好友，其方法都是一样的。下面以在 Mac 账户中添加好友为例，介绍如何添加好友。

（1）选择"好友→添加好友"命令，或者点按好友列表底部的"添加新好友或添加/编辑组别"按钮，并从打开的菜单中选择"添加好友"命令，如图 13-15 所示。打开输入好友的 AIM 或 MobileMe 账户对话框。

（2）如果要添加的好友使用的是 Mac.com 账号，则需要在该对话框中，点按"账户名"选项后面的下拉按钮，从打开的菜单中输入用户的 Mac 或者 AIM 账号，在"添加到组别"中选择用户已创建的用户组，以便统筹管理好友，在"名字"和"姓氏"框中输入要添加好友的个人信息资料，该信息内容会加入到地址簿中，填写完毕后点按"添加"按钮，如图 13-16 所示。

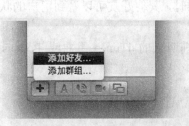

图 13-15 "添加好友"命令

图 13-16 添加好友

 如果添加的"好友"在线，则会显示在好友列表的上方，并且在线状态标识以高亮绿色显示，否则会显示在好友列表的下方。

13.1.6 文本聊天

iChat 可以与具有 Yahoo!账户、AIM 用户名称、Google Talk 或 Jabber 账户的任意好友进行聊天。要开始文本聊天，则可以执行以下操作步骤。

（1）可以在好友列表中选中要进行聊天的好友，然后点按底部的"发送文字信息"按钮 **A**，或者连按要进行文本聊天的好友名称，即可打开与该好友的聊天窗口，如图 13-17 所示。

（2）在聊天窗口下面的文本框中输入聊天信息，然后按 return 键即可将信息发送给好友。好友的回复信息和用户发送给好友的信息都将显示在聊天窗口中，如图 13-18 所示。

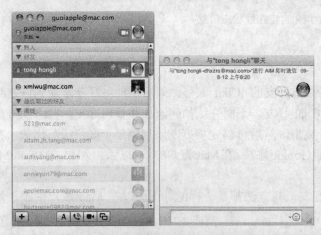

图 13-17 打开与好友的聊天窗口

图 13-18 与好友发送文本信息

（3）还可以向好友发送表情图标。点按笑脸图标旁边的三角形按钮，从打开的面板中选中要发送的表情图标，然后按 return 键进行发送即可，如图 13-19 所示。

图 10-19 发送表情图标

13.1.7　视频和音频聊天

使用 iChat 可以与在线好友进行视频和音频聊天。如果要查看自己电脑所支持的音频和视频聊天性能，则可以选择"视频→连接诊断"命令，打开"连接诊断"窗口，点按"显示"选项后面的下拉按钮，从打开的菜单中选择"功能"选项来查看视频聊天的诊断信息，如图 13-20 所示。

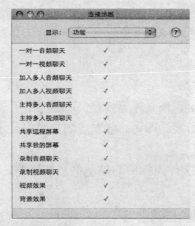

图 13-20　"连接诊断"窗口

下面介绍如何与好友进行视频和音频聊天。

1．视频聊天

如果好友的名字旁边有摄像机图标，则可以点按该图标邀请好友进行视频聊天。最多可以邀请三位好友同时进行聊天，聊友们可以在聊天过程中加入或离开。下图是邀请一位好友进行视频聊天的效果，如图 13-21 所示。

图 13-21　视频聊天的效果

2．音频聊天

可以在好友列表中选中要进行聊天的好友，然后点按底部的"开始音频聊天"按钮或者选择"好友→邀请加入音频聊天"命令，然后等待对方回复或接受邀请，如图 13-22 所示。

iChat 支持多个好友进行音频聊天，点按音频聊天窗口底部的添加按钮，即可将其他好及添加到音频聊天中，如图 13-23 所示。

图 13-22　开始音频聊天　　　　　　　　图 13-23　添加音频聊天好友

13.1.8　发送文件

可以向好友发送图片文件、音乐文件等内容，只需将要发送的内容拖曳到聊天窗口底部的文本框中，然后按 return 键进行发送即可。要发送的内容将显示在聊天窗口中，如图 13-24 所示。

在聊天窗口中，点按发送文件图标后的显示信息按钮 ，可以查看文件的传输情况，如图 13-25 所示。

图 13-24　向好友发送文件　　　　　　　图 13-25　查看文件的传输情况

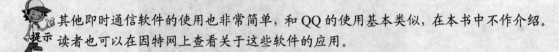其他即时通信软件的使用也非常简单，和 QQ 的使用基本类似，在本书中不作介绍。读者也可以在因特网上查看关于这些软件的应用。

13.2　使用 FaceTime 进行视频聊天

使用 FaceTime

使用 FaceTime 可让我们通过无线局域网进行视频呼叫，比如通过 iPad、iPhone 和 Mac 直接进行视频对话，如图 13-26 所示。用户可以使用前置相机进行面对面的交谈，或者使用后置相机来分享用户周围的人或物。但是使用 FaceTime 时，需要 iPad 等设备和接入互联网的无线局域网连接，呼叫的联系人也必须有可以使用 FaceTime 的设备或电脑，比如 iPad。

另外，还需要有一个 Apple ID。如果用户有一个 iTunes Store 账户、MobileMe 账户或其他 Apple 账户，则可以配合 FaceTime 使用该 Apple ID。如果用户没有 Apple ID，则可以在打开 FaceTime 时创建一个。下面是登录界面，如图 13-27 所示。

图 13-26　使用 FaceTime 进行视频对话

提示，首次登录后，下次使用时就不必再次登录了，除非更改账户。下面是登录后的界面效果，如图 13-28 所示。登录后，就可以呼叫好友了。

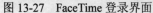

图 13-27　FaceTime 登录界面　　　　　　　　　图 13-28　登录后的界面

登录时，打开 FaceTime，输入 Apple ID 和密码，然后点按"登录"。如果用户还没有 Apple 账户，则可以点按"创建新账户"来建立一个。在"FaceTime"屏幕上，输入其他人在 FaceTime 中向用户发起呼叫时应该使用的电子邮件地址，然后点按"下一步"。如果这是首次将此地址用于 FaceTime，不妨在该账户中检查新邮件，并回复 Apple 发送的确认邮件。可以选取一个联系人并发起 FaceTime 呼叫，而其他人可以使用用户所提供的电子邮件地址向用户发起呼叫。如果用户使用多个电子邮件地址，则可以添加其他电子邮件地址。

创建新账户

打开 FaceTime，然后点按"创建新账户"按钮，按照屏幕指示执行操作。输入的电子邮件地址将变成新账户的 Apple ID。在"FaceTime"屏幕上，输入想要其他人用来发起呼叫的电子邮件地址。此地址不必与用户为 Apple ID 输入的地址相同，但它必须是工作正常的电子邮件地址。回复 Apple 发送到用户在上一步操作中输入的电子邮箱里的确认邮件。如果有多个电子邮件地址，则可让联系人使用其中任何一个向你发起呼叫。如果添加电子邮件地址，那么选择"设置→FaceTime"进行设置，然后点按"添加其他电子邮件"。

发起呼叫

若要发起 FaceTime 呼叫，打开 FaceTime 应用程序，从通讯录、个人收藏或最近通话列表中选取某个人。如果呼叫联系人，点按"通讯录"，选取一个姓名，然后点按他们配合 FaceTime 使用的电子邮件地址或电话号码。如果要添加联系人，点按"通讯录"，然后输入此人的姓名及电子邮件地址和电话号码。如果联系人不在用户所处的地区，请确保输入完整号码，包括国家/地区代码，例如+1(408) 555-1234（美国）。如果要重拨最近的通话，点按"最近通话"，然后选取一个姓名或号码。如果呼叫个人收藏中的联系人，那么点按"个人收藏"，然后点按列表中的一个姓名即可。

通话时，注意以下问题。

在使用 FaceTime 与某人通话时，可以进行切换相机、更改相机方向、使麦克风静音、移动画中画显示、打开其他应用程序等操作，直至结束通话。如果要更改相机方向，转动 iPad 机身即可。如果视频显得忽动忽停或较慢，请确定呼叫和被呼叫的人都已连接到可用的最快的无线局域网络。如果图像呈颗粒状，则相机需要更多光线。如果传入的图像呈颗粒状，则需要主叫方调整光线。如果横向握住 iPad，则图像不会填满整个屏幕。与用户进行视频通话的人可能也需要转动他的设备以便发送较大的图像。

 通话过程中使用其他应用程序：按下主屏幕按钮，然后点按应用程序图标。此时用户仍可以与朋友通话，但彼此看不到对方。若要返回到视频，点按屏幕顶部的绿色条即可。通话结束时，按 end 按钮结束通话。

13.3 其他聊天工具

除了可以使用 iChat 进行聊天和即时通信之外，用户还可以在苹果电脑上安装其他的苹果版即时通信工具，比如在 Windows 中使用的 QQ 和 MSN，这也是比较受欢迎的即时通信工具，用户也比较多。

13.3.1 关于 MSN

苹果版的 MSN 和 Windows 版的 MSN 功能基本相同，使用方法也基本相同。通常，在安装了 Office 之后，也就同时安装了 MSN，MSN 也是 Office 的一个套件，如果没有被安装的话，可以单独下载安装。

安装了苹果版 MSN 之后，一般它的图标就会显示在 Dock 工具栏中，点按它的图标即可打开其登录界面，如图 13-29 所示。

输入账号和密码之后就可以进入到其聊天界面中，如果要与朋友聊天，只要在名单列表中双击联系人的名称即可打开其聊天窗口，如图 13-30 所示。

使用苹果版的 MSN 不仅可以聊天，还可以发送文件和邮件，点按聊天窗口顶部的 Send File（发送文件）按钮即可选择并发送文件。点按 Mail 按钮，即可发送邮件。值得一提的是，目前最新版本的 MSN 还支持语音和视频聊天功能。

图 13-29　MSN 的登录界面

图 13-30　MSN 聊天窗口

13.3.2　关于 Mac 版 QQ

　　QQ for Mac 是腾讯公司推出的一款基于 Mac 操作系统的即时通信软件，兼容 Intel 和 PowerPC 硬件平台，支持 Mac OS 13.4 以上版本的操作系统。它是可以免费使用的，目前全球华人的使用用户数量最大。其界面如图 13-31 所示。

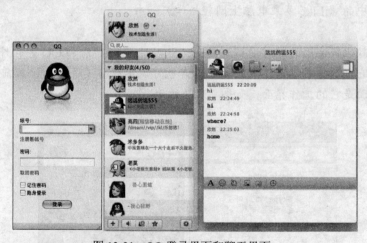

图 13-31　QQ 登录界面和聊天界面

 最新版本的 QQ 支持视频聊天和语音聊天。

　　QQ for Mac 软件客户端目前支持中文（简体）和英文，并且可以根据操作系统的语言环境自动匹配相应的语言。同样提供了 Windows 平台上的联系人管理、群发消息等功能。QQ for Mac 与 Windows 操作系统上的 QQ 类似，功能也相同，当然也可以直接与 Windows 上的 QQ、手机上的 QQ 以及 iPad 上的 QQ 用户互联，也就是可以直接聊天、发送文件、邮件。

　　可以通过 QQ for Mac 官方网站提供的下载链接来下载 QQ for Mac 的安装包。启动 Safari 浏览器，在地址栏中输入网址：http://im.qq.com/qq/mac/，然后按 return 键，打开 QQ for Mac

的官方网页，如图 13-32 所示。找到下载链接，下载安装后就可以使用了。

图 13-32　QQ for Mac 的官方网页

提示　关于使用 QQ 进行聊天的设置以及使用苹果电脑上网的更多内容，读者可以参阅本套丛书中的《iLike 苹果电脑上网轻松学》一书。

提示　还有一款比较实用的即时通信工具——Skype。它的功能和 QQ 等软件基本相同，但是使用它可以拨打电话。有兴趣的读者也可以下载安装并使用，目前它是免费使用的。下面是它的工作界面，如图 13-33 所示。

联系人的工作界面　　　　　　拨打电话的工作界面

图 13-33　Skype 的工作界面

使用苹果电脑上网可以实现很多的功能，操作也非常简单，读者可以自己进行尝试，由于本书的篇幅有限，其他功能不再赘述。

13.4　使用 iWeb 创建网站简介

使用 iWeb 可以创建和发布网站，并且不需要了解任何有关编程或 HTML 的知识。使用 iWeb 中预置的模板，可以轻松地创建具有专业外观的网站，因此用户完全不用担心设计的问题，只需将文本和图形替换成自己的文本和图形即可。另外，使用 iWeb 可以随时更新和管理网站。还可以在 iWeb 上展示照片、插图、创建博客、添加其他页面的链接以及在网站上添加特殊功能，如 Google 地图、RSS 提要和倒计时等。

13.4.1　网站架构的基本概念

在 iWeb 制作网站之前，尤其是对刚接触网站制作的用户而言，需要先区别两个概念，一个是网站，另外一个是网页。简单地讲，网站是由多个网页构成的集合，并通过阶梯方式建立起来的一个完整内容，如图 13-34 所示的是一个简单的网站架构。而且在创建网站之前，最好先进行规划，比如有哪些内容以及按什么样的方式进行组织等。

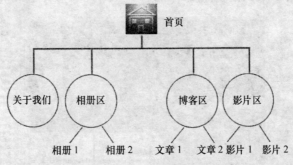

图 13-34　简单的网站架构

使用 iWeb 架构网站时，基本上也是参照这种模式，不论是个人网站还是企业网站都可以包含多种不同的页面，例如首页、相册页、博客页等，当然可以有很多不同的网页。iWeb 也为我们提供了多种不同的页面模板，直接套用即可，使用起来非常方便。

另外，用户需要了解在使用 iWeb 时基本的术语，以下列举了一些术语以供参考。

MobileMe：由 Apple Inc.提供的基于会员的 Internet 服务。要使用 iWeb 发布网站，至少需要免费试用的 MobileMe 订购以及足够的 iDisk 储存空间来储存网页和媒体。如果还没有 MobileMe 账户，则可以到 www.me.com 网站上注册一个会员账户（免费试用 60 天或每年付费订购）。

AdSense 广告：该服务是由 Google 提供的，可以在网站中的任何页面放置与周围页面内容相关的广告。

域名：网站 Web 地址的根，即"http"和"www"后面的第一部分，就是该网站的域名。比如，站点：www.example.com/index 的域名是"example.com"。

域文件：包含所有 iWeb 网站数据的文件。

主页：访问某个网站时首先出现的页面。有时被称为首页面。

Podcast：类似于 Internet 广播或电视节目的音频或视频文件。用户也可以制作属于自己的 Podcast 并允许访问者逐个下载。

RSS：允许访问者订阅内容和自动接收添加到站点的新博客条目、Podcast 专题节目或照片的功能。当访问者订阅了站点的摘要时，更新将发送到所选的 RSS 阅读器。

　　Web Widget： 将 Web 中的内容嵌入到网页的对象，比如 Google AdSense 广告和 Google 地图等。

　　在下面的内容中，将介绍怎样使用 iWeb 来制作网站。首先要对 iWeb 应用程序有一个大概的了解。

13.4.2　iWeb 初识

　　如果要打开 iWeb 应用程序，则可以点按 Dock 工具栏上的 iWeb 图标，或者点按"应用程序"文件夹中的 iWeb 图标即可启动 iWeb 应用程序，启动后的"iWeb"窗口，如图 13-35 所示。

图 13-35　"iWeb"窗口

　　● **侧栏：** 在创建网页时，所有已添加的网页，将显示在侧栏中。点按站点旁边的三角形按钮，可以显示或隐藏站点中的页面。可以在列表中拖移这些页面，以重新排列它们，也可以将一个网站的页面拖到另一个网站中。

　　● **网页画布：** 网页画布是创建网页内容的地方，可以将图形文件、影片文件和声音文件拖到画布上以将它们添加到网站中。

　　● **导航菜单：** 网页目录，导航菜单会以链接形式列出网页中的页面。访问者只需点按链接，就可以访问到相应的页面。iWeb 将自动为网页创建导航菜单。

　　● **占位符文本和图形：** 用于替换自己的文本和图形。

　　● **媒体面板：** 用于显示 Mac 电脑中的所有音频、照片、视频文件以及可以添加到网站中的 Widget。

13.4.3　创建网站

　　在创建网站之前，需要先确定网站的主要内容，比如，是要共享照片、写旅行日志还是展示作品等。确定好内容之后，就可以使用 iWeb 提供的各主题模板创建精美的网站了。下面介绍创建网站的基本操作步骤。

1．添加页面

（1）打开 iWeb 应用程序后，点按窗口底部的"添加页面"按钮，或者选择"文件→新建页面"命令，在打开的选取模板对话框中选取一个主题（现代相框），然后再选中相应的页面模板（欢迎），点按"选取"按钮即可，如图 13-36 所示。

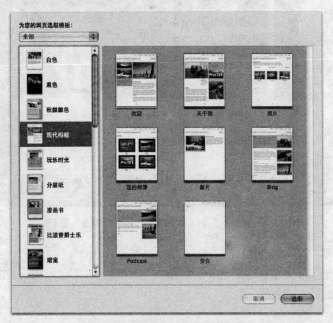

图 13-36　选取页面主题和模板

（2）现在将拥有了第一个网页（这是一个模板网页），在"iWeb"窗口中可以看到已建立的站点和"欢迎"页面的内容，如图 13-37 所示。

图 13-37　已创建的网页

（3）为了能够看到更多的可编辑网页内容，可以点按底部工具栏上的"隐藏媒体"按钮，暂时将"媒体"面板隐藏起来，如图 13-38 所示。此时"隐藏媒体"按钮变成了"显示媒体"。

图 13-38　隐藏"媒体"面板之后的"iWeb"窗口

2. 添加文本

连按页面上的占位符文本，将其选中。当输入文本时，高亮显示的占位符文本将被所输入的文本内容替换，如图 13-39 所示。

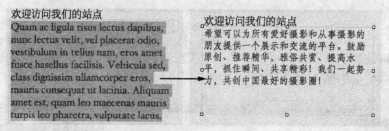

图 13-39　添加文本

可以将文本框拖到页面上的任意位置，也可以拖动文本框周围的调节手柄，使文本框变大或变小以容纳更多或更少的文本内容，如图 13-40 所示。

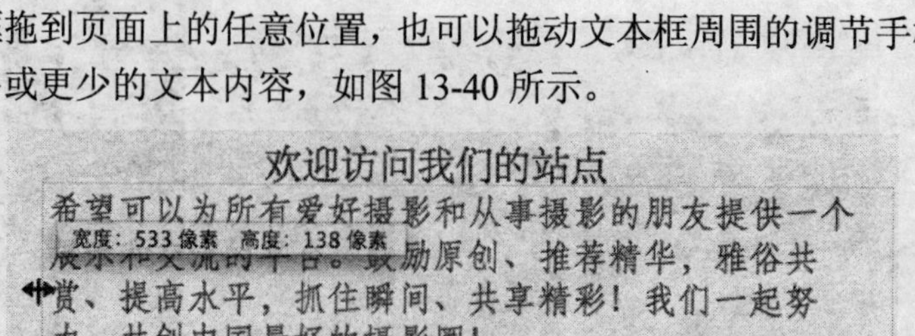

图 13-40　调整文本框的大小

要看到页面上所有文本框的边框，可以选择"显示→显示布局"命令，以查看所有的文本框。

如果要设置文本字体的样式,则可以连按已输入的占位符文本将其选中,点按工具栏上的"字体"按钮 $\overset{A}{=}$,打开"字体"窗口,然后选取相应的字体样式、大小和颜色等,如图 13-41 所示。

图 13-41 设置占位符文本的字体样式

3. 添加自己喜欢的图形内容

iWeb 模板包含了与占位符文本类似的占位符图形,它们指示模板内图形的大小和位置。要添加图形,最简单的方法就是将"媒体"面板中的图形直接拖曳到占位符图形上。

点按工具栏上的"显示媒体"按钮,打开"媒体"面板,然后点按"照片"标签,打开 iPhoto 和 Photo Booth 中的照片,如图 13-42 所示。

图 13-42 "照片"标签

在"照片"标签下方的缩略图中,找到要添加到网页中的图片,将其拖曳到网页上的占位符图形的上,如图 13-43 所示,然后松开鼠标左键即可。

此时,原来的占位符图形消失,替换成刚添加的图片。添加后的占位符图形效果如图 13-44 所示。

如果当前图与原始图片的片尺寸大小不同,那么还需要调整占位符图片的大小。方法是:选中该占位符图形(选中之后,图形周围会出现调节手柄),此时屏幕上会打开一个编辑面板,向右拖动该面板中的滑块,直至图片完全适合于周围的边框即可,如图 13-45 所示。

图 13-43　替换占位符图形

图 13-44　添加后的点位符图形

图 13-45　调节占位符图片的大小

提示 还可以将桌面以及电脑上的任何文件夹中照片或者图像拖曳到占位符图形上使用。

4. 使用照片模板添加照片

（1）iWeb 的"照片"模板提供了照片网格功能，能够添加、整理和格式化照片。还可以修改网格的外观、照片数量以及照片标题的长度等。如果还没有创建一个"照片"页面，则可以在"iWeb"窗口底部，点按"添加页面"按钮，从打开的选取模板对话框中选取一个主题（现代相框），然后在右侧选中"照片"模板，点按"选取"按钮即可创建一个"照片"页面，如图 13-46 所示。

图 13-46　添加"照片"页面

（2）点按"照片"页面中的图片，即可打开"照片网格"面板，如图 13-47 所示。

图 13-47　打开"照片网格"面板

可以使用"相簿样式"选项更改照片的相框样式，点按"相簿样式"选项下面的相框样式，然后从打开的面板中选取一种样式即可，如图 13-48 所示。

图 13-48　更改相框样式

（3）点按"媒体"面板中的"照片"标签，并在下面的缩略图区域选取要添加到照片网格中的照片，然后将其拖曳到"照片"页面中的照片网格上，如图 13-49 所示。拖曳时，屏幕上会出现所添加的照片数量，完成后松开鼠标左键即可。

图 13-49　将照片添加到照片网格中

在选取照片时，可以在按住 shift 键或 command 键的同时点按选取多张相邻或不相邻的照片。如果只将一张照片拖曳到照片网格上，则网格上的所有额外占位符将消失。

（4）此时，可以在"照片"页面中的照片网格区域看到所添加的照片。如果当前照片网格内的照片数量超过了在"照片网格"面板中设置的"每页照片数"，那么 iWeb 会将照片网格分成多个"照片"页面并添加页码和导航箭头，如图 13-50 所示。

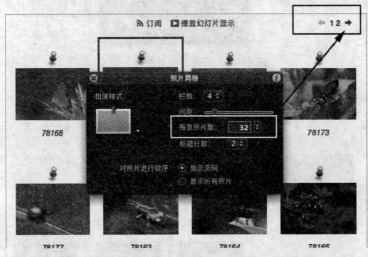

图 13-50　iWeb 将照片网格分成多个"照片"页面显示

（5）当连按照片网格中的某一照片时，放大的照片将显示在下方，如图 13-51 所示。点按顶部列出的任意缩略图，可以在下面放大显示该照片。点按向左向右的箭头按钮可以查看上一组或下一组的缩略图。

（6）点按相应照片下面的占位符文本，然后输入标题内容即可，如图 13-52 所示。

图 13-51　放大显示照片

图 13-52　输入照片的标题内容

也可以使用"我的相簿"模板为相簿和影片创建图片索引。在索引页上，访问者可以点按相簿或影片的图像，以查看完整的相簿或影片。

也可以将 iPhoto 中的事件、相簿、照片或影片直接发送到 iWeb 的"照片"和"博客"页面中，然后再使用 iWeb 来设计和发布自己的网站。

5. 创建博客

"博客"一词是 Web 日志的简称。iWeb 上提供了两种博客模板：Blog（博客）和 Podcast。Podcast 是类似 Internet 广播或电视节目的音频或视频文件。访问者可以通过订阅自动下载新的专题节目。

（1）点按"iWeb"窗口底部的"添加页面"按钮或者选择"文件→新建页面"命令，打开选取模板对话框，在左侧侧栏中选取"现代相框"主题，然后在右侧页面中选中"Blog"模板，点按"选取"按钮即可，如图 13-53 所示。

图 13-53　创建"博客"页面

（2）连按"博客"页面中的占位符文本以创建自己的标题、正文内容和日期等，如图13-54所示。

（3）对于既包含文本又包含图形的文本框，还可以对其进行编辑，比如设置文本框的布局、是否显示照片、照片大小和照片比例等，如图13-55所示。

（4）在创建"博客"页面时，侧栏中会出现3个选项：Blog、条目和归档，如图13-56所示。

iWeb 会自动创建一个导航菜单，也就是显示在网页的每个页面上的目录。用户在导航菜单上点按一个页面标题就可以前往该页面。如果要删除网站或网页，则可以在侧栏中将其选中，然后按 delete 即可。

也可以在页面上放置文本超链接和其他特殊功能，比如 Google 地图、iSight 照片、iSight 影片、RSS 提要和倒计时等，其操作方法不再赘述。有兴趣的读者可以参阅本套丛书中的《iLike 苹果电脑上网轻松学》一书的内容介绍。

图 13-54　编辑博客的内容

图 13-55　编辑包含文本和图形的文本框

图 13-56　Blog 中的内容

6.　在 Internet 上发布网站

在 iWeb 中创建的站点必须发布以后才能显示在 Internet 上。用户可以通过以下方式发布站点：将站点发布到 MobileMe、使用 iWeb 的 FTP 功能发布站点和将站点发布到本地文件夹中。

下面简单地介绍一下怎样将站点发布到 MobileMe。

如果已拥有 MobileMe 服务订阅（包括 60 天免费试用的订阅），则可以发布站点到 MobileMe（在试用期结束前，发布的任何站点都可以通过 Internet 访问）。iWeb 将为站点生成一个网址（http://web.me.com/用户名），用户也可以使用自己的域名。

（1）选中 iWeb 窗口侧栏中的站点名称，此时窗口中将显示出"站点发布设置"内容。

（2）点按"发布到"选项后面的下拉按钮，从打开的菜单中选取"MobileMe"命令，然后根据需要输入站点名称和电子邮件地址，如图 13-57 所示。如果没有提供站点名称，则 iWeb 将自动创建名称，比如"站点"。

（3）如果想要使用密码来保护网站，则需要勾选"使我发布的站点不公开"复选框，然后在下面的文本框中输入用户名称和密码。

（4）如果要在发布站点时更新 Facebook 描述文件，则需要勾选"发布此站点时更新我的 Facebook 描述文件"复选框（要实现该操作，必须有一个 Facebook 账户）。

（5）设置完成后，点按 iWeb 窗口底部工具栏中的"发布站点"按钮![]即可。发布的时间取决于站点的大小。发布后，用户可以在 Internet 上访问该站点或者发送电子邮件向朋友和家人宣布该站点。在 iWeb 侧栏中，已发布的站点和网页为蓝色显示，未发布的站点和网页为红色显示。

图 13-57　MobileMe 发布设置

如果还没有 MobileMe 服务订阅并且不想订阅，则可以使用 iWeb 内建的 FTP（文件传输协议）发布功能，将站点发布到另外的托管提供商。即使拥有 MobileMe 服务订阅，也可以使用 iWeb 内建的 FTP 功能发布站点。另外，还可以将网站发布到个人电脑上的某个文件夹，如果已经有本地 Web 服务器或者电脑启用了 Web 共享功能，此功能将很有用。

第14章
系统的维护与数据备份

就像平时和朋友交往一样，电脑也是我们亲密无间的"好朋友"，需要进行维护，才能和它进行顺利的"交往"。对于电脑中的数据文件，尤其是那些重要的数据文件，需要进行必要的备份，才能确保其安全性。本章就介绍一下关于苹果日常维护、电脑备份和安装操作系统方面的内容。

在本章中主要介绍下列内容:

● 日常维护与常见故障解决

● 防病毒与黑客

● 数据备份

14.1　日常维护与常见故障解决

在使用苹果电脑的过程中,由于使用不当或者其他多种原因可能会导致系统出现一些问题或者故障。这是很正常的,就像我们收看的电视机、骑的自行车那样,偶尔也会出现一些故障或者问题。有的苹果电脑用户在出现问题后,不知如何处理和解决,因此,我们专门在这一节的内容中介绍一下这方面的相关问题,以便用户更好地使用苹果电脑进行工作和娱乐。

14.1.1　导致苹果出现问题的原因

苹果电脑出现某些故障往往是由多方面的原因造成的。不一定是硬件的问题,甚至不一定是电脑本身的问题。人为操作不当、外界环境、软件异常、软件之间的冲突等多方面的原因也会导致电脑故障。处理电脑故障往往要从很多方面加以综合考虑。一般可以分为以下 6 个方面。

- 用户操作不当
- Bug 问题
- 软件之间的相互冲突
- 感染了病毒或者受到了黑客的攻击
- 使用环境不合适
- 硬件问题

下面简单地介绍一下这 6 个造成苹果电脑产生故障的原因。

1. 用户操作不当

通常,这是最多的一类问题产生原因。很多电脑故障都是由于非常简单的原因造成的,据统计有 80%以上的故障都是人为故障,即由于使用或者操作不当造成的。

俗话说"车到山前必有路,船到桥头自然直",出现问题后,不要担心,也不要着急,我们有办法来把它们解决掉。根据前面划分的产生故障的原因,可以使用不同的方法来进行处理。建议读者多参考一些与电脑操作相关的图书或者资料,或者请教有使用经验的用户,不要盲目地自行处理。一定要按照软件或者应用程序的操作指示操作电脑。定期地整理自己的文件,并删除没用的文件,以便留出足够的磁盘空间以供使用。正确地识别系统文件和自制文件,不要删除那些看似无用,但是却很关键的系统文件。还需要了解在苹果电脑上运行的软件或者应用程序的硬件要求,比如,某些需要在安装 Interl CPU 的苹果电脑上运行的软件,而在安装 G3 或者 G4 的苹果电脑上就不能正常地运行。

2. Bug 问题

Bug 问题也是一种常见的问题根源所在。而且种类也涉及多方面,包括软件或者硬件方面的设计缺陷问题、硬件生产制造时产生的问题、硬件之间的冲突问题等。尽管设计人员或者制造商尽力避免出现 Bug 问题,但是他们不可能把所有的 Bug 问题都解决了。

对于那些由于 Bug 引起的问题,需要更换软件或者硬件。对于苹果电脑而言,硬件都是原装的,更换硬件基本上行不通,因此,还是以更换软件为主。

3. 软件之间相互冲突

通常,软件原因导致的故障被称为"软故障"。电脑是一个需要软硬件结合才能正常使用的特殊产品,不安装软件的电脑只是"裸机",几乎是没有任何用途的。软件对电脑正常使用

的影响非常大，据不完全统计，对大多数用户来说，电脑日常使用中出现的很大一部分故障是由软件原因导致的

> 有时，系统本身也存在一些问题，或者系统也会与一些软件发生冲突。这也是一类**提示** 原因。

对于软件冲突原因导致的故障则需要更换软件，也可以尝试更新系统文件或者更新所使用的软件。

4. 感染了病毒或者受到了攻击

随着 Internet 的迅速普及，病毒数量越来越多，破坏性越来越大，一些病毒轻则引起电脑不能正常启动，重则损坏电脑硬件。另外电脑还可能受到黑客的攻击，关于防毒与防黑问题，读者可以参阅本章后面内容的介绍。

对于那些由于病毒或者黑客入侵导致的问题，需要用户在电脑上安装防毒和杀毒软件来进行控制，另外通过设置防火墙也可以防止黑客的侵袭。

5. 使用环境不合适

有时，如果使用电脑时的周边环境不符合要求，如温度过高、湿度过大、电磁干扰、电源转接短路等，还有未正确地进行必要的日常维护。另外，用户放置电脑的空间环境不能做到完全清洁、密闭，不能彻底消除静电和灰尘，所以一些部件容易因为大量积尘而导致故障。

一定要在适合使用苹果电脑的自然环境下使用苹果电脑，比如保持室内清洁卫生，远离磁场和高压线等，另外还要保持周边温度不要过高或者过低。

6. 硬件问题

根据相关的统计，大约有不到 10%的故障是由于硬件损坏而产生的，即人们所说的"硬故障"。在硬件故障中，除了一些硬件损坏导致的故障外，其余故障都比较容易进行维修。具体地说，产生电脑故障的原因有以下两点。

（1）组件故障。电脑中的一些组件如 CPU 风扇、显卡、内存等，在多次插拔后容易损坏，从而导致故障。

（2）电脑及部件老化。目前电脑的正常使用年限为 7 年，一般来说，使用了 5 年左右的电脑各种部件就可能老化，并会出现这样或那样的问题。

对于硬件产生的问题，通常，可以把它们划分为自己可以维修和自己不可以维修两大类。下面简单地介绍一下。

（1）有些电脑故障是可以自己动手，经过简单的维修就能排除的。自己可以维修的故障包括由于设置不当、大量积尘、电压不足等导致的故障问题。

（2）自己不能维修的，也就是说必须送去进行专业维修的故障。凡是部件老化、烧坏、元器件损伤、人为损坏以及硬盘故障、光驱故障、主板故障、CPU 及 CPU 风扇故障等，则必须送交厂商维修，千万不要自行打开。

14.1.2 通过维护来防止电脑故障的产生

其实，有些故障是我们可以防止产生的。俗话说"防比制更重要"，如果出现了故障再进行解决就比较烦琐一些了，因此用户需要了解一下如何防止产生电脑故障。下面我们根据自己使用苹果电脑的经验介绍一下如何防止一些常见苹果电脑故障的产生。

1．要做好苹果电脑日常的维护工作。

通常，维护工作主要包括的是系统文件及一些软件的更新和升级。因为苹果公司为了提高苹果电脑的性能，也在不断地开发一些更新程序或者补丁程序。下面介绍一下苹果电脑系统和软件的升级操作步骤。

（1）启动苹果电脑，然后确定连接上 Internet。

（2）选择"🍎→软件更新"命令，打开"软件更新"窗口，如图 14-1 所示，即可自动进行软件更新的连接及下载。

（3）下载完需要更新的软件之后，在"软件更新"窗口中点按"安装"按钮即可进行安装。

（4）也可以通过从苹果菜单栏中选择"🍎→系统偏好设置"命令，打开"系统偏好设置"窗口。在"系统偏好设置"窗口中点按"软件更新"图标进行升级方案的设置。

（5）在"系统偏好设置"窗口中，找到并点按🔄图标，将会打开"软件更新"窗口，如图 14-2 所示。

图 14-1 "软件更新"窗口 1

图 14-2 "软件更新"窗口 2

（6）在系统默认设置下，"核（检）查更新"和"自动下载重要更新"两个选项都是被选中的。如果没有选中这两个选项，那么勾选它们，这样，如果连接上 Internet 的话，就可以进行自动更新。

（7）如果在"软件更新"窗口中点按"现在核（检）查"按钮，那么就会打开"软件更新"窗口。如果现在电脑连接到 Internet 的话，即可自动进行软件的核查和下载。

> 提示 在"软件更新"窗口中点按"现在核查"按钮和通过选择"🍎→软件更新"命令打开的"软件更新"窗口是相同的。

2．安装杀毒软件并及时更新

在自己的苹果电脑上最好安装上一款比较好的杀毒软件，并做好定期的升级工作。这样可以防止病毒侵蚀或者感染电脑。另外要设置好防火墙以防止黑客的侵袭。

3．定期地清理磁盘

由于现在网络比较普及，苹果电脑用户会在自己的电脑上处理很多的工作文件，包括在电脑上存放很多的有用文件。有的用户还会下载一些音乐文件和电影文件进行娱乐。这些文件一般比较大，如果搜集的音乐文件和电影文件比较多，而且不及时清理的话，那么磁盘将被"填满"，这样将会导致系统执行性能降低，甚至有些应用程序运行不起来。

> 提示 关于磁盘维护的问题，请参阅本章后面相关内容的介绍。

另外，在平时使用电脑的过程中，注意不要磕碰或者用硬物撞击苹果电脑，也不要在高温和高湿环境下使用苹果电脑。尽量在清洁的环境中使用苹果电脑。出现问题后，最好请教有经验的人帮助解决，更不要私自拆卸电脑硬件。

14.1.3 磁盘维护

所谓磁盘就是我们电脑上硬盘，但是人们还是习惯于称之为磁盘，希望读者能够明白这两个概念。磁盘是苹果电脑上的重要硬件组成部分，是我们存放数据的仓库，所以我们需要重视它的维护。

磁盘和苹果电脑上的其他硬件相比，有它的独特性。比如电脑上的 CPU，开机之后，它只要正常运行就可以了。但是磁盘却不同，我们每天都要在磁盘上存放很多的数据，也可能会删除一些数据，基本上，每天都有数据更新操作。就像仓库一样，我们每天都可能会往里存放一些东西，也可能会搬运出一些东西，搬运或者存放的东西多了，就需要进行整理和维护。

通过维护磁盘可以保持它的最佳执行性能，并防止一些问题的产生。通常，使用 Mac 中的"磁盘工具"来维护磁盘。

1．打开磁盘工具

说磁盘工具是一种工具，其实，它是一个对话框，在该对话框中包含有多个选项，使用它可以检查和处理一些磁盘方面的问题。在使用磁盘工具之前，我们需要先将其打开。下面介绍一下打开它的操作。

（1）打开苹果电脑中的磁盘，并找到"应用程序"窗口，通过双击把它打开。

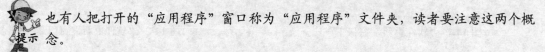
也有人把打开的"应用程序"窗口称为"应用程序"文件夹，读者要注意这两个概念。

（2）在"应用程序"窗口中找到"实用工具"，通过双击把它打开。下面是打开的"实用工具"窗口，如图 14-3 所示。

图 14-3　打开的"实用工具"窗口

（3）在"实用工具"窗口中找到"磁盘工具.app"，通过双击把它打开。下面是打开的 Macintosh HD 窗口，如图 14-4 所示。这就是我们所说的磁盘工具。

（4）在打开的 Macintosh HD 窗口中，在选择一个磁盘之后，就可以看到 4 个标签 急救　抹掉　RAID　恢复 ，分别是"急救"、"抹掉"、"RAID"和"恢复"。通常，我们使用这 4

个标签中的选项来维护磁盘。

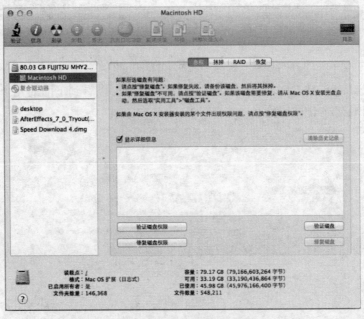

图 14-4　打开的 Macintosh HD 窗口

2. 检查和处理磁盘问题

在打开的 Macintosh HD 窗口的左侧面板中，可以看到列出的在苹果电脑中安装的磁盘以及每个磁盘下所包含的宗卷（磁盘宗卷），如图 14-5 所示。

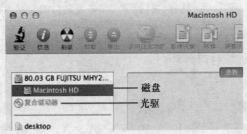

图 14-5　列出的磁盘

（1）如果想检查某个磁盘，那么在左侧面板中选择要检查的磁盘，选择后，即可在 Macintosh HD 窗口的右侧面板中显示出相关的提示，如图 14-6 所示。可以根据提示，通过点按不同的按钮进行操作。

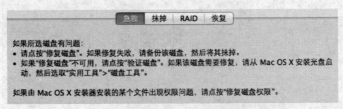

图 14-6　列出的提示选项

（2）在 Macintosh HD 窗口的底部显示出所选磁盘的相关数据，比如磁盘描述、格式、文件夹数量、容量、可用容量、已使用容量和文件数量等，如图 14-7 所示。

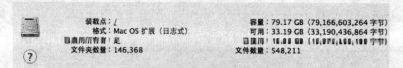

图 14-7　列出的所选磁盘的数据

（3）如果在 Macintosh HD 窗口中选择"抹掉"，那么可以看到下面的几个提示选项，如图 14-8 所示。我们根据图中的提示进行操作即可。

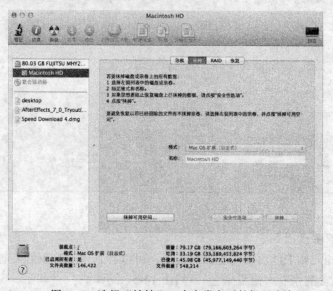

图 14-8　选择"抹掉"一个宗卷之后的提示内容

（4）如果在 Macintosh HD 窗口中选择光驱，那么可以看到下面的几个提示选项，如图 14-9 所示。可以根据图中的提示进行操作即可。

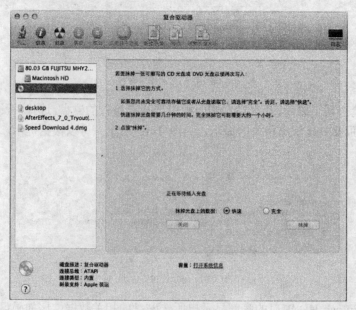

图 14-9　打开的提示选项

（6）如果想验证磁盘或者修理磁盘，那么需要先选择一个磁盘或者宗卷，然后点按"急救"标签，在"急救"标签中点按"验证磁盘"按钮或者"修理磁盘"按钮即可。下面是点按"修理磁盘"按钮后的修理结果，如图 14-10 所示。

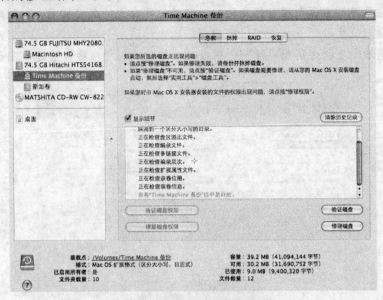

图 14-10　修理磁盘

通过在点按"急救"标签中的　验证磁盘权限　按钮可以验证磁盘权限，而点按　修复磁盘权限　按钮可以修复磁盘权限。

如果要复制磁盘或者将磁盘映像恢复到磁盘，那么可以使用磁盘工具中的"恢复"标签中的选项来进行复制或者恢复，操作非常简单，根据"恢复"标签中的提示进行操作即可，不再赘述。"恢复"标签如图 14-11 所示。

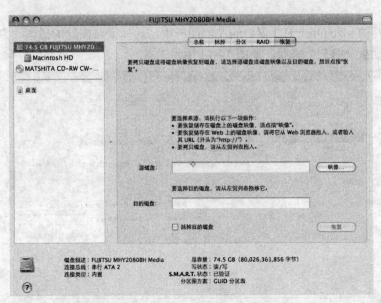

图 14-11　"恢复"标签

使用磁盘工具中的"RAID"标签中的选项用于设置磁盘阵列，读者根据"RAID"标签中的提示进行操作即可，在本书中不再赘述。"RAID"标签如图 14-12 所示。通过镜像 RAID 磁盘阵列（也称 RAID 1）可以将我们的数据写入两个或多个磁盘，因此磁盘阵列中每个磁盘包含的数据与其他磁盘上的数据相同。如果磁盘阵列中的一个磁盘发生故障或被去掉，则磁盘阵列中的另一个磁盘可以立即容纳该磁盘的数据。当我们重新连接或替换一个磁盘时，磁盘阵列会在后台重建该磁盘的数据。

图 14-12 "RAID"标签

3. 使用磁盘工具抹掉磁盘

可以使用磁盘工具快速地抹掉磁盘或者重新格式化选择的宗卷以及可擦写的光盘（比如 CD-RW 光盘）。抹掉磁盘表示将该磁盘上的数据全部擦除掉了。下面介绍一下抹掉磁盘的具体操作。

（1）在打开的 Macintosh HD 窗口的左侧面板中，选择需要擦除的磁盘、宗卷或者光盘，也可以是移动硬盘中的某个宗卷，如图 14-13 所示。

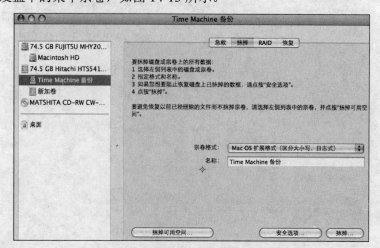

图 14-13 选择磁盘

提示 可以根据在 Macintosh HD 窗口中列出的提示内容进行操作。

（2）在 Macintosh HD 窗口中点按"抹掉"标签。然后在"宗卷"右侧点按下拉按钮，并从打开的选择列表中选择一种格式，如图 14-14 所示。

 提示 根据选择的磁盘、宗卷的不同，在该列表中列出的内容也有所不同。下面是选择另外一个宗卷后打开的列表，如图 14-15 所示。

图 14-14　列出的格式选项 1

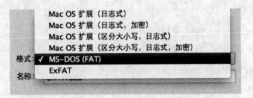

图 14-15　列出的格式选项 2

（3）根据自己的需要，在"名称"栏中设置一个新的名称。

（4）点按 Macintosh HD 窗口底部的 安全选项… 按钮，将会打开安全选项对话框，共有 4 个选项，如图 14-16 所示。

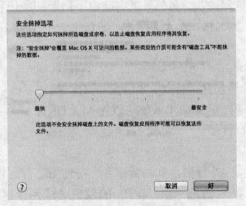

图 14-16　安全选项对话框

（5）可以根据安全选项对话框中的提示选择我们需要的选项。在选择这些选项之前，一定要仔细阅读这些选项，了解每个不同选项的真正含义。

（6）选择好安全选项之后，点按"好"按钮，关闭安全选项对话框。然后点按 Macintosh HD 窗口底部的 抹掉… 按钮，此时将会打开一个对话框，询问我们是否真的要抹掉该磁盘或者宗卷，如图 14-17 所示。

（7）如果不想进行抹掉操作，那么点按"取消"按钮，如果点按"抹掉"按钮，那么就开始执行抹掉操作了，同时会打开一个抹掉进度条，如图 14-18 所示。

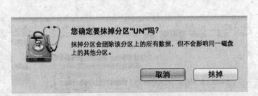

图 14-17　打开的确定对话框

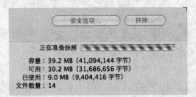

图 14-18　打开的抹掉进度条

4. 优化磁盘

像一些操作系统一样，磁盘也可以进行优化，通过优化可以提高磁盘的执行效率。磁盘的优化方式有下列几种。

清理磁盘碎片

用户在使用的电脑磁盘上经常存储数据，也经常删除数据，另外还会经常安装或者卸载一些应用程序。时间长了，磁盘上就会生成一些磁盘碎片。如果磁盘碎片多了，就会影响到磁盘的执行效率。因此我们最好定期地清除这些磁盘碎片，以获得最佳的磁盘执行效率。但是，美中不足的是在 Mac OS X 系统中，没有内置的磁盘碎片清理工具，我们需要另外下载一种这样的工具来清理磁盘碎片。现在有一种名称为 Tech Tool Pro 的磁盘碎片清理工具，可以到 www.micromat.com 网站上去下载和使用。该工具的使用非常简单，在本书中不再详细介绍。

清理磁盘

在这里介绍的清理磁盘不是清理磁盘碎片，而是清理磁盘上的数据和应用程序。就像一部大货车，在车上装载的货物越多，重量就越大，大货车跑起来就越费油，跑起来也就越慢。我们使用的磁盘也是这样，在磁盘中存储的数据越多，它的执行效率就越低，因此应该把磁盘中不使用的或者没有用的数据删除掉。另外，把电脑中不需要的应用程序卸载掉，也能够为磁盘"减负"，从而起到优化磁盘和提高磁盘执行效率的作用。

更新操作系统

Mac OS X 操作系统虽然已接近完美，但是还是有一些需要改进的地方，苹果公司也在不断地致力于这一项工作。通过更新操作系统可以使 Mac OS X 操作系统的执行性能更加完美，从而也可以提高磁盘的执行性能。

5. 磁盘分区

对于新购置的磁盘，包括外置磁盘和内置磁盘，在使用之前应该对它进行初始化操作，而且还可以对磁盘进行分区，比如把一块 80GB 的硬盘分成两个区，可以把一个分区设置为 20GB，把另外一个分区设置成 60GB。这样可以方便我们在不同的磁盘分区中存储不同的数据或者安装不同的操作系统。通常，通过分区磁盘就可以初始化磁盘。下面我们简单地介绍一下磁盘分区的具体操作。

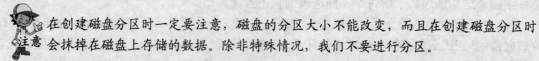 在创建磁盘分区时一定要注意，磁盘的分区大小不能改变，而且在创建磁盘分区时会抹掉在磁盘上存储的数据。除非特殊情况，我们不要进行分区。

（1）按照前面介绍的方法，接入新磁盘后，打开磁盘工具，并点按"分区"标签，如图 14-19 所示。可以在打开的磁盘工具（Macintosh HD 窗口）左侧面板中看到安装在苹果电脑上的磁盘，磁盘下面是它所包含的宗卷。

如果没有显示出"分区"标签，那么选择一个磁盘，注意不要选择宗卷，这样就可以看到"分区"标签了。

（2）在磁盘工具窗口下方，可以看到所选磁盘的详细信息，如图 14-20 所示。

（3）既可以对磁盘进行分区，也可以对移动硬盘进行分区。假如我们要对移动硬盘进行分区的话，那么选择移动硬盘，然后点按"宗卷方案"下面"当前"右侧的下拉按钮，将打开一个选择列表，如图 14-21 所示。在该列表中可以选择将磁盘分成几个区。

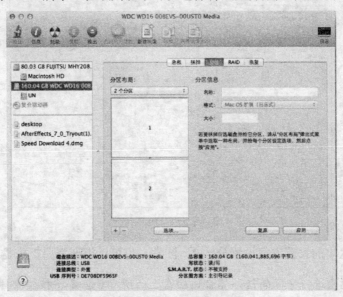

图 14-19　打开的磁盘工具

图 14-20　所选磁盘的状态

图 14-21　打开的选择列表

（4）如果选择 2 个分区，那么将会打开下面的窗口，如图 14-22 所示。在该窗口中可以看到两个未命名的分区，分别是"未命名 1"和"未命名 2"。

（5）首先设置分区 1（未命名 1），然后可以在"宗卷信息"下面的"名称"输入栏中输入分区的名称，在"格式"右侧通过点按其下拉按钮选择一种磁盘格式。在"大小"输入栏中输入数值来设置分区的大小。

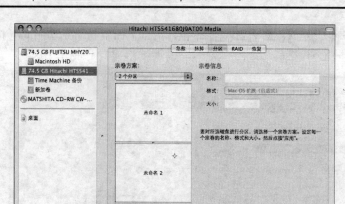

图 14-22　打开的窗口

（6）根据分区 1 的设置方案设置分区 2。注意，也可以根据需要把磁盘分成多个分区。

　　　如果对磁盘进行分区的话，那么该磁盘上的所有数据都将被擦除掉，因此，在对一
提示　个磁盘或者移动硬盘进行分区之前要对有用的数据进行备份。

（7）点按磁盘工具窗口下面的"选项"按钮，将会打开一个分区选项对话框，共 3 个选项，如图 14-23 所示。

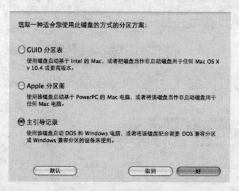

图 14-23　分区选项对话框

　　　至于选择哪个选项，读者一定要仔细阅读分区对话框中每个选项的含义，以确定选
提示　择了合适的选项。

（9）根据自己的需要，在分区选项对话框中选择一个选项，然后点按"好"按钮关闭分区选项对话框。

（10）在磁盘工具窗口中点按"应用"按钮，将打开一个警告对话框，然后点按"分区"按钮就可以进行分区了。

14.1.4　网络故障及排除

我们经常使用苹果电脑上网，包括 Internet 和局域网。有时会出现网络不能连接或者中断

现象。出现这种问题后，不要着急或者担心，因为这些问题我们也是可以自行解决的。首先让我们来看一下网络的连接图，如图 14-24 所示。这是一种最普通的连接方式。

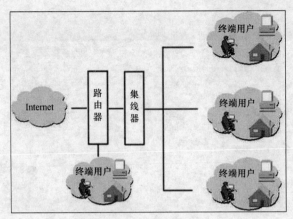

图 14-24　网络连接图示

当发生网络故障时，首先应该考虑这是否是由计算机的错误配置引起的，其次应该考虑是否是由于网络或者网络服务工作不正常引起的，最后考虑连接线是否松动以及电源是否打开等问题。

可以通过检查或者核实"网络"窗口中的各种设置是否正确，"网络"窗口（在"系统偏好设置"窗口中点按"网络"图标将其打开）如图 14-25 所示。在"网络"窗口中提供了已启用和活动端口配置的总览，可以快速地判断哪个端口配置有问题，从而纠正端口配置问题。而且在"网络"窗口中也可以核实 IP 地址、子网掩码、路由器和 DNS 服务器是否有效，并使网络处于已连接状态。

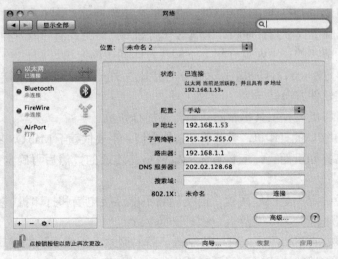

图 14-25　"网络"窗口

另外，应该了解网络的物理拓扑结构，网络中的电脑、电缆、集线器、连接器或者路由器都有可能是一个故障点。在诊断网络故障时，应该通过消除故障点来解决问题之所在。如果一台电脑通过转接器和集线器能够访问其他的电脑，那么这表明该网络（该网络是以太网）是正常工作的。如果不能访问其他的计算机，那么表明该网络有故障问题，那么就应该检查该以太网网络中的电缆线，然后检查以太网的网卡是否正常以及连接是否正确。

另外，也可以使用"实用工具"窗口中的"网络实用工具"来查看网络信息，比如 Ping、Tracerout 或者 Lookup 之类的命令来测试网络的连通性。"网络实用工具"窗口如图 14-26 所示。

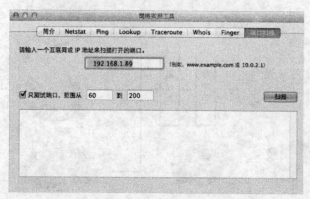

图 14-26 "网络实用工具"窗口

关于网络实用工具的使用，一般只有高级用户或者网管员才能使用得到，对于一般用户而言，出现这类问题时，最好请教一下有使用经验的用户。

由于本书篇幅有限，关于 Ping、Tracerout 或者 Lookup 之类命令的使用和设置，有兴趣的读者可以参阅本书作者编写的、由本社出版的另外一本关于苹果电脑的图书——《Mac OS X 10.5 中文版从入门到精通》。

14.1.5 打印故障及排除

当使用苹果电脑进行打印工作的时候，也可能会出现问题，最常见的就是电脑不能与打印机连接，或者在电脑中找不到打印机。出现这种问题后，请不要着急或者担心，因为这些问题我们也是可以自行解决的。下面就介绍一下解决打印问题的方法。

（1）假如还有另外一台打印机，那么尝试连接上另外一台打印机。这样可以诊断问题出在打印机上还是出在软件方面。

（2）尝试在打印机设置工具中删除并重新添加打印机。

（3）对于 USB 接口的打印机，尝试手动添加它们，不要依赖于 Mac OS X 自动添加它们。

（4）对于网络打印机而言，应该首先确定网络是连通的，然后再确定是硬件还是软件的问题。

（5）如果已经确定不是硬件问题，但是仍然不能连接电脑和打印机，那么可以考虑重新安装打印机驱动程序。

（6）更换打印机的驱动程序，可以从制造厂商的网站上下载更新的驱动程序。

（7）如果打印文档的格式出现问题，那么应该在打印页面设置对话框中检查页面设置是否有问题。

（8）了解或者检查打印机的日志文件，比如 error_log、 page_log 和 access_log 等，通过检查它们也可以了解到一些无法打印的问题根源。

（9）对于网络打印机而言，我们可能无法解决出现在网络打印机和打印服务器身上的问题，此时，应该与那些计算机和打印机的管理员协同解决这类问题。

（10）最后一招是联系打印机供应商，让他们来解决这类问题。

14.1.6　其他外设故障及排除

当使用苹果电脑的时候，有时也会与其他一些设备进行连接，比如数码相机、扫描仪、U盘等，一般我们把它称为外围设备，简称为外设。有时也会出现电脑不能与它们进行连接的问题。出现这种问题后，也不要着急或者担心，因为这些问题也可以自行解决。下面就介绍一下解决与其他外围设备不能连接问题的方法。

（1）有的外设需要在电脑上安装驱动程序，比如打印机和扫描仪，因此首先确认是否安装了外设驱动。

（2）更换接口。通常，苹果电脑都具有多个接口，可以尝试把这些设备连接到其他的端口上。

（3）如果这些外围设备带有自己的电源线，比如扫描仪或者大的移动硬盘都有自己的电源线，检查它们是否已经与电源连接上，或者是否连接得比较牢固。

（4）如果是 USB 1.1 的电源线，那么确定这种电源线不要太长，一般不要超过 4 米，太长的话，会由于电压不足而导致外设供电不足。

（5）核实苹果系统是否识别出该外围设备。这些外围设备连接到电脑之后，会在桌面或者Dock 工具栏中显示出它的图标，比如连接打印机后，在 Dock 工具栏中显示出的打印机图标，如图 14-27 所示。

图 14-27　Dock 工具栏中的打印机图标

（6）如果同时连接有多个外围设备，那么可以尝试拔出一个暂时不用的外设，有时会因为外设之间的冲突导致不可连接。

（7）下载并安装最新版本的驱动程序。

（8）与商品销售商联系，让他们帮助检查并进行解决。

14.1.7　常见操作问题的解决

在这一部分内容中，我们搜集并整理了一些在使用苹果电脑过程中经常出现的一些操作问题以及解决办法以飨读者。

1. 强制退出应用程序

在苹果电脑中运行的应用程序，有时由于操作不当或者其他原因产生一些问题，或者处于停止运行状态，这时候我们将无法关闭该应用程序，那么怎么办呢？不要担心，可以采用"强制退出"的方式关闭该应用程序。就像我们使用的电脑在死机时，我们采用硬启动的方法那样。通过强制退出方式退出应用程序后，不会对该应用程序或者苹果系统造成任何不良影响。下面介绍一下如何进行强制退出，主要有两种方法。

第一种方法：

如果应用程序出现了问题，那么可以通过选择苹果菜单中的"强制退出"命令，打开"强制退出应用程序"窗口，如图 14-28 所示。从中可以选择需要强制退出的应用程序，然后点按"强制退出"按钮即可强制退出选择的应用程序。

图 14-28　苹果菜单命令和"强制退出应用程序"窗口

 强制退出应用程序后，重新启动该应用程序，它就能正常运行了。

第二种方法：

按住键盘上的 option 键，然后把鼠标指针移动到 Dock 工具栏中的应用程序图标上并按住鼠标左键。比如在 MSN 图标上按住鼠标键和 option 键，此时将会打开一个菜单栏，如图 14-29 所示。然后从菜单栏中选择"强制退出"命令项即可强制退出 MSN。

2. 强制 CD、DVD 和移动硬盘退出

在苹果电脑的光驱中运行有 CD 或者 DVD 光盘的时候，有时由于某种原因，我们无法使光盘从光驱中弹出来。碰到这种情况时，也不要心急，可以通过使用下面介绍的两种方法来使它们从光驱中弹出来。

第一种方法：

如果遇到光盘不能弹出的问题，那么首先确定光盘没有在运行过程中，然后可以通过把屏幕上的光盘图标使用鼠标拖拽到屏幕右下角的废纸篓中　。另外，也可以通过在光盘图标上点按鼠标右键，将会打开一个菜单栏，然后从中选择"推出"命令即可。如图 14-30 所示。

图 14-29　在 Dock 工具栏中打开的菜单

图 14-30　打开的菜单栏

第二种方法：

如果遇到光盘不能弹出的问题，使用第一种方法不能使光盘弹出，那么可以重新启动电脑，听到启动声音后，按住鼠标键，直到光盘弹出为止。

3. 如果忘记管理员密码怎么办

当我们新购置了苹果电脑或者重新安装了系统之后，都需要设置一个苹果电脑的管理员密码，这个密码会经常使用到，因此需要牢记它们。但是，有时我们会由于遗忘把它给"丢失"了。如果忘记了这个密码怎么办呢？首先不要心急，应该先仔细地想一想，如果实在想不起来，那么可以采用下列方法来获得该密码。

（1）找到原始的苹果系统安装盘，并放进光驱中。

（2）在打开的安装界面中，点按"安装"按钮，注意，我们不是真正地要重新安装苹果系统，只是为了获得密码。

（3）当"欢迎"界面打开后，在"实用"菜单栏中选择"重新设置密码"命令项。

（4）在打开的密码输入栏中重新输入一个新的密码即可。

（5）退出安装程序，重新启动电脑，就可以使用自己新设置的密码了。

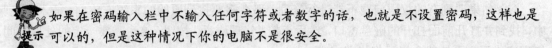

如果在密码输入栏中不输入任何字符或者数字的话，也就是不设置密码，这样也是可以的，但是这种情况下你的电脑不是很安全。

在为电脑设置好密码后，最好把它写下来，并放在一个比较容易找到的地方。也可以告诉信赖的人，让他帮你记下来。

4．修复权限问题

我们使用的苹果电脑有时会因为一个称为"权限"的问题给我们带来很多的麻烦或者产生一些使用方面的问题。比如权限无效会导致我们无法进行下面的操作或者工作。这该怎么办呢？不要着急，可以修复权限问题。下面介绍一下修复操作的过程。

（1）打开硬盘，然后打开"应用程序"窗口。

（2）找到并双击"实用工具"图标，打开"实用工具"窗口。

（3）找到并双击"磁盘工具"图标，打开一个包含修复选项的磁盘窗口，并在窗口的左上侧栏中选择一个磁盘，然后点按"急救"标签，如图 14-31 所示。

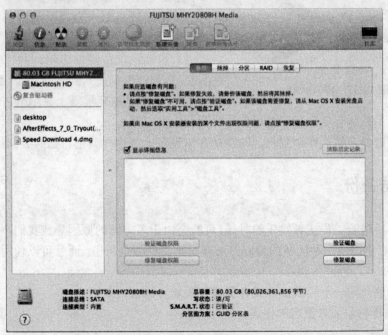

图 14-31　打开的磁盘窗口

（4）在磁盘窗口中找到并点按"修复磁盘权限"按钮，如图 14-32 所示。点按该按钮后，可能需要等待 10~20 分钟左右的时间。如果系统发现有关的权限问题，那么它就会进行对其进行修复。

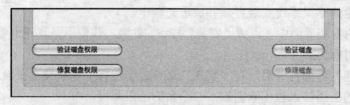

图 14-32　窗口中的"修复磁盘权限"按钮

（5）如果遇到有的权限问题不能进行修理，那么需要找到原始的系统安装盘，插入到光驱中，找到并打开前面打开的磁盘窗口，然后点按"修理磁盘"按钮，这也需要一定的处理时间。修理完成后，系统就会提示你修理完成。

　如果使用前面介绍的方法还是不能修复磁盘权限，那么只能把它拿到专业的修理商或者经销商那里去修复了。

5. 数据抢救之绝招

如果自己的苹果电脑操作系统发生了故障，而无法登录系统抢救数据或者恢复磁盘了，另外也没有安装盘，这该怎么办呢？

不要着急，俗话说的好："车到山前必有路，船到桥头自然直。"我们可以向同事、朋友借一台苹果电脑，还需要一根火线（IEEE 1394 线），把自己的电脑变成一个外接硬盘，让另外一台电脑直接读取就可以了。这种连接线可以在市场上购买到，价格也不高，型号也很多，下面是一种 1394 线的图示，如图 14-33 所示。

图 14-33　1394 火线

下面简单地介绍一下操作步骤。

（1）准备好另外一台没有问题的电脑和一根火线，先不要连接。

（2）启动出现故障的电脑，并按住键盘上的 T 键不放，直到该电脑进入到一种称为"目标磁盘模式"的画面中，也就是电脑屏幕上显示出 Firewire 的图标。

（3）启动另外一台电脑后，使用火线将两台电脑对联。

（4）复制数据，然后存储到自己的移动存储设备上。这样就把自己的数据抢救出来了。

14.2　数据备份

在使用苹果电脑工作或者娱乐的时候，可能会由于多方面的原因导致我们不能打开电脑或者丢失文件。防止出现这种问题的最好办法就是给文件做个备份，而且可以使用多种方法或者途径进行备份。

下面简单地介绍一下导致文件或者资料丢失 4 种原因。

● 受到病毒感染或者黑客的侵袭。

● 软件故障。

● 硬件故障，比如硬盘被烧或者硬盘受到外力的撞击导致打不开。

● 人为因素，比如不小心误删或者被同名文件替换。

14.2.1　备份策略和方法

做任何事情都需要使用一定的方法或者策略，这样才能起到事半功倍的作用，比如在这里介绍的备份。另外，我们每个人所处的环境不同，做事方式也不同，所以在文件备份方面也应该根据自己的实际情况选择适合自己的备份策略和方法。下面简单地介绍一下备份的策略和方法。

1. 确定备份的文件类型

备份时，应该确定自己应该备份哪些类型的文件。众所周知，在电脑上的文件类型很多，比如图片文件、视频文件、文稿文件、音乐文件、程序文件、系统文件和在自己的电脑上安装的应用软件等。这些文件我们可能在日后的工作或者生活中还会使用到，因此必须要进行备份。文件类型虽然多，但是可以对它们进行归类。根据自己的需要，把它们分成几种不同的类型，并设置好文件的名称，最好是使用容易区别它们的名称。划分类型后进行备份，这样在日后可以很容易地找到它们。也可以把文件进行总体划分，然后再进行细分。比如可以把文件划分为两类，第一类是娱乐用文件，第二类是工作用文件。另外也可以按使用的频率来进行划分。当然，划分方式都要按用户自己的喜好进行选择。

2. 确定备份方式

备份方式是指按什么样的形式进行备份。比如，电脑上不要备份的文件非常多，也就是说备份这些文件会占用很大的空间，但是我们只有一个外部移动硬盘可供使用，那该怎么办呢？方法就是选择部分最重要的内容进行备份。总体而言，可以分为三种备份方式。

部分备份

上面已经介绍过，由于条件有限，我们只能选择最重要的部分文件进行备份，直接把需要备份的文件复制到其他备份存储介质中即可，比如外置移动硬盘。当然，这种方式是最节省时间的一种备份方式。

全部备份

如果条件允许，那么可以把电脑上的所有文件或者资料进行备份。前提是备份条件充足，但是，如果把所有的文件都进行备份的话，那么会花费很多的时间。

累计性备份

这是一种比较特殊的备份方式，而且也很常用。比如，某位大作家正在写一部长篇小说，可能会需要很长的时间，那么他需要经常把自己编写的小说文档进行备份，或者每天都进行备份，这种备份就是累计性备份，也有人称其为增量备份。另外，很多的公司会使用这种备份方式。

3. 确定备份的介质

备份的介质通俗地讲就是把文件备份到哪里，或者说存放到什么地方。比如外置移动硬盘就属于一种备份介质。当然还有其他的备份存储介质。下面我们分类别介绍一下这些用于备份的介质。

其他的电脑

如果公司或者家里有多台电脑的话，那么可以把所有的电脑进行连网，也就是制作一个办公或者家庭的局域网，如图 14-34 所示。如果不制作局域网的话，那么也可以使用连接线把自己使用的电脑和其他电脑连接起来，把那些重要的资料备份到其他的电脑上。

外置移动硬盘

现在，移动硬盘的价格已经非常低了，一般我们都可以接受。因此，建议读者购买一块容量适中的移动硬盘。对于我们这些"苹果 fans"而言，最好购买一块专门用于苹果电脑备份的移动硬盘。

像一些带有存储卡的手机、U 盘、数码相机等也可以作为外置的备份用设备，但是建议读者最好不要把重要的资料备份到这些设备上，因为这些设备更容易丢失。

VCD、DVD 或者蓝盘

对于那些备份时间比较长，而且不能进行编辑或者修改的文件就可以把它们刻录到 VCD 光盘或者 DVD 光盘上进行保存和备份，比如像前面介绍的应用程序文件和电影文件等。而且现在新兴的蓝盘（Blue Disk）容量能够达到几十个 GB，甚至上百 GB，对于个人而言，存储空间基本上就够用了。

网络硬盘

这也是一种可选择的备份方式。现在很多网站提供了网络硬盘服务，只要能够连接到英特网，申请后就可以使用了，对于有些免费的网络硬盘，缺点是空间不大，不过可以花点"银子"申请一个大容量的网络硬盘。在此建议用户慎重选择使用网络硬盘，因为一般我们备份的资料都是非常珍贵的或者重要的，如果放到这种网站上去，会感觉不是很放心。如果对于那些不十分重要的文件则可以考虑使用这种备份方式。

使用专业的备份设备进行备份

现在，有的公司使用专业的备份设备来进行备份，如图 14-35 所示。这种设备的结构比较复杂，需要配置有工作站、服务器、磁盘阵列设备和磁带库等。但是只有一些大的公司才有财力使用这种设备，对于个人而言没有必要购买这样的设备来备份文件，使用前面列举的 3 种介质来备份文件就足够了。

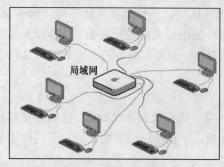

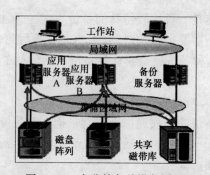

图 14-34　局域网效果　　　　　　　　图 14-35　专业的备份设备图示

4. 确定备份的软件

有些备份方式的确要使用到特定的备份软件。而且如果在网络上搜索一下的话，就会发现很多的专门用于备份的软件，如图 14-36 所示。这些软件大部分都是免费使用的，也有国内开发的软件。

图 14-36　在网上搜索到的备份软件

不过，在选择和使用这些备份软件的时候需要考虑这些软件的性能或者功能是否全面。一般需要考虑下列几条原则。

- 与备份用的硬件是否兼容
- 能否定义备份的文件类型
- 能否设置备份的频率
- 能否让我们恢复过去备份过的文件
- 能否进行自动备份

在选择这些备份软件的时候，如果能够满足上面的几条原则，那么就可以选用该软件了。关于这些软件，读者也可以到 www.apple.com 网站上或者在本书后面附录中列出的一些相关网站上下载并安装到自己的苹果电脑上使用。关于这些软件的使用，在相关的网页上都有说明，本书中不作介绍。

14.2.2　Time Machine 概述

Time Machine 可以翻译成时间机器，也有人把它理解成时光机，还有人把它理解成时光回溯器。它是 Mac 中自带的一款专门用于备份的应用程序，可以备份任何类型的文件，包括文档文件、图片文件、音频文件、视频文件和应用程序等。使用它可以进行自动地备份，也可以按照设定的时间定期地备份。备份文件后，还可以按照自己的需要进行恢复，它不仅仅备份所有文件，而且能够牢记系统在任意一天的样子或者状态，因此你可以重新访问并呈现过去某种状态的Mac。可以说它是目前为止最为优秀的备份软件，而且可以免费使用。下面是使用时间机器进行备份的图示，如图 14-37 所示。

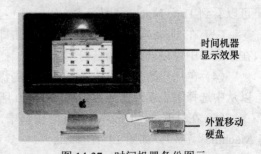

时间机器
显示效果

外置移动
硬盘

图 14-37　时间机器备份图示

1. 使用 Time Machine 备份的特点

建议读者使用 Time Machine 进行备份，自然有一定的道理，它具有以下几个其他备份软件所不具有的优势。

（1）性能稳定

（2）使用方便

（3）可以备份任何类型的文件

（4）可以返回到以前任意时间段的备份状态

（5）可以备份其他人（家人和同事）的文件

（6）可以进行累计性备份

（7）智能提醒

另外，使用 Time Machine 还可以按照我们设置的日程和需要进行备份，操作也非常方便。可以使用火线连接和 USB 线连接的移动硬盘，这些都是其他备份软件所不能相比的。

建议读者为自己的苹果电脑配置一个专门用于备份的移动硬盘，这样使用起来比较方便一些。

2. 配置 Time Machine 进行备份

在使用 Time Machine 备份之前，需要先对 Time Machine 进行配置。当然在配置 Time Machine 之前，先要连接上移动硬盘。配置 Time Machine 非常简单，操作如下。

（1）在苹果电脑上连接上移动硬盘，连接后，一般在电脑桌面上会打开一个对话框，如图 14-38 所示。如果在该对话框中点按"用作备份磁盘"按钮，那么就把磁盘作为备份磁盘了。点按"取消"按钮，我们就可以选择特定的磁盘作为备份磁盘。

图 14-38　询问对话框

 在上面打开的对话框中点按"用作备份磁盘"按钮后，就可以进行备份了。

（2）选择" →系统偏好设置"命令，打开"系统骗好设置"窗口，在该窗口的左下角，可以看到 Time Machine 图标 。

（3）在 Time Machine 图标 上双击即可打开"Time Machine"窗口，如图 14-39 所示。在该窗口中可以选择作为备份用的磁盘。

（4）在打开的列表中选择一个备份磁盘，点按"用于备份"按钮，将会打开一个列表，可以从中选择用于备份的磁盘，如图 14-40 所示。

（5）在打开的"Time Machine"窗口中，点按"选取备份磁盘"按钮，将会打开下列"Time Machine"窗口，如图 14-41 所示。

（6）在打开的"Time Machine"窗口中将显示我们指定的磁盘的有关信息，比如名称、可用空间等，点按"更改磁盘"可以更改为其他的磁盘进行备份。点按"选项"按钮，将会打开下列"不备份"窗口，如图 14-42 所示。在该窗口中可以设置使用 Time Machine 进行备份的项目。

图 14-39　"Time Machine"窗口 1　　　　　　　图 14-40　打开的磁盘列表

图 14-41　"Time Machine"窗口 2　　　　　　　图 14-42　"不备份"窗口

> **提示**　如果在"不备份"窗口中勾选"删除旧备份时发出警告"项，那么当旧的备份文件被删除时电脑会对你发出警示，因此最好将它选中。

（7）在打开的"不备份"窗口中，点按 ![+] 按钮，将展开更多的选项，如图 14-43 所示。可以选择不让 Time Machine 进行备份的项目，比如文件、文件夹或者卷宗等，然后点按"排除"按钮即可不让 Time Machine 进行备份了。

图 14-43　"Time Machine"窗口 3

注意 在打开的"不备份"窗口中，点按 ⊟ 按钮可以将排除的项目文件返回到被备份的列表中。

（7）设定好备份的项目或者文件之后，在"不备份"窗口中点按"完成"按钮，时间机器将开始进行初始的备份，如图 14-44 所示。

图 14-44 初始备份窗口

 注意 在初次进行备份时，需要的时间比较长，一般都在 6 个小时以上，因此建议读者在进行初次备份时选择晚上，一般第二天晚上才能备份完成。当然也可以根据自己的时间进行灵活地安排。

 提示 如果备份失败，那么一般会在电脑桌面的"Time Machine"窗口中显示出"失败"字样。在"Time Machine"窗口中点按"更改磁盘"按钮，然后从打开的列表中选择其他的磁盘，如图 14- 45 所示。因此再次建议读者购买一块容量比较大的移动硬盘作备份使用。选择其他的磁盘后，系统将打开一个对话框提示我们将抹掉磁盘上所有信息，注意不能还原。

图 14- 45 选取另一个备份磁盘

14.3 病毒防护与防黑客

从大的方面分，电脑（包括苹果电脑和 PC）会受到两种类型的攻击或者侵害，一种是病毒（virus），另外一种就是黑客（hacker）。它们一般都来自于英特网，而且对电脑都会造成或大或小，甚至"致命"的伤害。

14.3.1 病毒与防病毒

病毒是通过英特网或者以太网（局域网）进行传播的，轻者可以使电脑运行缓慢，重者可以使文件丢失，甚至导致电脑系统瘫痪。不过用户不用担心，我们可以通过一定的方式或者手段来防止或者杀灭这些令人讨厌的病毒。

实际上，电脑中的病毒并非是那些传播疾病的病毒，它们都是由人为开发的恶意程序或者恶性程序码，而不是自然产生的。它们是计算机技术和以计算机为核心的社会信息化进程发展到一定阶段的必然产物。其产生的过程可分为以下几种：

（1）程序设计——传播——潜伏——触发

（2）运行——实行攻击

其产生的原因大致可以分为以下几种。

● 个人爱好

● 报复心理

● 来源于于游戏

● 来源于软件加密

● 处于经济和政治目的

● 实验用程序失去控制

有时候，有些为研究或实验而设计的有用程序，由于某种原因失去控制而扩散出来。

1. 病毒的种类

病毒的感染（或者传播）方式和侵害方式是不同的，破坏力也有轻重之分。根据病毒的感染方式或者破坏方式，一般人们把电脑病毒分为以下 7 种类型。

● 引导区电脑病毒

● 文件型电脑病毒

● 复合型电脑病毒

● 宏病毒

● 特洛伊木马

● 蠕虫病毒

● 其他类型的电脑病毒或者恶性程序码

 在 PC 中也包括这 7 种类型。

蠕虫病毒的破坏力是最大的，因为它们可以自己进行复制，不容易被删除，而且感染力也比较大，会导致电脑运行速度或者执行性能降低。其次就是木马程序，它们会盗取我们的账号、密码等，比如在电脑上的银行账号和密码、QQ 账号和密码等，给我们造成一定的经济损失或者让我们与朋友失去联系。在下面的内容中，我们将简单地介绍一下这 7 种病毒类型。

2. 电脑感染病毒后的表现

当电脑感染病毒后，电脑会有一些异常的表现，这些表现预示着电脑可能感染了病毒。通常表现为下列 4 种。

● 电脑的运行速度或者执行性能降低。

● 文件消失

● 打开一些恶意的窗口或者不正常的界面元素

● 产生错误

如果你的电脑出现了上述的几种情况，那么你的电脑就可能感染了病毒，这时候就需要检查一下电脑是否感染病毒并进行杀毒了。

3. 使用防毒和杀毒软件

如果你的电脑感染了病毒,那么可以使用杀毒软件来把它们消灭掉,并使电脑"健康"地运行。虽然在我们使用的苹果电脑上的病毒种类和数量不是很多,但是我们也应该防患于未然,做好防护工作,否则,一旦哪天感染了病毒,导致文件或者重要资料丢失,那么将会给你造成一定的损失。

当然,现在大大小小的杀毒软件种类比较多,在选择使用的时候可能会犹豫不决。在这里我们建议读者在选购杀毒软件的时候考虑下列几点建议。

- 好的杀毒软件时时保护你的电脑,而且能够识别潜在的危险。
- 能够定期扫描或者查毒。
- 能够修复受病毒感染的文件,而且能够清除病毒。
- 如果不能修复受病毒感染的文件,那么可以清除受感染的文件。
- 能够识别受感染的特定文件夹。
- 杀毒软件能够自动更新。

根据前面列举的几条建议,我们推荐几款在苹果电脑上使用起来比较方便的杀毒软件供读者参考和使用,比如诺顿(Norton AntiVirus)、Virex、BitDefender、DNSChanger Removal Tool、Ashampoo AntiSpyWare 和 ESET Smart Security 安全套装等。这几款杀毒软件都可以在英特网上下载到,读者可以根据自己的需要选择、下载和使用。有条件的读者可以购买商业版的杀毒软件使用。

4. 使用诺顿(Norton AntiVirus)进行杀毒

对于有条件的读者可以购买原版的诺顿杀毒程序,也可以从英特网上下载试用版本来使用,下载后安装在电脑上即可。当然也可以在国内外的一些苹果网站上下载其他的杀毒软件来使用

下面,简单地介绍一下使用诺顿进行杀毒的基本操作。

(1)在苹果电脑上安装诺顿程序之后,将会在菜单栏中显示出诺顿的图标🌀,如图 14-46所示。

(2)在苹果电脑菜单栏中点按诺顿图标🌀,将会打开一个菜单栏,如图 14-47 所示。

图 14-46　诺顿的图标

图 14-47　诺顿菜单栏

(3)在诺顿菜单栏中选择"Norton AntiVrius → Open Norton AntiVrius"命令即可打开"Norton AntiVrius"窗口,如图 14-48 所示。

(4)在"Norton AntiVrius"窗口的 Statistics(统计)栏中显示的是关于扫描情况、软件更新、是否受到攻击等信息。在 Automatic Protection(自我保护)栏中显示的是关于是否起用自我保护、攻击保护、产品更新方面的信息。

(5)在 Manual Virus Scanning(手动扫描)栏中显示的是一些实用的相关选项。如果读者要对计算机进行全盘扫描,那么选中 Entire system(整个系统)选项即可。如果要对指定的文件夹进行扫描,那么选中 Specific files(指定文件)选项,然后点按 Choose Files(选择文件)

按钮，从打开的窗口中指定要扫描的文件即可。

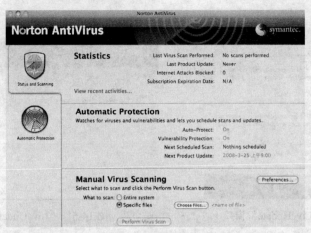

图 14-48　诺顿窗口

（6）设置好需要的选项之后，点按 Perform Virus Scan（执行病毒扫描）按钮即可对苹果电脑进行病毒扫描了。

> 如果要退出诺顿杀毒程序，那么可以在"Norton Antivrius"窗口中点按左上角的关闭按钮，或者执行菜单栏中的"Norton Antivrius→Quit Norton Antivirus"命令即可。

5. 若顿程序的升级

在把诺顿程序安装在苹果电脑上之后，还需要定期地进行升级，并定期地对电脑进行扫描和杀毒才能保证电脑的安全。在前面的内容中介绍过，以后还会不断地有新的病毒程序被开发或者散播出来，因此对杀毒软件进行定期升级是非常必要的，下面我们就介绍一下如何对诺顿杀毒软件进行升级。

（1）打开苹果电脑后，确定电脑已经连接入英特网。

（2）在苹果电脑菜单栏中点按诺顿图标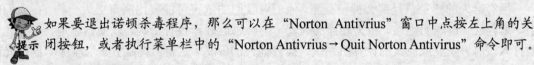，将会打开一个菜单栏，如图 14-49 所示。

图 14-49　诺顿菜单栏

（3）在诺顿菜单栏中选择"LiveUpdate→Open LiveUpdate"命令即可打开"LiveUpdate（诺顿升级）"窗口，如图 14-50 所示。

（4）在"LiveUpdate（诺顿升级）"窗口中有 3 个选项，第一项是 Customize this Update Session（自定制更新选项），第二项是 Update Everything Now（更新全部），第三项是 Symantec Scheduler（Symantec 更新计划）。点按第二项即可，系统将会打开"LiveUpdate"窗口并检测可应用的资源，这样就可以全方位地更新诺顿杀毒软件了，如图 14-51 所示.

> 也可以通过选择菜单栏中的"LiveUpdate →Update Everything Now"命令对诺顿进行全方位地更新。

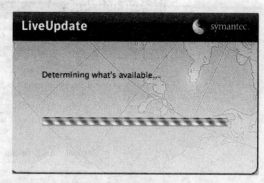

图 14-50　"LiveUpdate"窗口 1　　　　图 14-51　"LiveUpdate"窗口 2

记住,以后每隔一定的时期都要更新杀毒软件,这样才能更好地保护电脑免受病毒的侵害。

14.3.2　黑客与防黑客

黑客给人的感觉总是那么神秘莫测。他们对我们的危害可能要比病毒更大一些。在人们眼中,黑客是一群聪明绝顶、精力旺盛的人,一门心思地破译各种密码,以便偷偷地、未经允许地打入政府、企业或他人的计算机系统,窥视他人的隐私。这群"捣乱分子"就像一群怯光的蝙蝠,扇翅滑过城市黑暗的夜,穿行于广袤无垠的网络空间。

实际上,黑客成为人们眼中"电脑捣乱分子"的代名词只是近几年的事。黑客的产生与变迁,有一言难尽的复杂背景,并且与计算机技术的发展紧密相关。首先让我们来看一看人们对黑客的定义。黑客(hacker),源于英语动词 hack,意为"劈,砍",引申为"干了一件非常漂亮的工作"。在早期麻省理工学院的校园俚语中,"黑客"则有"恶作剧"之意,尤指手法巧妙、技术高明的恶作剧。现在,黑客使用的侵入计算机系统的基本技巧包括使用破解口令(password cracking)、开天窗(trapdoor)、走后门(backdoor)、安放特洛伊木马(Trojanhorse)等。

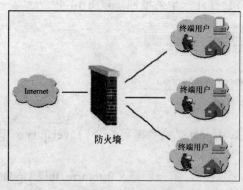

图 14-52　防火墙图示

1.　防止黑客的方式

黑客的危害非常大,因此必须要"防黑"。现在,人们一般通过两种方式来防止黑客。一种是使用服务器,另外一种是使用防火墙。

服务器就像是架设在电脑和英特网之间的一道屏障。用户可以使用 DHCP(Dynamic Host Configuration Protocol——动态主机配置协议)服务器,它可以提供 NAT(Network Address Translation——网络地址传输)保护。使用服务器的另外一点好处是可以使多台电脑共享一个 Internet 连接。

另外,也可以使用防火墙(也称为软件防火墙)来"防黑",如图 14-52 所示。如果是一台电脑与英特网连接的话,那么使用软件防火墙是一种比较有效而且相对较好的一种防黑方案。

2. 苹果电脑的防火墙设置

苹果电脑的防火墙一般都需要设置一下才能满足我们的工作需要。下面介绍一下如何安装和设置防火墙。

（1）首先启动苹果电脑。

（2）从苹果菜单栏中选择"■→系统偏好设置"命令，打开"系统偏好设置"窗口。

（3）在"系统偏好设置"窗口中，找到并点按"安全与隐私"图标，打开"安全与隐私"窗口，然后点按"防火墙"选项卡，如图 14-53 所示。

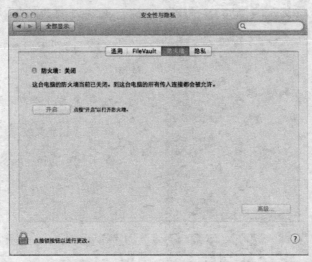

图 14-53　"防火墙"选项卡

（4）在"防火墙"选项卡中可看到有关防火墙的一些选项，如果防火墙处于关闭状态，那么可以通过点按"开启"按钮启用防火墙。如果不想启用防火墙，那么就关闭它。

第 15 章
在 Mac 上安装/卸载 Windows 操作系统

对于很多电脑发烧友而言，他们不仅热衷于使用 Mac 操作系统的电脑进行娱乐和办公，其中还有很多人在自己的苹果电脑上安装了 Windows 操作系统，把电脑打造成双系统，从而可以根据不同的情况选择不同的操作系统来使用。

本章主要介绍下列内容：

- 在 Mac 上安装 Windows 操作系统
- 卸载 Windows 操作系统

15.1　打造双系统——在苹果电脑上安装 Windows 操作系统

在与很多苹果电脑用户交流的过程中发现，很多人想在自己的苹果电脑上安装目前比较流行的另外一款操作系统，那就是 Windows 操作系统，这样就打造出了双系统的电脑。在国内，很多使用苹果电脑的用户以前都使用过 Windows 操作系统，对操作 Windows 系统还是念念不忘。实际上，在 Mac 中我们完全可以在苹果电脑上安装并运行 Windows 操作系统，而且 Windows 的界面和功能与在 PC 上完全相同。这也充分体现了 Mac OS X 10.7 的很好的"包容性"。

 现在也可以在 Windows 操作系统上安装 Mac OS X 系统，有兴趣的读者可以在网上搜索一下安装方法，在本书中不作介绍。

不过，对于使用以前版本的 Mac 用户而言，如果在苹果电脑上安装 Windows 操作系统还比较麻烦，因为在安装 Windows 操作系统以前需要先在自己的苹果电脑上安装一个虚拟环境或者虚拟机（virtual machine，这实际上是一款软件）。

但是，现在这种情况已经改变了，Mac 为我们提供了一个内建的功能，就是"Boot Camp 助理"程序，使用该程序可以直接安装 Windows 操作系统，而且操作非常简单。另外，也可以使用虚拟机来安装 Windows 操作系统。也就是说，现在可以通过下面两种方式来安装 Windows 操作系统。

● 使用"Boot Camp 助理"程序安装 Windows 操作系统
● 使用虚拟机安装 Windows 操作系统

根据多数用户反映的情况来看，使用这两种方式安装 Windows 操作系统后，运行的速度或者执行的性能基本上没有什么区别。并不像有些用户反映的那样，使用"Boot Camp 助理"程序安装的 Windows 操作系统执行性能要比使用虚拟机安装的执行性能差一些。

在 Mac OS X 10.7 中，"Boot Camp"没有被翻译出来，可以从字面意思把它理解为"引导程序"，也就是引导安装 Windows 的程序的意思。

15.1.1　安装 Windows 操作系统之前的准备工作

在本书中介绍的是怎样在 Mac 中安装 Windows 7 操作系统，也可以安装 Windows XP 操作系统，当然也可以安装 Vista 操作系统。该操作在硬件方面有一定的要求，读者需要先弄清楚，以便在安装后能够很好地运行 Windows 操作系统。因此在安装 Windows 操作系统之前，还应该做一些准备工作。

第一，要了解自己的电脑配置，下面介绍一下安装 Windows 7 操作系统在硬件配置方面的基本要求。

● CPU：最好使用 Intel 双核及以上的处理器，如果是 G3 或者 G4 的处理器，安装后，运行速度将会慢很多。

● 内存：必须 2GB 及 2GB 以上。

● 硬盘：30GB 或者 40GB，当然，如果苹果电脑上的硬盘空间足够大，那么就更好了。

其他方面就没什么特殊的要求了，只要满足上面介绍几条就可以。如果自己的苹果电脑硬盘空间不够大，那么可以把部分数据导出到一个用于备份文件的移动硬盘中。另外，建议使用苹果电脑的用户最好准备 块大容量的移动硬盘，因为在使用时间机器的时候也需要使用到它。

第二，把苹果电脑中的一些重要文件进行备份，最好备份到一个外置硬盘中。实际工作中，会经常听到同事或者朋友抱怨自己辛辛苦苦搜集或者制作的文件丢失了。因此，在安装 Windows 7 操作系统之前，以防万一，最好把那些自己认为重要的文件进行备份。

 曾经有用户反映在安装 Windows 操作系统之后，有些数据丢失了。因此一定要对重要数据进行备份。

第三，准备好一张完全版本的 Windows 7 安装盘、Vista 安装盘或者 Windows XP 安装盘。另外，确定苹果电脑上安装有光盘驱动器。

做好前面提到的工作之后，下面就可以在你的苹果电脑上安装 Windows 系统了。首先我们介绍使用"Boot Camp 助理"安装 Windows 7 操作系统。

15.1.2 使用"Boot Camp 助理"安装 Windows 7 操作系统

"Boot Camp 助理"程序是苹果公司专门为那些想在苹果电脑上安装 Windows 操作系统的用户而开发的。使用该程序可以直接在苹果电脑上安装 Windows 操作系统，而且安装非常方便。使用"Boot Camp 助理"程序安装 Windows 操作系统，需要两个过程，首先对硬盘进行分区，然后安装并运行 Windows。下面介绍一下在苹果电脑中安装 Windows 操作系统的操作步骤。

（1）启动苹果电脑，打开苹果电脑硬盘中的"应用程序"窗口，并找到"实用工具"窗口。

（2）连按（双击）"实用工具"窗口，打开"实用工具"窗口如图 15-1 所示。

图 15-1 "实用工具"窗口

（3）在打开的"实用工具"窗口中找到"Boot Camp 助理.app"图标，然后双击即可打开"Boot Camp 助理"窗口，如图 15-2 所示。

 建议把电脑中有用的文件进行备份以免丢失。

图 15-2　"Boot Camp 助理"窗口

（4）点按"继续"按钮打开下列窗口，如图 15-3 所示。还需要安装专门为每台苹果电脑设计的附加软件才能完全支持 Windows，这就需要连接到 Internet，然后确定选中"下载适用于这台 Mac 的 Windows 支持软件"选项，然后点按"继续"按钮进行下载。如果已经有了可支持的附加软件，则选中"我已经将适用于此 Mac 的 Windows 支持软件下载到 CD、DVD 或外置磁盘"选项。

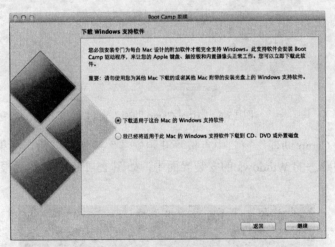

图 15-3　打开的"Boot Camp 助理"窗口

（5）下载安装完成后，直接点按"继续"按钮进入到下一级的"Boot Camp 助理"窗口中，创建用于 Windows 的分区，如图 15-4 所示。

如果以前曾经做过分区，那么将会打开下列"Boot Camp 助理"窗口，如图 15-5 所示。在该窗口中可以选择创建或者移去 Windows 分区。

（6）在"Boot Camp 助理"窗口中可以查看苹果电脑中可用的硬盘空间以及 Mac OS X 和 Windows 可使用的空间。如果点按"均等分割"按钮，那么系统将把硬盘分成两个区。

图 15-4 "Boot Camp 助理" 窗口   图 15-5 "Boot Camp 助理" 窗口

（7）分区完成后，系统将提示我们插入前面已经准备好的 Windows 或者 Vista 安装盘，也可以是最新的 Windows 7 安装盘。等一会儿后，打开下一级的 "Boot Camp 助理" 窗口，如图 15-6 所示。

图 15-6 "Boot Camp 助理" 窗口

（8）在 "Boot Camp 助理" 窗口中点按 "开始安装" 按钮，之后，苹果电脑将重新启动，并引导进入到我们熟悉的 Windows 的安装界面中，如图 15-7 所示。然后根据屏幕指示进行后面的安装即可。

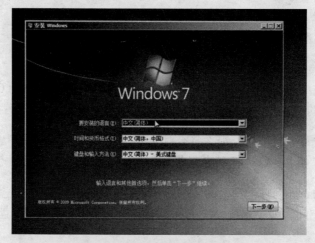

图 15-7 Windows 7 安装界面

在 Windows 安装界面中，一定注意不要建立或者删除分区，否则可能导致 Mac OS X 10.7 操作紊乱或者出现错误。而且指定的 Windows 安装分区一定要和前面划分的分区一致，如图 15-8 所示。

（9）然后按照屏幕上给出的指示进行安装即可，在安装完毕后重新启动，在启动界面点按键盘上的 option 键即可出现系统选择画面，而如果没有按 Option 键将直接进入默认的 Mac OS X 系统。

> 在出现的选择文件格式安装屏幕中，有两个选项，分别是 FAT（Quick）和 NTFS（Quick）。如果想使 Windows 更加安全和可信，那么选择 FAT（Quick）项。如果想在使用 Mac OS X 10.7 的同时，能够把文件保存到 Windows 中，那么选择 NTFS（Quick）项。

（10）Windows 安装完成后，点按在桌面上的"完成"按钮，即可启动 Windows 操作系统，如图 15-9 所示。

图 15-8　要确定分区一致　　　　　　图 15-9　Windows 系统启动

（11）启动之后即可进入到 Windows 7 的工作界面中，效果如图 15-10 所示。

图 15-10　Windows 7 操作系统的界面

（12）把 Windows 安装盘取出，然后把 Mac OS X 安装盘放进苹果电脑的光驱中，根据提示安装 Windows 需要使用的一些硬件驱动程序。一般使用默认安装选项即可。

（13）如果要返回到 Mac OS X 10.7 操作系统，那么选择 Windows 中的"开始→关闭计算机→关机（或者重新启动）"命令，重新启动苹果电脑时，按住键盘上的 option 键，电脑屏幕上将显示两个图标，如图 15-11 所示。使用鼠标键点按需要使用的操作系统图标，即可打开需要进入的操作系统。

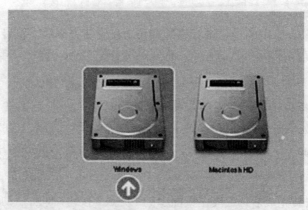

图 15-11　启动图标

15.1.3　预设使用 Windows 开机

使用"Boot Camp 助手"在苹果电脑上安装了 Windows 系统之后，就可以把我们的苹果电脑转换成一台 Windows PC 了。可以按照下面的操作步骤把 Windows 设置为预设的开机操作系统。

（1）打开苹果电脑之后，执行"→系统偏好设置"命令，打开"系统偏好设置"对话框，如图 15-12 所示。

图 15-12　"系统偏好设置"对话框

（2）在打开的"系统偏好设置"对话框中找到"启动磁盘"图标，然后双击该图标，打开"启动磁盘"对话框，如图 15-13 所示。在该对话框中选择"Windows 在'BOOT CAMP'上"图标（或者安装的其他 Windows 图标）。

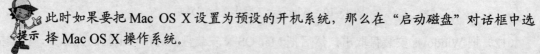此时如果要把 Mac OS X 设置为预设的开机系统，那么在"启动磁盘"对话框中选择 Mac OS X 操作系统。

（3）在打开的"启动磁盘"窗口中点按"重新启动"按钮，即可启动 Windows 操作系统，就可以看到 Windows 的登录界面了，效果如图 15-14 所示。

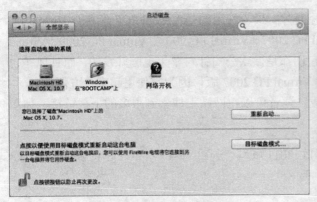

图 15-13　"启动磁盘"对话框　　　　　图 15-14　Windows 操作系统的界面

（4）如果想安装在 Windows 中使用的软件，那么在计算机的光驱中插入安装盘或者连接上 Internet 下载安装即可。

（5）当在 Windows 中工作结束并想切换回 Mac 中时，选择关闭 Windows 的命令，重新启动苹果电脑，按住键盘上的 option 键，当屏幕上显示选择启动的磁盘图标时，选择需要的磁盘，即可进入到 Mac OS X 10.7 系统中。

15.2　卸载 Windows 操作系统

在 Mac 中使用"Boot Camp 助手"安装 Windows 系统之后，出于某种原因，比如中了病毒或者损坏，不想再使用 Windows 操作系统，用户也可以卸载 Windows，苹果人士通常称之为"移除 Windows"。这时依然使用"Boot Camp 助手"，而且卸载过程也非常简单。

打开"Boot Camp 助手"窗口，选中"创建或移去 Windows 分区"选项，如图 15-15 所示。然后点按"继续"按钮，根据屏幕提示，把前面设置的分区还原回来就等于把 Windows 给卸载了。

图 15-15　"Boot Camp 助理"窗口

15.3　使用虚拟机安装 Windows 操作系统

在 Mac 中除了能够使用"Boot Camp 助手"安装 Windows 系统之外，还可以使用虚拟机来安装 Windows。目前，有多种虚拟机应用程序，最为好用的是 Virtual PC，现在有 Virtual PC 3.0、Virtual PC 5.0、Virtual PC 7.0、Virtual PC 2007、Virtual PC 2008、Virtual PC 2009、Virtual PC 2010 和 Virtual PC 2011 等不同版本，它们都是微软公司针对苹果电脑开发的，而且现在也可以获得汉化版的虚拟机。通常可以使用 Virtual PC 2007 版，因为它使用起来最方便。

Virtual PC 2007 可以在网上免费下载，读者可以在网站上搜索到很多的下载链接，如图 15-16 所示。

> 另外，还可以找到最新的 Virtual PC 2011 版本，如图 15-17 所示。它和 2007 版的使用基本相同。

图 15-16　在百度上搜索的结果

图 15-17　Virtual PC 2011 版本

将虚拟机软件下载到自己的电脑上之后，先进行安装，然后再插入 Windows 安装盘进行安装即可，操作非常简单，不再介绍。

对于那些从来还没有安装过操作系统的读者而言，可能稍微烦琐一点。不过只要把自己电脑上的重要资料做了备份，就大胆地进行安装即可，不要怕出错误。只要安装过一次之后，以后这种问题就是"小菜一碟"了，而且还可以帮助其他有需要的朋友或者同事。

> 如果读者还是不敢自己进行安装，那么建议找个朋友或者同事帮助安装一下。如果身边没有这样的朋友或者同事，那么可以到网上搜索一下"Windows XP 安装过程"或者"Vista 安装过程"，就可以搜索到详细的安装过程，而且是图文并茂的，介绍也很详细。

另外，也可以安装旧版本的 Windows 操作系统，比如 Windows 98 或者 Windows 95。现在还有一部分人使用这些旧版的操作系统，需要的用户根据前面介绍的操作过程进行安装即可。

附录 A　相关网址

因为有些软件我们需要从与苹果电脑相关的网站上进行下载使用和更新，所以在本书中列举了一些比较常用的网站，读者可以在这些网站上享受下载软件和更新服务。

一、相关简体中文网站

1. Adobe 教育认证网站

　　www.adobeedu.com.cn

2. 苹果公司中文网站

　　www.apple.com.cn

3. 中国苹果网站

　　www.chinamac.com

4. 苹果爱好者网站

　　www.applefans.cn

5. 中国苹果下载

　　www.macdown.com

6. 北京苹果屋网站

　　www.kde.com.cn

7. 汉化坊

　　www.sinomac.com

8. 中国 mac 游戏网站

　　www.macgame.com

9. 新苹果网站

　　www.osx.com.cn

10. 中国苹果联盟网站

　　www.appleunion.com

11. 天津教育出版社苹果咨讯网站

　　www.tjeph.com.cn

12. 杜邦的苹果园

　　www.dupang.51.net

13. 苹果 II 网站

　　www.wrongni.fc2web.com

14. PC/MAC 跨平台交流解决方案

　　www.pcmac.com.cn

15. 苹果家园

　　www.machome.com.cn

二、相关英文网站

1. 苹果公司官方网站

   www.apple.com

2. Macfans

   www.macfans.com

3. Zdnet

   www.zdnet.com/mac

4. 苹果维护网站

   www.macfixit.com

5. MacOSX 论坛

   www.macosx.com

6. 微软的苹果网页

   www.microsoft.com/mac/

7. 苹果模拟器

   www.emulators.com

8. 下载网站

   www.download.com

9. 苹果世界网站

   www.macworld.com

10. 苹果连接网站

    www.applelinks.com

11. 苹果桌面图片

    www.macdesktop.com

12. 苹果音乐网站

    www.macmusic.com

13. 苹果游戏网站

    www.macledge.com

14. 游戏资料库网站

    www.gamedb.com

15. 苹果历史网站

    www.apple-history.com

16. 苹果技术网站

    www.appletechs.com

另外读者可以通过在 www.baidu.com 或者 www.google.com.hk 上输入"苹果电脑"或者"苹果软件"字样来查找更多的苹果网站。

反侵权盗版声明

电子工业出版社依法对本作品享有专有出版权。任何未经权利人书面许可，复制、销售或通过信息网络传播本作品的行为；歪曲、篡改、剽窃本作品的行为，均违反《中华人民共和国著作权法》，其行为人应承担相应的民事责任和行政责任，构成犯罪的，将被依法追究刑事责任。

为了维护市场秩序，保护权利人的合法权益，我社将依法查处和打击侵权盗版的单位和个人。欢迎社会各界人士积极举报侵权盗版行为，本社将奖励举报有功人员，并保证举报人的信息不被泄露。

举报电话：（010）88254396；（010）88258888

传　　真：（010）88254397

E-mail：　dbqq@phei.com.cn

通信地址：北京市万寿路 173 信箱

　　　　　电子工业出版社总编办公室

邮　　编：100036